EL OPOPONAX

Monique Wittig

Posfacio de Marguerite Duras

EDICIÓN:
Claudia Villanueva

TRADUCCIÓN:
Gudrun Palomino

El opoponax
1964 ©Monique Wittig

Publicado por: **Bamba Editorial**
Edición: Claudia Villanueva
Traducción: Gudrun Palomino
Dirección editorial: Raquel Bada
Coedición y maquetación: Lucía Navarro Pla
Diseño editorial: Laura Baufalc
Ilustración de cubierta: Francisca Pageo

© de la edición: Bamba Editorial S.L.
© de la fotografía de la autora: Les Éditions de Minuit

ISBN: 978-84-128990-5-4
Depósito legal: V-28-2026

Primera edición:
febrero 2026

Impreso en Salamanca

BAMBA
editorial

NOTA A LA EDICIÓN

Publicada en 1964 y galardonada ese mismo año con el premio Médicis, *El opoponax* fue concebida por Monique Wittig como una operación literaria radical: «Universalizar el punto de vista de un grupo condenado a ser particular», como ella misma explica en su ensayo «La marca de género», recogido en *El pensamiento heterosexual* (1992).* La novela no narra una experiencia individual, sino que ofrece una alteración en el centro mismo de la percepción. La infancia no aparece como un relato, no es un recuerdo al que volver ni una sucesión de acontecimientos, sino que se presenta como una forma de conocimiento, un modo de estar en el mundo desde el que se reorganizan el lenguaje y la experiencia.

Los pronombres son la materia prima con la que Monique Wittig trabaja en sus obras iniciales. En sus propias palabras: «Los pronombres personales son, por así decir, el tema principal de cada uno de mis libros». En *El opoponax,* el uso reiterado del pronombre francés *on* neutraliza el género y, al mismo tiempo, desarticula la noción misma de identidad. Al impedir la fijación de un «yo» estable —el *on* francés abarca tanto el plural como el singular— y de una posición sexuada reconocible, el pronombre organiza la narración como una experiencia impersonal y colectiva, anterior a toda asignación identitaria.

Como consecuencia de esta desactivación del sujeto, desaparece el «yo» como instancia organizadora del relato. El mundo de la novela se despliega ante los ojos de un enjambre infantil compuesto por una multiplicidad de nombres propios, sin que ninguno de ellos se imponga como único centro. Caminamos de la mano de Catherine Legrand, pero también nos guían Véronique Legrand, Reine Dieu, Valerie Borge y muchas otras criaturas de este universo infantil. La infancia aparece como un espacio previo a toda fijación,

---

* La traducción de las citas se ha extraído de Wittig, Monique (2024). *El pensamiento heterosexual*, Paidós [traducción de Javier Sáez y Paco Vidarte].

donde el «yo» aún no se ha separado del mundo ni ha sido asignado a una posición estable, dividida.

Así lo vio Claude Simon: «No estoy leyendo la crónica de lo que le pudo pasar a una niña pequeña: veo, respiro, mastico, siento a través de sus ojos, de su boca, de sus manos, de su piel. Dejo de ser yo y tampoco soy esa niña pequeña: me transformo en la infancia». La lectura suspende así, en el tiempo mismo del relato, la noción de identidad.

En este tiempo suspendido, el lenguaje no es un sistema dado, aparece como una amalgama que se contempla y se genera en el mismo movimiento en el que se aprende a percibir. Las palabras no aparecen separadas del mundo que designan, surgen entre las cosas, al mismo nivel que los sonidos, objetos y gestos que nos rodean. En ese flujo se entremezclan cantinelas, rezos, fórmulas escolares y fragmentos que acompañan la entrada en el lenguaje. A ello se suma una constelación de referencias literarias, de Voltaire a Baudelaire, entre muchos otros, cuyos versos se insertan en el relato del mismo modo que las rimas del cuaderno del colegio. Así, el lenguaje opoponax, como diría Duras, se sostiene, con una puntuación mínima y una absoluta ausencia de marcas tipográficas que jerarquicen el discurso. El texto avanza sin delimitar registros, sin indicar siquiera de dónde nacen las palabras que refleja, dejando que todas ellas circulen en un mismo plano. Esta continuidad, donde las voces se entrelazan sin fijarse, forma parte esencial de la experiencia de lectura.

La llegada del lenguaje se entrelaza, además, con un paisaje que resultaría insignificante a ojos de un adulto: animales, olores, plantas de todo tipo, hojas, tallos, flores y raíces que se descubren con la mirada y con todos los sentidos del cuerpo. La forma de la gafa de la profesora, el color de la vaca o la sonoridad de una palabra circulan en el texto sin jerarquía ni comentario, todo ello convocado por la misma atención.

Esta nueva edición en español ha sabido acompañar ese gesto, manteniendo viva esa experiencia de lectura trasladada a nuestro idioma. Leer hoy *El opoponax* es encontrarse con una obra cuya radicalidad formal y política resuena con fuerza en el presente por su capacidad intacta para desarticular las formas heredadas de percibir, de nombrar y de nombrarse.

CLAUDIA VILLANUEVA
Madrid, diciembre de 2025

NOTA A LA TRADUCCIÓN

«Toda obra con una nueva forma funciona como una máquina de guerra, pues su intención y su objetivo son destruir las viejas formas y las reglas convencionales. Una obra así se produce siempre en territorio hostil», escribió Monique Wittig en el artículo «El caballo de Troya», recogido en el ensayo *El pensamiento heterosexual*. Precisamente, *El opoponax* funcionó en su primera edición en España como un caballo de Troya, publicada en 1969, aunque en Francia viera la luz cinco años antes tras merecer el premio Médicis.

A pesar de que esta traducción naciera con mi propuesta para publicar a Monique Wittig en Bamba Editorial, la primera traducción de *El opoponax* al español, con el trabajo de Caridad Martínez, se publicó en la editorial Seix Barral en pleno franquismo y pasó por un proceso de censura: aunque no hubiera exclusión de fragmentos, sí que influyó el comentario del lector censor en la traducción, que dio lugar a autocensura de la traductora y a la deformación de los mensajes principales de la novela tal y como la concibió Wittig, como fueron la infantilización de los órganos sexuales en la novela y la explicitación de sesgos ideológicos de la cultura española (por ejemplo, «sauf sur le sexe», que traduzco como «menos en el sexo», se tradujo en la primera edición por «menos en el culito por delante», o la palabra «sarrasin», que mantengo como «sarraceno», se trasladó en la primera edición de *El opoponax* como «moro malo»).

Además, uno de los objetivos de la concepción de Wittig de *El opoponax* fue, según sus palabras, la de establecer «un sujeto lesbiano como sujeto absoluto donde el amor lesbiano es el amor absoluto». ¿Cómo pudo publicarse en el franquismo tal novela, si contaba con tal premisa desde su raíz?

Después de traducir la novela y por no poder dejar de cuestionarme dicha pregunta, en diciembre de 2024 consulté en el Archivo General del Estado el Expediente 8223-65, que recoge toda la información del proceso de censura franquista de *El opoponax*. En el informe, fechado el 30 de noviembre de 1965, el lector y censor calificó la novela como una «ingenua descripción» del mundo de la protagonista. En cuanto al texto, el lector expresa lo siguiente: «La más exigente crítica solo podría hallar nombres de partes deshonestas, tacos o juramentos, insultos, escritos, sin embargo, con ingenuidad y sin malicia». Se aceptó la publicación de la novela sin tachaduras y la traducción también se aceptó un año siguiente sin cambios por parte de la censura. La recepción de la obra en los periódicos durante el franquismo, aunque fuese escueta, pudo influir en la lectura de la novela en los lectores y facilitó el borrado de la lectura sáfica del texto: en las reseñas se daba a entender que el amor y la pulsión del opoponax no se dirigía hacia otras niñas, sino hacia figuras de poder como las monjas.

Cualquier lectora de Monique Wittig sabe —o, si *El opoponax* es su primer acercamiento a la autora, sabrá— que ninguna de sus obras es ingenua. De hecho, sus obras de ficción como *Las guerrilleras*, *El cuerpo lesbiano* y *Borrador para un diccionario de las amantes*, que son posteriores a *El opoponax*, no son para nada ingenuas. Puede que parte del espacio de la novela, que ocurre en un colegio religioso, facilitase la entrada del caballo de Troya en el franquismo.

Esta primera retraducción de *El opoponax*, que se ha leído hasta ahora sin su trasfondo *queer*, al menos en el mercado hispanohablante, significará restaurar el sentido que quiso mantener la propia Wittig en su primera novela. Además, con esta nueva propuesta de traducción del pronombre principal de la novela, «on» en francés, se representará el desarrollo social y teórico de lo *queer* que se ha dado desde el franquismo hasta la actualidad, con la que también sigo como traductora una de las motivaciones de la escritura de Wittig: «Destruir las categorías de sexo en política y en filosofía, destruir el género en el lenguaje (o al menos modificar su uso), es una parte de mi trabajo como escritora».

Una de las mayores dificultades a las que me enfrenté en el proceso traductológico fue la coralidad de *El opoponax*, tanto por sus voces como por las citas que presenta Wittig, desde canciones populares francesas a fragmentos de cantares de gesta y *lais* o de poemas de Jean Racine, Louise Labé, Arthur Rimbaud, Giacomo Leopardi, Maurice Scève o Charles Baudelaire. En cuanto a las canciones, he adoptado diferentes técnicas traductológicas según el fragmento de la novela: algunas son traducciones más cercanas al francés, otras son canciones populares que también han acompañado las infancias españolas. En el caso de los fragmentos de obras literarias, se presentan en la traducción al igual que en la novela origen: sin comillas ni cursivas, y en el caso de las frases que Wittig reproduce en francés medieval las he trasladado al español medieval. Asimismo, cabe destacar que *El opoponax* no sigue ninguna norma estándar de la lengua francesa, y por lo tanto tampoco me he regido por la construcción normativa de las frases en español. El uso de signos de puntuación se mantiene tal y como lo expuso Wittig y no sigue las estructuras ni las reglas que establece la Real Academia Española.

Es la lectora de esta nueva traducción, que publica Bamba Editorial en 2026 y de la que me he ocupado, la que se posiciona frente a *El opoponax* sin una edición ni una traducción franquista. Con ella, presentamos «un uso no distorsionado del lenguaje, como en la infancia cuando las palabras son mágicas y se despliegan brillantes y coloristas en el caleidoscopio del mundo», como también diría Wittig sobre el poder del opoponax. Es esta lectora la que también sabe que ni las historias ni el trasfondo de la obra de Monique Wittig son, como quiso hacernos creer la censura, ingenuas.

GUDRUN PALOMINO
Cádiz-Madrid, diciembre de 2025

EL OPOPONAX

El niño que se llama Robert Payen entra el último en clase gritando quién quiere verme el pito, quién quiere verme el pito. Se está volviendo a abrochar el pantalón corto. Lleva calcetines de lana beis. La hermana le dice que se calle, y por qué siempre llegas el último. El niño que solo tiene que cruzar la carretera y que siempre llega el último. Su casa se ve desde la puerta del colegio, hay unos árboles delante. A veces durante el recreo su madre lo llama. Se pone en la última ventana, se la ve justo por encima de los árboles. Hay sábanas que cuelgan de la pared. Robert, ven a por tu bufanda. Ella grita fuerte para que la oiga todo el mundo, pero Robert Payen no contesta, así que se sigue oyendo la voz de la madre de Robert. La primera vez que Catherine Legrand vino al colegio, vio desde el camino el patio del recreo el césped y los arbustos de lilas al lado de la verja, un alambre liso en forma de rombos, cuando llueve las gotas de agua se resbalan y se quedan atrapadas en las esquinas, es más alta que ella. Coge la mano de su madre mientras empuja la puerta. Hay muchos niños que juegan en el patio del colegio, pero no hay mayores solo la madre de Catherine Legrand y sería mejor que no entrara porque en el colegio solo entran los pequeños, hay que decírselo, hay que decírselo, y por dentro el colegio es muy grande, hay muchos pupitres, hay una estufa grande y redonda que también tiene una rejilla de rombos alrededor, se ve la tubería que sube hasta casi el techo, en algunas partes tiene forma de acordeón, la hermana está subida a una escalera frente a la ventana, está haciendo no se sabe qué, intenta cerrar la del fondo. La madre de Catherine Legrand dice, buenos días hermana entonces ella se agacha, coge a la niña de la mano y le dice a la madre que se vaya ahora que nadie se da cuenta, que va todo bien. Catherine Legrand oye el ruido que proviene del patio del recreo, por qué no la dejan con los demás, puede que sea porque todavía no está del todo en el colegio, porque si esto es el colegio es bastante raro. Se parece a su casa solo que más grande. A veces hacen dormir a la gente por la tarde pero es de broma. Todo el mundo pone los brazos cruzados sobre la mesa y la cabeza entre los brazos. Cerramos los ojos. No se puede hablar. Catherine Legrand abre un ojo de vez en cuando pero eso tampoco se puede. Cantamos todo el rato canciones en fila, a mi derecha hay un rosal que florecerá en mayo y señalamos a la derecha. Catherine Legrand mira a ese lado, pero no es mayo, así que el rosal todavía no ha florecido. Y merendamos. Todo el mundo lleva su merienda y cuando son las cuatro la hermana coge todas las bolsitas en sus brazos y grita, de quién es esta bolsa y respondemos, mía cuando es nuestra. Dentro hay un trozo de pan, una tableta de chocolate, una manzana o una naranja. Catherine Legrand se come siempre la suya de camino al colegio aunque se lo prohibieron pero no lo puede evitar. A veces se conforma con morderla, entonces dice la hermana, de quién es la merienda con la manzana medio mordida. A menudo no recuerda adrede si se comió o no la manzana o la naranja antes de la hora de la merienda para llevarse una sorpresa o por si acaso se vuelve a poner entera. Catherine Legrand hace trampas, sabe bien que no es un juego porque nunca llega a olvidarlo por completo y porque se sorprende solo un poco cuando le pasan su merienda sin una manzana o con una manzana a la que solo le queda una especie de corazón y porque en cualquier caso nunca llegará a olvidar cómo es su bolsa de la merienda. La hermana pela las naranjas. Con el cuchillo, corta la cáscara de forma concéntrica y hace que se desprenda de la fruta en redondeles. Cuando termina, cuelga de la puerta los redondeles más grandes, las pieles que ha conseguido mantener enteras sin romperlas, de la puerta cuelgan los redondeles y se mueven en círculos cuando los tocamos, la hermana no nos los quiere dar. La niña gorda que se llama Brigitte porque es gorda coge a Catherine Legrand por el cuello, le sonríe, las mejillas de la niña se separan y vuelven a juntarse cerca de su boca muy deprisa, tira del cuello, se pone rojísima, después le aprieta el cuello y se inclina hasta el suelo, sin parar de tirar. Catherine Legrand cae boca abajo y se levanta. La niña gorda que se llama Brigitte se acerca de nuevo, esta vez no hay más sonrisas, se sabe lo que va a pasar, tira otra vez, sus mejillas se abren y se hinchan, su cabeza está muy cerca, tiene algunos pelos grises, cuando tira lo hace fuerte, de repente estamos boca abajo y si alguien empieza a llorar las lágrimas se derraman por los surcos del suelo. No hay que ponerse de pie porque si no vuelve a empezar. Repetimos lo que dice la hermana, sesenta y ocho, sesenta y nueve. Contamos. Setenta y uno, setenta y dos. La hermana es belga. Volvemos a contar desde el uno. Uno, dos, tres. Jugamos al pillapilla en el césped. Hay que correr rápido y encontrar cualquier cosa para subirse encima. Cuando no podemos más, decimos pausa y levantamos el pulgar. Catherine Legrand se sube a la valla. Sus bragas se le rasgan de un tirón seco con un clavo. Crac. Catherine Legrand se vuelve a bajar y corre con cuidado mientras grita pausa. Así no puede seguir. Nadie ha visto nada. Pero es imposible seguir jugando sin bragas aunque el resto no lo sepa. Catherine Legrand da vueltas alrededor de la hermana sin decir ni una palabra. Es como cuando sueña que está en pijama en la calle o incluso desnuda porque ha olvidado vestirse. Dice pausa cuando alguien se le acerca. La hermana le quita las bragas y las remienda. Catherine Legrand está a su lado sin moverse. Allí sigue el resto corriendo. La niña que se llama Jacqueline Marchand grita pausa y levanta el pulgar. Llueve. Jugamos en clase. Cogemos de la mano al niño que se llama Guy Romain y que está sentado al lado. Nos ponemos a caballito encima del banco y cantamos, había una vez un barquito chiquitito que no sabía que no sabía navegar, inclinándonos de un lado al otro para hacer de barcos. Por eso no vemos venir a la hermana, que acaba de dar la señal de que se termina el recreo y que nos da una bofetada en cada mejilla, que resuena y hace que nos tambalee la cabeza. Nos aburrimos en vacaciones. Catherine Legrand da vueltas en círculos en el jardín. Se acerca hasta la verja y observa a la gente pasar por el camino. Pasa poca gente y apenas hay pequeños. Hay algunos huesos de melocotón y de ciruela en la acequia. Es fácil escabullirse del jardín, dar unos pasos por el camino. Caminar cerca del borde de la acera sin poner el pie en la línea que está formada por cada piedra del bordillo. Caminar por encima. Volver sin que nadie se dé cuenta. El cielo está gris. Parece que va a llover o que va a salir el sol. Este tiempo huele raro, parece que hubiera en el cielo hierba mojada que no se ve. Puede ser que el sol salga detrás de las nubes más claras. Catherine Legrand camina con los ojos cerrados aprieta las manos sobre los párpados para no caer en la tentación de mirar. Se toma su tiempo para subir por el camino muy despacio, para hacerlo tiene que caminar con pasos que no sean más grandes que el largo de su zapato, se trata de poner muy cerca el pie izquierdo del derecho, así el talón del zapato izquierdo choca con la parte delantera del derecho. Abrirá un poco los ojos mirando al suelo para ver dónde está, pero solo un poco. Cuando llegue al principio del camino volverá a empezar a andar en dirección contraria, siempre con los ojos cerrados y después recorrerá de nuevo el camino diciendo sol sol cada vez que adelante un pie o el otro. Cuando termine se dará permiso para quitarse las manos de la cara, puede que entonces se vea el sol detrás de las nubes. En la mesa. Se habla del ataque del abuelo que no puede mover el lado derecho del cuerpo, incluso tiene el ojo cerrado, se le tuerce la boca. El padre y la madre miran a Catherine Legrand. No se puede hablar. El lado derecho deslizándose por la silla, arrastrándola, Catherine Legrand se agacha para seguirlo, se la ve entre la silla y el suelo, se queda allí atascada, Catherine Legrand no puede levantarse ni agacharse, se queda mirando al suelo, se mueve oscilante como un juguete mecánico. Catherine Legrand tiene un ataque. La cosa ha subido el largo de la silla mientras que seguían comiendo pero no se la podía ver así que ahora están luchando delante de la mirada del padre y la madre. La miran sin moverse. Nadie puede ayudarla. Está sola. Catherine Legrand intenta que surjan al menos algunas palabras de su boca, los esfuerzos son horribles, y de repente le salen aullidos. El jardín está lleno de agua. Se ven las ramas de los árboles desde la ventana cuando se está mal de salud. Hay dos almohadas bajo la cabeza para poder sentarse y tumbarse al mismo tiempo. La madre dice, mira el pardillo, dónde, mamá, dime dónde, rápido, allí, sobre la horquilla, sobre el cerezo. Catherine Legrand se levanta. Abajo la tierra está toda negra con muchos pétalos caídos del cerezo. Las flores se han caído esta noche, mamá. La niña mayor que se llama Inès viene a buscar a Catherine Legrand para llevarla al colegio. Trae consigo otros niños. La madre dice, es la más pequeña del barrio. Andamos sobre la carretera principal, que cruzamos a la altura del Primistère. Inès dice, ahí es donde mi madre hace los recados. Vamos por un camino. Contra la alambrada alta de rombos hay hojas de lilas y dalias rojas. En el prado del cobertizo la yegua del señor Magnier está parada con la cabeza gacha. Empieza a correr a toda velocidad hacia la valla. Son caminos cerrados para la gente que va en bicicleta. En invierno nos ponemos calcetines de lana. Tenemos los muslos rojos y el viento los agrieta. Jugamos en corro en el cobertizo con la hermana. Le preguntamos, dónde está tu marido. Responde ahí arriba con el dedo en alto. Miramos al cielo. No se ve nada. Le decimos a la hermana, no vemos a tu marido. La hermana no quiere responder. Cuando insistimos dice que en realidad no le sorprende. Hay demasiadas nubes. Él está sentado detrás en un sillón. Puede que vuelva a casa a mediodía con el periódico. Le decimos a la hermana, pero cuándo vuelve, no vuelve, pero cuándo, nunca, entonces está muerto, no, no lo está, y dónde está la gente que ha muerto, en un hoyo, pero ¿van al cielo? Había una vez un barquito chiquitito que no podía, no podía navegar. Damos un paseo. No hay que ponerse las batas. Nos ponemos los abrigos y las bufandas. La hermana lleva una cesta grande con todas las bolsitas de la merienda dentro. Nos sentamos en el césped. Jugamos con las piedritas, cuántas piedras tengo en la mano. La hermana juega a las adivinanzas. Soy un metal, tengo alas, estoy en el campo. Soy un lápiz de colores. El niño que se llama Alain Trévise y que vive al lado de casa tiene libros con dibujos. Hay algunos tótems. Son bestias amarillas rojas azules que puestas unas encima de las otras forman una sola. Parece un poste amarillo rojo y azul pero no es un poste porque vuela. Cuando Catherine Legrand vuelve al colegio por la tarde le da miedo que los tótems la ataquen. La niña mayor que se llama Inès dice, eres tonta, eso no vuela a esta hora, pero cuándo vuela, yo no he visto uno nunca y puede que no vuele en un país como este, qué es un país, es donde estamos, y donde estamos no es un país, no, entonces no hay tótems donde estamos si no estamos en un país, no lo sé, entonces estamos en un país y hay tótems, sí pero no te hacen nada cuando estoy contigo. Catherine Legrand no suelta la mano de la niña mayor que se llama Inès porque no sabe lo que puede pasar y si hace falta correr Catherine Legrand no podrá, siempre se queda detrás. Cuando salimos al prado intentamos no hablar alto. Pasamos arrastrándonos por debajo del alambre de espino pero está prohibido. Nos pueden castigar. Para que no nos vean nos escondemos en el heno que está justo en medio del campo. Estamos con la niña mayor que se llama Inès y el que se llama Alain Trévise. Jugamos a ver quién cogerá la mano de la otra persona dentro del heno. El niño que se llama Alain Trévise se retuerce. Le hemos tocado algo. No hemos terminado de jugar cuando Inès sale corriendo del heno. Se oyen gritos, bicho del demonio, bicho del demonio. Empezamos a correr hacia todos lados. Catherine Legrand va detrás llorando mientras corre, se cae y se vuelve a levantar, no consigue unirse al resto. Por qué van tan rápido, qué es el bicho del demonio, es cuando el demonio está ahí, es el bicho, el bicho del demonio, sí el demonio quiere llevarse a los niños, pero ¿por qué quiere llevarse a los niños? No hemos hecho nada malo. La longitud del campo separa a Catherine Legrand del resto. Catherine Legrand vuelve a caer sobre el césped, que está recién cortado. Pica. Cuando Catherine Legrand se da la vuelta, no ve al bicho del demonio, cómo de grande es, a lo mejor es una bestia que no se ve o a lo mejor hay que esperar a ser tan grande como Inès para saber reconocerla, a lo mejor es cuando hay una flor en el heno, una amapola o un aciano o a lo mejor es cuando hay un trozo de madera, hay que seguir corriendo, puede que la bestia ya esté cerca porque no se la puede ver, puede que no podamos volver a correr, de todas formas tiene que ser serio si una niña mayor como Inès tiene miedo. Leemos en voz alta frases enteras. La molinera muele maíz en el molino. El marido de la molinera marea a la mula. La mula mastica el maíz. En el libro de lectura se ve a una mula que es más grande que la molinera. Se ve un cordero que tiene bultos blancos a su alrededor, es lana. Liliane lava la lana. Repetimos después de la hermana. Liliane lava la lana. La hermana escribe en la pizarra lo que hay en el libro. Marca cada sílaba con la regla de madera grande. Cuando la hermana oye algo que está mal, da golpes en la pizarra, dice, repetid, señalando la sílaba. Li, li, otra vez, li. Catherine Legrand lleva botas de nieve. La hermana las seca delante de la estufa cuando llueve o nieva, con otros botines y botas de nieve. Catherine Legrand no sabe atárselas. Tienen botones a los lados. La hermana se olvida de abrocharlas. Así es difícil andar. Catherine Legrand vuelve del colegio con las botas de nieve abiertas. Siguen entreabiertas a los lados. A Catherine Legrand le cuesta cada vez más poner un pie delante del otro. Por la abertura le ha entrado algo que pesa y Catherine Legrand no puede, no, no puede levantar el pie del todo. Mira detrás de ella. Hay una nube que baja cada vez más. Dentro hay un viejecito riéndose. Catherine Legrand quiere agacharse para abrocharse las botas de nieve, no puede hacerlo, quiere ponerse a correr, no puede por todo el peso que ha entrado. Cuando se da la vuelta, el viejecito está casi a su lado, su boca se abre cada vez más, se está burlando, dice je je je desde el fondo de su garganta. Catherine Legrand hace un gran esfuerzo para levantar los pies del suelo. Lo consigue a duras penas y cada vez se desvía a un lado, un golpe del lado derecho, un golpe del lado izquierdo, por eso no avanza, solo va haciendo uno, dos, de derecha a izquierda como un metrónomo, tiene que tiene que moverse, salir de ahí, escapar, se va a hacer de noche, el viejecito está justo detrás, je je je. Catherine Legrand lo intenta con todas sus fuerzas y le sale un grito. Jesusito Jesusito, tú eres niño como yo, por eso te quiero tanto y te doy mi corazón. Aprendemos el rezo y hasta vamos a misa los domingos. Tenemos un libro con dibujos en las páginas y otros que no están pegados en las páginas. Cuando se caen, no podemos volver a ponerlos en el libro por los guantes de lana, y cuando nos quitamos los guantes tirando de ellos con la boca y los dientes, no conseguimos volver a meter los dedos en los dedos de los guantes. Estamos con el resto. Nos arrodillamos en banquitos de madera. De vez en cuando podemos sentarnos. Hay un hueco en la rodilla en el sitio que se apoya en el banquito. Pasamos el tiempo recorriéndolo por encima con los dedos. Está muy blanco porque hace frío. Dibujamos con lápices de colores. La casa tiene un tejado puntiagudo. Le hacemos las contraventanas de color verde. Los pájaros vuelan a su alrededor. Les pintamos las alas de azul, pero no se les ve el pico. Tampoco se les ven los ojos. Hay otros que dibujan pájaros en el lado donde se les ve el ojo. La madre cuelga la colada en el jardín. Dibujamos a la madre. Ella levanta los brazos. A cada lado se ve la colada ya colgada en cuadrados. Catherine Legrand lleva un pantalón que se le pega a las piernas cuando hace frío. Le molesta cuando anda, lo siente por todas partes, tiene dos piernas, sí, y la costura entre las piernas le impide caminar. No hay que ponerse pantalones cuando se es una niña pequeña. No le gusta porque se vuelve dos. Catherine Legrand pero también lo que está dentro del pantalón y que no es exactamente Catherine Legrand. Puede que Catherine Legrand sea la única niña que lleva pantalones y que no es exactamente una niña. En el patio del recreo hacemos pipí en cuclillas. El niño que se llama Robert Payen dice, mira mi pito. ¿Por qué tienes eso? Porque soy mayor. ¿Yo también tendré uno? Sí, cuando seas como yo. Pero ¿cuándo? Te lo diré cuando seas como yo. El niño con el pito que se llama Robert Payen está enfermo. Lleva una bufanda grande. Sus ojos brillan y está todo blanco. La hermana dice que no vendrá más al colegio. La hermana dice que ha muerto. Las persianas de la casa que se ve por encima de los árboles están bajadas. La niña mayor que se llama Inès lleva a los niños a la casa después de terminar la clase. Por si a lo mejor se puede ver algo. La casa está cerrada no se ve nada. La niña que se llama Pascale Delaroche le da un codazo a otra niña, lo escuchas. La otra niña que se llama Françoise Pommier dice, oh. Con la boca muy redonda. No se oye nada. Damos la vuelta a la casa por el camino. En el jardín hay un camión sin ruedas hundido en la tierra. Detrás de la casa las persianas están bajadas menos una en la planta baja que tiene la ventana abierta. Se ve a una familia sentada en la mesa. Delante de cada persona hay un plato. Los niños sentados parecen mayores. No escuchamos lo que dicen. El padre se levanta para cerrar la ventana. Empuja la silla y dice algo muy alto. No entendemos el qué. Los cristales tiemblan cuando cierra la ventana de golpe. Podría decirse que está enfadado. Salimos corriendo. Los niños susurran algo. El que habla está de puntillas para que su boca esté a la altura de la oreja del que le escucha, que es el más alto. Catherine Legrand dice, ¿y a los niños que han muerto también se los mete en un hoyo? No se sabe. A lo largo de todo el camino hay que tener cuidado con los agujeros de las alcantarillas. Es mejor no acercarse porque ahora sabemos que es ahí donde se mete a la gente que se muere y puede que a los niños también. Se abren bajo la acera y no se pueden ver desde lejos hay que prestar mucha atención para darse cuenta de que están ahí, se abren en la carretera y si alguien se cae dentro muere. Las alcantarillas están ahí para tragar, eso es lo que mata. Podemos morir antes eso es un hecho y de todas formas es ahí donde vamos. Pero si por sorpresa arrastran a alguien también se muere y nadie sabe que ha muerto. Sabemos que hay niños que mueren antes que sus padres y madres. Cuando se oye a los niños jugar fuera es difícil dormirse. Las sábanas están calientes y no se está bien, apetece más llevar ropa puesta para poder correr. Aún es de día las ventanas están abiertas. El olor de la hierba reseca, de árboles que han tenido calor todo el día y se agitan con el viento pasan a través de las persianas. Se riega el jardín. Se escucha el silbido del chorro de agua. La tierra también ha tenido calor y ahora desprende olor con el agua que se vierte sobre ella. Los niños corren por el camino. Chillan porque están alegres. Sus chillidos se parecen a los chillidos de las golondrinas aunque de vez en cuando hay gritos más fuertes que se reconocen por ser los gritos de un niño que está cerca o que se ha metido en el juego. Le responden muchos gritos. Se superponen, se cubren, uno supera al otro durante un momento, las voces no son reconocibles desde la cama cuando hay que dormir. Los listones de las persianas crean sombras muy largas por el techo. A veces se estiran y se mueven de un lado del techo al otro. Las sombras se mueven sin parar y al cerrar los ojos hay sombras rojas y verdes entre los párpados y los ojos. A veces hay hilos amarillos que las atraviesan. Están siempre cambiando de forma no hay tiempo de ver cómo son. La madre dice que hay plumas dentro de la almohada. Se mueven cerca de los oídos, hacen ruido como el de las hojas secas y no dejan dormir. También hay algo en el fondo de la almohada que hace el mismo ruido que un tambor pero está muy lejos, es un latido que resuena en la cabeza. Por encima del muro se puede ver a los niños del barrio jugando. Hay que saltar para agarrarse a lo alto del muro con las manos. Después solo hay que raspar el muro con los zapatos hasta que se consigue subir. Hay casitas en fila. Delante de la puerta la madre de un niño sacude la alfombrilla en la que se restriegan los pies. La pone en el suelo y le da golpes por arriba con los pies un pie después del otro. Le da la vuelta y hace lo mismo. Cuando la mueve de un sitio a otro hay por el suelo un montón de polvo con la forma de la alfombrilla. Ella lo aparta con la escoba. Los niños están lejos. Corren alrededor de las casas. Al doblar las esquinas sus pies derrapan en el polvo de carbón del que está hecho el camino. Se les pueden lanzar piedras para que miren hacia el muro. No les alcanzan. Se lanzan contra una puerta y hay que bajar del muro a toda velocidad dejando arrastrar las rodillas para volver a poner los pies en el suelo. Jugamos a meter arañas en cajas. Les quitamos todas las patas para que no se escapen cuando no hay tapa. Les dejamos las patitas delanteras. Con eso avanzan. Las ponemos sobre el cemento y hacemos que corran. Las metemos en sus casitas. Las tiramos. En el patio del colegio jugamos a estar malos. La hermana está sentada en una silla. El médico utiliza las hojas de lila como una compresa. Pone las lilas empapadas en barro sobre los brazos sobre los muslos y sobre los vientres. Leemos frases enteras. La hermana las escribe en la pizarra. El tejedor teje la tela. Tendremos todas las tejas del tejado todo el verano. Sigue las sílabas con el extremo de la regla de madera. La hermana dice, repetid conmigo, to-das-las-te-jas-del-te-ja-do. Repetimos todo el tiempo la misma frase. Estamos sobre el banco. Nos prohíbe movernos. Nos hundimos. La hermana le pide al niño que se llama Pierre Bertrand que lea él solo la frase que ella marca en la pizarra con la regla debajo de cada sílaba. Pierre Bertrand no entiende lo que le dice la hermana. No lee. No abre la boca. Está de pie en el pasillo. La hermana lo pone solo en un banco. Dice, repetimos para Pierre Bertrand, to-das-las-te-jas-del-te-ja-do. Cuando seamos grandes podremos leer sin la regla y sin la hermana con un libro por nuestra cuenta sin tener que repetir. Leeremos muchísimas páginas sin parar. ¿Quieres a tu madre? La niña que se llama Josiane Fourmont lo pregunta. Quiero a mi madre, sí quiero a mi madre. ¿Cuánto la quieres? Así. Extendemos las manos para demostrar la longitud. Catherine Legrand las separa todo lo que puede. ¿Y tú? Yo así. Los dedos de la niña que se llama Josiane Fourmont casi se tocan. Tú no quieres a tu madre. No mucho. La hermana baja del estrado de un salto. Su vestido vuela de repente detrás de ella. En dos pasos ha recorrido toda la clase. La hermana tira a Josiane Fourmont de la oreja y la obliga a levantarse del banco, la hermana sigue sacudiéndole la oreja. Cuando termina la oreja está arrugada y morada y casi despegada de la cabeza. En el patio del recreo el niño que se llama Guy Romain juega a ser un coche. Corre un poco mientras da golpes en el suelo con los pies. Las manos hacen un molinillo a la altura de su estómago. Giran hacia atrás y hacia delante. Da marcha atrás. Aunque va hacia delante. La niña que se llama Pascale Delaroche grita, así no porque no avanzas. Guy Romain no escucha. Su boca hace un ruido monótono. Pascale Delaroche hace molinillos en la dirección correcta. Las manos giran hacia adelante y hacia atrás. Dice, así es la marcha hacia adelante. Pascale Delaroche está cerca del niño que se llama Guy Romain y le tira de las manos para que empiece a girarlas en el sentido correcto. Guy Romain se separa de ella sin dejar de hacer ruido con la boca y sin que sus pies dejen de dar golpes contra el suelo. Toma la curva inclinándose por completo hacia la derecha cuando gira cerca de la valla. Se endereza antes de llegar a la altura del colegio.

Nos escondemos entre las lilas. Se escuchan las voces que gritan desde algún lado, ya está. La lluvia ha mojado las hojas. Están dispuestas de una forma muy regular en las ramas. En cada rama, a ambos lados, están dispuestas simétricamente tienen el mismo aspecto, menos en el extremo donde una hoja más grande hace que se doble toda la rama. Un pájaro se posa en la horcadura más grande de las lilas. No echará a volar si no nos movemos. La tierra es marrón brillante, completamente empapada, muy clara. Nos agachamos. De vez en cuando un pie se nos resbala y hay que volver a ponerlo bajo el culo. Ponemos la mano en el suelo para sujetarnos. El pájaro empieza a cantar. Al otro lado de la valla está la carretera, otra valla, y detrás de esa valla está el prado del cobertizo. Se ve el tejado detrás de las lilas. Se escuchan voces que se mezclan. Te he visto. Te toca a ti. Estás haciendo trampas, no te mires las palmas de las manos. Ponte contra el cobertizo. Esperamos un poco más. Alguien debe tener ya la cabeza en el hueco que forma su brazo contra el muro porque no hay ruido. El pájaro sale volando. La señorita está hablando con una señora en la puerta de clase. Hablamos en voz alta. Nos reímos. Nos revolvemos. Nos tiramos gomas de borrar. Hélène Corte corre atravesando la clase. Hay una pizarra negra que se extiende por toda la pared. La señorita se da la vuelta y dice, callaos. Sonríe a la señora. Escuchamos que retoman la historia que se están contando. Lo único que se ve ahora es el sombrero de la señora. La señorita está delante de ella. Hay un cuaderno en el pupitre. Se escribe con un lápiz negro. Cada día la señorita escribe la fecha con tinta en la parte superior de la página. Nos apoyamos en el papel para formar letras. Hasta hacemos agujeros. Jugamos a hacer el barco con Alain Trévise. La madre de Alain Trévise entra de vez en cuando para ver qué hacemos, fingimos que miramos los libros. La madre de Alain Trévise es muy alta, tiene el cabello lleno de pelos blancos muy rizados alrededor de la cabeza. Habla muy alto. Le dice, eres un demonio. Le da una bofetada a Alain Trévise en la cara y él corre alrededor de la mesa. La madre también. Clavamos las quillas en el suelo. Sobre las quillas ponemos la pizarra negra. Cuando cogemos asiento, nos movemos hacia delante y hacia atrás. Alain Trévise dice, nos balanceamos, izamos las velas. Movemos el barco con movimientos de cadera. La bata negra lleva las marcas de tiza de la pizarra en la que nos hemos sentado. Alain Trévise silba con el silbato las órdenes del capitán. Un silbido corto. Un silbido largo. La madre de Alain Trévise entra en la habitación. Estamos luchando contra el acorazado en el sillón con los pies en el aire. Alain Trévise grita, izamos la bandera blanca. Ya no tenemos barco. La pizarra está levantada, el sillón también y las quillas las tenemos en la caja de juguetes. Catherine Legrand no sabe escribir. Con un lápiz negro presiona sobre el papel. Hace letras que sobresalen por cada lado de las dos líneas entre las que hay que escribir, sobresalen por arriba y por debajo, tocan el resto de líneas, no está recto. La señorita dice, empiece de nuevo. Se hacen las eses y as y después erres. Las eses siempre tienen la barriga muy grande, las erres se caen hacia delante. A la señora que vive arriba le sale una voz pequeñita cuando habla con Catherine Legrand. La lleva hasta su jardín. Ahora hay que recoger guisantes. Están todos en fila colgados de los palos. Algunos han llegado hasta arriba del todo. Pero la mayoría están en el medio. Muchos se han caído al suelo. Los buscamos debajo de las hojas. Tiramos de la vaina y el tallo se rompe. Cuando se coge mal se arranca y todo el tallo se desenrolla desde la base, a fuerza de tirar se enroscan los guisantes alrededor de las muñecas y las semillas salen por la parte superior de la vaina, que se queda chafada entre los dedos. Hay que ponerlos en la bolsa de la compra de la señora. Algunos guisantes aún están en plena floración. Algunos tienen flores y vainas a la vez. La señora se agacha hasta la mitad sin ponerse en cuclillas. Lleva un moño aplastado a la altura del cuello. Es mucho mayor que la madre de Catherine Legrand. No para de hablar. A veces se para y parece que se va a echar a llorar. Se le arruga la nariz. Tú no sabes lo que es esto. Eres demasiado pequeña. Este hombre me lleva por el camino de la amargura. Sé que está enfermo, pero, aun así. Anoche gritó porque la sopa estaba hirviendo, hirviendo y me dijo te la voy a tirar a la cara lo estás haciendo a propósito, a propósito, yo, a propósito, yo. Tiene la tenia. Come pero adelgaza. La señora huele raro. Como cuando las manzanas se pudren bajo los árboles. Tenía las mejillas blandas el día en que Catherine Legrand le dio un beso. Hay que seguirla. Hay que escucharla. Hay que recoger los guisantes. Algunos tienen agujeros de gorgojos de los que sale como un rosario de semillas diminutas. Hay algo que hace cosquillas detrás de las rodillas cuando la señora deja de hablar y parece que nos vamos a caer. Y la carne está cara, el pan está caro, la leche está cara, los huevos están caros, los zapatos están caros, la vida está cara. La señorita dice, Catherine Legrand, su cuaderno no está al día. Hay que poner al día las páginas que escribimos el lunes el martes el miércoles el viernes y el sábado, el resto está ya en otro lunes. Entre el de Catherine Legrand y el del resto hay tres lunes. Páginas con emes, eles, con bes con vocales. Páginas de casas, de piedras, de imágenes, de fuentes, páginas de avenidas, de leones que comen corderos, de Léon que se aprende la lección, de Jeanne que se lava las manos. El lápiz está demasiado afilado perfora el papel. El lápiz es demasiado grueso hace letras grandes. La goma no borra. Extiende lo que se quiere borrar. La señorita dice, un mal trabajador siempre culpa a sus herramientas. La señorita marca la fecha con tinta en lo alto de las páginas que habrá que rellenar. Catherine Legrand está sola en el banco, sola en la fila, sola contra la pared. La pared tiene una ventana que llega casi al techo. Solo se ve el cielo. Está en el lado del prado del cobertizo. Cuando hace calor la señorita baja la persiana de madera, los listones ocres que la sujetan proyectan rectángulos amplios en el interior de la clase. La señorita está en la puerta de la clase con el padre de Dominique Baume. Mueve la cabeza de derecha a izquierda y se ríe como a trompicones. Lleva gafas. Solo se le ven la espalda y las piernas negras. A través de la puerta abierta se ve el cobertizo. El tejado es muy bajo está oscuro incluso por la tarde. La estufa es pequeña y redonda. Los cortafuegos son placas de metal. Cuando hace frío se ponen rojos por el calor de la estufa. Calentamos piedritas redondas en la parte superior de la estufa y las sujetamos con las manos. Esperamos a que estén ardiendo. Apenas se pueden coger a pesar de llevar guantes de lana. Hay que ir pasándolas de una mano a la otra. Dejamos que se caigan al suelo. De vez en cuando las palpamos. Volvemos a cogerlas con las manos. Cuando están templadas se deslizan sobre la palma dentro del guante ensanchado para meterlas. Se codicia más una piedra pulida, redonda y grande que suele estar en otras manos. En cuanto se enfrían se vuelven a poner encima de la estufa. Recogemos botones de oro y flores de diente de león. Los tallos huecos segregan un líquido que deja manchas marrones en los dedos cuando se seca. Buscamos flores marchitas para soplarlas. Se deshacen en hebras algodonosas que vuelan cuando hay una corriente de aire. Intentamos atraparlas. Por mucho que corramos se escabullen en cuanto estamos a punto de tocarlas. Nos pegamos las corolas de los botones de oro a la garganta, las presionamos a lo largo del cuello, donde quedan reflejadas manchas amarillas hasta la curva de la barbilla. También encontramos margaritas. Las cabezas les pesan y se inclinan hacia el suelo y las hacen enredarse unas con otras. Se puede ver cómo se encorvan, los pétalos blancos están envueltos con firmeza por el verde oscuro de los cálices. Se oyen ladridos. Es el perro del señor Pégas. Inès dice, está atado. Parece que se ahoga con la cadena. Dejamos de recoger flores. Alain Trévise se pone de puntillas detrás del seto para observar el jardín del señor Pégas. Silba con los dedos. Eso significa que todo va bien. Nos apetece ir a ver el río. Se ve al final del campo. El agua brilla con hierba a cada lado. Nos sentamos sobre el empedrado de la orilla. De cerca, el agua es del mismo verde que la hierba. No se ve el fondo. Nos interrumpen los gritos del señor Pégas. Largaos de una vez. Grita otra cosa que no se entiende, seguido de, os advierto que voy a soltar al perro. Estamos en su parcela. Echamos a correr a lo largo del río. Denise Joubert está en el manzano. No nos escucha. Gritamos a la vez que el señor Pégas, vamos Denise, cuidado con el perro. Inès va delante. Gritamos. Después no podemos gritar más porque estamos corriendo. Nos hemos deshecho de las flores desperdigándolas por todo el campo. Se quedan encima de la hierba, algunas siguen en ramilletes, la mayoría están solas separadas unas de otras a lo largo de todo el camino recorrido antes de que abramos del todo las manos. De lejos se ven sobre todo las grandes margaritas boca abajo. Nos tiramos de espaldas detrás del seto. Intentamos respirar. Desde allí vemos que Denise Joubert salta del manzano y empieza a correr con todas sus fuerzas hacia el río. El perro va detrás. El señor Pégas va detrás. Está gritando, mocosa, ladrona, si te pillo ya verás, una paliza te voy a dar, ya verás, ladrona. Lleva un palo. Denise Joubert corre junto a la orilla del río para salir del terreno del señor Pégas. El perro se le echa encima. El señor Pégas está a punto de alcanzarla también. Su voz y la del perro se oyen a la vez. Denise Joubert no puede hacer nada más que tirarse al río. Nada a contracorriente. Hay mucha agua. Le cuesta nadar. Denise Joubert no avanza. Nos da miedo que se ahogue. El señor Pégas sigue corriendo, ahora por la orilla, corre con el perro, mocosa, si te pillo, ladrona. Está esperando a que salga. Denise Joubert se ha acercado al borde. El señor Pégas va a por ella. Ella no tiene más remedio que seguir en el agua. Vemos que la corriente se la lleva. Gritamos, Denise, Denise. Inès sale corriendo a buscar a la madre de Denise Joubert. Da vueltas sobre sí misma por culpa del remolino. Lucha contra el agua. Avanza un poco. Sigue avanzando. El señor Pégas vuelve a ponerse a correr con el perro y el palo. Parece que va a meterse en el agua para intentar coger a Denise Joubert. No, se da la vuelta y corre en sentido contrario. Se da la vuelta, corre siguiendo la orilla del agua, mocosa, ladrona, ladrona. Patalea, zarandea el palo. Denise Joubert casi ha pasado el límite de la parcela. Pasa el límite de la parcela. El señor Pégas llega por su lado. Va a esperarla al otro lado de la valla. Gritamos. Ayudamos a Denise Joubert a salir del agua. Cae boca abajo. Tiene el pelo pegado a la cara y al cuello. La ropa se le pega al pecho y a los brazos. El agua le chorrea por las piernas. La cogemos por los hombros. Empezamos a correr, casi arrastrándola. El señor Pégas viene detrás. El señor Pégas está muy cerca. El perro ladra pegado a la valla. Se queda en su parcela de terreno pero el señor Pégas no. Nos cruzamos con Inès y la madre gorda de Denise Joubert a la que le cuesta correr. Se para delante del señor Pégas y se pone a gritarle por lo que ha pasado con su hija, pedazo de asqueroso, por un momento pensamos que iba a saltarle encima y partirle la cara. Querías matarla, cabrón, metiéndote con niños, asqueroso, cabrón. El señor Pégas ya no grita. Es mucho más delgado que la madre de Denise Joubert. Denise Joubert recupera el aliento. Le damos un jersey. Se quita el vestido para ponérselo. Ya no corre más. Se ve cómo se marchan el señor Pégas y su perro, seguidos de la madre de Denise Joubert que no deja de gritar. Catherine Legrand va al colegio cogida de la mano de Véronique Legrand. Andan por la acera al lado de la carretera principal. Cruzan a la altura del Primistère mirando a izquierda y derecha para comprobar que la carretera está vacía. Cuando llegan al camino Catherine Legrand le suelta la mano a Véronique Legrand. Las bicicletas levantan polvo al pasar. Las ortigas, los cardos, las persicarias, las especies con hojas bajas que se parecen al ruibarbo pero son más anchas más gruesas más arrugadas, a un lado de la carretera, todo es polvo. Las ortigas, los cardos, las persicarias, amarillas casi blancas. Ella corre por el camino, con las rodillas rozándole el mentón mientras salta. El pelo también le rebota sobre la frente. Para a hacer pis porque no hay nadie. Se agacha. Se ve cómo la orina forma dibujos en el polvo, cómo los surquitos dorados rodean islas y se abren paso bajo las hojas gruesas que parecen ruibarbos. Los moscardones pasan zumbando. Véronique Legrand dice, de qué está hecha la carne. Está hecha de lo que hay dentro de la nariz, con toda la mugre que hay dentro de la nariz. No es verdad. Sí que es verdad. Se lo preguntaré a mamá. Escribimos en el cuaderno con una pluma mojada en tinta violeta. La pluma raspa el papel, los extremos afilados se extienden, como si escribiéramos sobre papel secante, y después la punta se queda manchada y con pelos. Hay que limpiarla con los dedos. Volvemos a escribir. Todavía sigue manchada. Hay que frotar la pluma en la bata. O secarla con la piel de la mano. Mejor separar las dos partes del pico para poder pasar el dedo entre ellas y así limpiarlas. Los extremos afilados no se vuelven a juntar así que ahora la pluma escribe doble. Catherine Legrand levanta la mano. Señorita, mi pluma está rota. La señorita se enfada. Ya es la tercera vez que pasa hoy, hay que tener cuidado y sujetar la pluma así. La señorita está de pie detrás de Catherine Legrand. La señorita se inclina por encima de sus hombros para guiarle la mano. La roza con la cabeza. Huele a algo oscuro y arrugado. La pluma se sujeta entre el índice y el pulgar. El índice se dobla en un ángulo recto y se apoya en el extremo redondo donde se clava la pluma. El pulgar está un poco menos doblado. El índice se resbala todo el rato sobre la pluma llena de tinta. En el cuaderno hay huellas moradas, las líneas de dos dedos llenos de tinta se esparcen formando círculos. Hay que apretar el índice todo lo que se pueda contra el extremo de la pluma para que no se resbale. El pulgar también se debe presionar contra el extremo para mantener la pluma sujeta entre los dedos que después no se podrán usar. Le duele todo el brazo. Es mejor escribir a lápiz y deshacerse de la pluma rompiéndola sin querer o perdiéndola. De todas formas Catherine Legrand es una marrana, la señorita se lo dice mientras sacude el cuaderno, un cuaderno así, qué es, es una auténtica marranada. Hay manchas de tinta y huellas dactilares porque cuando sumerge la pluma en el tintero o sale llena de tinta o no coge suficiente. En el primer caso la tinta salpica inmediatamente sobre el cuaderno justo al ir a escribir. En el segundo caso se presiona demasiado el extremo de la pluma contra el papel y se hacen agujeros. Después de eso ni merece la pena intentar formas letras como sabemos hacer con un lápiz. Françoise Pommier hace con la pluma unas letras redondas y finas que caben justo entre las dos líneas sin salirse. Françoise Pommier escribe despacio y con cuidado. Desliza sobre la superficie del cuaderno a lo largo de la línea un secante limpio que sostiene con la mano que no escribe. Levanta la cabeza cuando ha terminado la página. No dice ya está, he terminado. Espera a que la señorita se acerque a ella y mire el cuaderno. La señorita está contenta con Françoise Pommier y la felicita. Pascale Delaroche comete un error. Suelta un gritito que retiene tapándose la boca con la mano. Pide a gritos una goma de borrar sin levantar la mano. La señorita le dice que se calle. Ya voy, tranquilícese un poco. Mira el cuaderno de Reine Dieu. También tiene un montón de manchas y agujeros como el de Catherine

Legrand. También tiene dibujos alrededor de los cuales Reine Dieu ha escrito letras como se le pidió que hiciera. Ha intentado borrar algo aquí y allá. El resultado es una amalgama medio en relieve sobre la que dan ganas de pasar los dedos. Entre los relieves está sucio. La señorita se enfada de nuevo e incluso tira el cuaderno de Reine Dieu que rueda por debajo de la mesa. Reine Dieu está castigada de rodillas entre las filas de pupitres. Se le ven los calcetines beis que se le han resbalado hasta los tobillos donde hacen un acordeón por debajo de la línea roja que deja el elástico sobre la piel en el lugar donde ha permanecido más tiempo. Reine Dieu mira a todos lados, se sienta sobre sus talones, se endereza, entorna los ojos hacia arriba y después hacia abajo, consigue ponerse bizca cuando mira de frente, sus pupilas clavadas en la mitad de la cuenca del ojo. Reine Dieu está de rodillas en el pasillo. Tira de su cinturón, se lo quita para hacer un muñeco, lo deja caer al suelo, lo busca a cuatro patas bajo los pupitres, le pregunta a la señorita si puede volver a su sitio, rebusca en los bolsillos de su bata donde encuentra trozos de cuerda y una goma elástica. Reine Dieu arruga la nariz mientras juguetea con la goma y los trozos de cuerda. Se mete la goma elástica en la boca y tira de ella hasta que consigue engancharla al segundo botón de su bata. Se le suelta y le golpea en la cara. Lleva el pelo recogido hacia atrás con una cinta. Lo tiene alborotado, con mechones sueltos muy encrespados. Véronique Legrand está sentada en el jardín. Véronique Legrand está en su sillón de mimbre. Juega con un trocito de madera que está doblado porque hay un nudo en la madera. Se cuenta historias a sí misma, el trocito de madera sigue sus peripecias, se desliza en su mano, haciendo todos los movimientos que ella quiere que haga. Lo pasa entre los dedos a toda velocidad. Ahora está inmóvil. Véronique Legrand para de hablar y lo mira sacándole la lengua. Lo pierde, lo busca a cuatro patas en el suelo, lo encuentra bajo el sillón. Con su ayuda trepa por el mimbre y se sienta de nuevo en su sitio. Véronique Legrand se pone de rodillas frente a él y vuelve a hablarle. Lo deja en el sillón. Con las manos y las rodillas se desplaza por el polvo. Se para delante de otro trozo de madera apenas más grande que el primero pero sin ningún nudo. Véronique Legrand se sienta a su lado, lo coge con los dedos, lo medita mientras le da vueltas, Véronique Legrand no habla, Véronique Legrand va al sillón donde pone el segundo trozo de madera al lado del primero. Véronique Legrand juega con los trozos de madera. Los encuentra todos en el jardín y los coloca en el sillón. Cuando tiene los que le hacen falta los coge uno a uno y los planta en la tierra. Se mueven siguiendo un orden que ella establece sobre la marcha, o en línea recta, o de dos en dos o en pelotón sin ningún orden. Catherine Legrand da vueltas en el jardín. El padre de Alain Trévise está frente a la hoguera. Da golpes a una barra de hierro con un martillo. Está agachado. La barra está delante de él sobre la tierra batida. Le atiza con regularidad. En todo el jardín se escucha el choque del metal contra el metal. Catherine Legrand se dirige a la valla del jardín. No hay nadie en la carretera. Catherine Legrand intenta meter la cabeza a través de los barrotes. Al otro lado de la carretera, lejos, detrás de los grandes campos desnudos, llenos de hierba cortada y apagada, hay casas altas y planas. Los campos están atravesados por empalizadas largas cuyos postes de madera están unidos con alambre. Están colocados de forma arbitraria, los separa un espacio de dos o tres postes. El alambre no los sujeta a todos. Algunos, sueltos, oblicuos, se sueltan y caen hacia el suelo. Otros se han caído o los ha arrancado el viento o la gente, solo se puede ver un espacio grande donde debería haber varios. El padre de Alain Trévise ha parado de dar golpes a la barra de hierro. Se oye la barra que cae al suelo, y después el martillo que la golpea al caer. Se oyen los ruidos de la hojalata sacudida. Catherine Legrand salta por el camino con los pies juntos. Se agacha para ver una babosa entre los girasoles. Al darle la vuelta con una piedra y amasarla, ella escupe, se mueve lentamente por todos lados, y al presionar desde arriba, ella se extiende, se envuelve. Los palos de Véronique Legrand ahora están en círculo. Véronique Legrand chupa las piedritas para limpiarlas y después las amontona dentro del círculo que ha construido con los palos de madera, donde están todas blancas unas al lado o encima de las otras. Vamos con la señorita en peregrinación a la mandorla. Andamos en fila de dos en dos. Catherine Legrand está al lado de Reine Dieu. Delante va Hélène Corte junto a Françoise Pommier. Detrás está Pascale Delaroche con Jacqueline Marchand. Pasamos por delante de la iglesia a la que vamos a misa los domingos. Llegamos a la carretera principal. No pasamos por delante del Primistère. Pasamos por delante de la ferretería que tiene globos rojos verdes atados juntos. Estamos delante de la casa de Sophie Jamain. La señorita recorre las filas. Se para cerca de Sophie Jamain, se inclina para decirle algo que no escuchamos. Hace una señal de que hay que pararse. La señorita cruza la carretera, entra en la casa de Sophie Jamain. Nos sentamos en la acera. Reine Dieu va saltando a la pata coja. Sophie Jamain cruza la carretera corriendo, se pone delante de la puerta de su casa y mira al resto. Después de un rato da un paso hacia atrás y salta sobre el borde de la acera tocándolo primero con el pie izquierdo y después con el derecho alternándolos de modo que el pie derecho está en la acera cuando el izquierdo está en la carretera y viceversa, así espera a que la señorita salga de su casa. Pascale Delaroche se apoya en el muro de la casa que está frente a la de Sophie Jamain. Está cortando una rama de lila, con la mano entre los barrotes de la verja. La señorita sale y nos volvemos a poner en fila. Avanzamos de nuevo por la carretera principal. Pasamos por delante de casas que no conocemos que están a la derecha y a la izquierda. Delante hay jardines, verjas, a veces escalinatas. No logramos ver las casas por las que pasamos. Vamos hablando. Nos entra el cansancio. Vemos que a cada lado de la carretera ya no hay casas. La señorita indica que podemos parar. Entramos en un campo. Reine Dieu se hace cosquillas dentro de la nariz con una brizna de hierba que ha arrancado de raíz. También le hace cosquillas dentro de la nariz a Catherine Legrand. Catherine Legrand forcejea, se mueve para hacerse con la hierba, la hierba se le mete en las orejas y en el cuello. Estamos bajo un gran manzano. La señorita dice que nos va a contar una historia. Nos sentamos a su alrededor. Es la historia de un niñito santo al que mataron a pedradas cuando intentaba llevar la hostia de Nuestro Señor a un enfermo. La encontraron entre la camisa y la piel donde la llevaba guardada. Volvemos a andar por la carretera. Catherine Legrand tiene tierra en los zapatos y debajo de las uñas por los agujeros que ha hecho rascando el suelo bajo el manzano. La señorita quiere que cantemos porque cuando cantamos no nos cansamos. Cantamos, un kilómetro a pie no es nada no es nada un kilómetro a pie, izquierda derecha izquierda. Cuando decimos izquierda hay que pisar con el pie izquierdo, poner el otro detrás y dar un saltito para andar con el ritmo correcto. La mejor forma de andar debe ser la nuestra. Reine Dieu empieza a arrastrar los pies. Catherine Legrand ve pasar a su lado a Pascale Delaroche y a Jacqueline Marchand que se adelantan cantando. Nos ponemos a buscar tuercas y tornillos a un lado de la carretera. Reine Dieu dice, a veces se caen de los camiones. Quitamos con los pies las hojas secas el polvo y los trozos antiguos de periódicos que hay en la cuneta. Caminamos por la carretera asfaltada dando pisotones. Reine Dieu sacude la cabeza. Extiende los brazos, coge a Catherine Legrand que la rodea moviéndose de lado como si fuera un cangrejo. Reine Dieu se aferra al cuello de la chaqueta de Catherine Legrand y Catherine Legrand agarra los botones de la camisa de Reine Dieu. Nos zarandeamos lo más fuerte que podemos, intentando tirarnos al suelo. Nos reímos. Giramos sobre nuestros cuerpos medio retorcidos. La chaqueta de Catherine Legrand de la que tira Reine Dieu se queda enganchada en su cabeza. Ella está debajo intentando soltarse tiene en la mano un botón de la camisa de Reine Dieu. La señorita se da cuenta de que Catherine Legrand y Reine Dieu ya no están en la fila. Se escucha un silbato. Se ve que las demás están lejos no se las oye se las ve más pequeñas que cuando están cerca. La señorita hace gestos enormes, tenemos que correr para volver junto al resto. Cuando estamos cerca escuchamos que la señorita está gritando así que dejamos de correr y llegamos despacio. Reine Dieu está de pie frente a la señorita con la cabeza inclinada. Separa poco a poco los pies, que están juntos, adelanta el pie derecho y se pone a restregar el zapato contra la carretera, despacio de delante hacia atrás. Cuando la señorita ha terminado nos movemos al principio de la fila donde ella quiere que vayamos. Arrastramos los pies y el resto canta, izquierda, izquierda en una calabaza había un sapo volador. Hay un campo enorme con hierbas de cabeza rosada mezcladas con flores azul cerúleo casi igual de altas. Son flores de lino o de acónito. Cada corola está unida a la otra y al mismo tiempo separada, los contornos son muy precisos para dar forma a la flor, a todo el campo un aspecto geométrico. Vamos al campo de flores. Llegamos. Nos revolcamos en la hierba. En algunas partes está seca, pero húmeda en la base. Hay un olor agrio penetrante, también hay otros más agradables, se respira todo junto al revolcarse. Cogemos las flores cortando todo el tallo. Reine Dieu corta las corolas a ras y se las lleva a la boca. Arranca las flores mientras corre sin parar mientras escupe las primeras para sustituirlas por otras. Reine Dieu se rellena de flores, se asfixia, se ven los colgajos de pétalos azules aplastados sobre los labios atrapados entre los dientes. Hacemos volar a las mariposas que no se ven, del mismo color que las flores de lino o el acólito. La capilla está al otro lado de la carretera principal, sobre un montículo de tierra desnuda. El sol baja sobre el campo. Las piedras de la capilla se vuelven rosas. La señorita dice, ya está ahora vamos a la capilla. Reine Dieu se arrastra hasta la carretera. La señorita le da la espalda. Catherine Legrand se une a ella. Reine Dieu y Catherine Legrand se esconden detrás de la capilla. Leemos frases enteras del libro en voz alta. La señorita está sentada en la silla de paja detrás del enorme escritorio que llega hasta el suelo así que no se le ven las piernas. Lee del mismo libro que tenemos. Denise Baume repite una frase. Hélène Corte ya ha leído la frase sin llegar al final. El-te-so-ro-que-se-en-cuen-tra-en-el-po-zo-fue-pa-ra-la-po-bre-fa-mi-lia-un-re-cur-so-i-nes. Denise Baume se traba también. La señorita da golpecitos secos en el escritorio con una regla, repita. Denise Baume vuelve a empezar la frase. El-te-so-ro-que-se-en-cuen-tra-en-el-po-zo-fue-pa-ra-la-po-bre-fa-mi-lia-un-re-cur-so-i-nes, Denise Baume se para en el mismo punto de la frase. La señorita dice, i-nes qué. Françoise Pommier levanta el dedo. La señorita mira si hay más dedos levantados en la clase. Ella repite, i-nes qué, quién me lo puede decir, Reine Dieu, i-nes qué. Reine Dieu mira a la señorita, Reine Dieu mira a su alrededor. Françoise Pommier levanta el dedo. Se ve a Reine Dieu removerse en el banco, se puede ver que se pasa la pierna por debajo del culo para levantarse. Reine Dieu repite a su vez, i-nes qué. La señorita se encoge de hombros. La señorita hace señas a Françoise Pommier para que hable. Françoise Pommier dice de memoria el final de la frase sin mirar el libro, fue-pa-ra-la-po-bre-fa-mi-lia-un-re-cur-so-i-nes-pe-ra-do. La señorita le dice a Denise Baume, retome la frase. Es lo mismo otra vez, nos paramos mucho tiempo en la palabra re-cur-so. Decimos re y luego cur-so. La señorita aprieta los labios, se le estira la piel de las mejillas, se apoya con los antebrazos, tiene la cabeza rígida cuando mira el aula de izquierda a derecha, se le ve el moño redondo arriba del todo, el pelo lo tiene tirante tirante como si se le fuera a partir. Catherine Legrand está con Reine Dieu en el patio del recreo. Estamos recogiendo piedrecitas amarillas y tenemos los bolsillos llenos. Quién quiere piedrecitas amari-llas quién quiere piedrecitas amari-llas. Gritamos dando un pisotón tras otro teniendo que levantar la pierna en alto. Cogemos las piedrecitas y las tiramos contra las puertas de madera de los armarios. Son de color verde con rendijas. Primero tiramos desde lejos y después una a una. Nos vamos acercando y al final las tiramos a bocajarro y a puñados. Escuchamos cómo chocan dentro donde rebotan de una pared a otra. Entran por la abertura que hay en forma de corazón. La señorita viene y grita, fuera de ahí. Salimos corriendo. Reine Dieu tira del cinturón de Catherine Legrand que corre delante de ella. Vamos al patio de los pequeños. Véronique Legrand está sentada en el suelo. Se ha quitado los cordones, también se ha quitado los zapatos, está en calcetines en medio del polvo. Véronique Legrand intenta enhebrar un cordón en uno de los zapatos, se esfuerza y saca la lengua. Véronique Legrand desiste en el intento, pone el zapato a su lado, empieza a hacer nudos con el cordón, se pasa la lengua por la barbilla. Reine Dieu le pone las manos en la cara, quién soy. Véronique Legrand no sabe quién es intenta quitarse las manos que le tapan los ojos, sus deditos se aferran y se enredan con los de Reine Dieu que son mucho más grandes. Véronique Legrand no dice ni una palabra, se ve que Véronique Legrand se está riendo en voz baja. Catherine Legrand y Reine Dieu la cogen de la mano. La balancean con los brazos extendidos. Dicen, aserrín-aserrán-Vé-ro-nique-Le-grand. La sueltan porque suena la campana. Catherine y Véronique Legrand van al colegio cogidas de la mano. A Véronique Legrand no le gustan los coches. Hay que mirar hacia delante y hacia atrás para ver si viene alguno. Cuando uno se acerca, Véronique

Legrand se aparta aunque todavía esté lejos y se pone contra la valla del campo que está hecha de postes de madera. Véronique Legrand no hace más que ver coches que circulan solos. A veces esos coches están llenos de malas intenciones, podría decirse que es muy peligroso andar por una acera en la que hay un riesgo constante de cruzarse o de que se cruce un coche. Hacen como si no vieran nada, se hacen los ciegos y pasan tranquilamente al lado de la gente en la carretera y después, justo cuando parece que ya han pasado, dan un volantazo brusco y se precipitan sobre las personas que están paradas. En la noche cerrada solo se escucha el ruido que hacen cuando están cerca o cuando ya han pasado, cada vez que uno pasa sopla una ráfaga de viento. Véronique Legrand está en el jardín. Cuando mira hacia atrás ve un camión enorme que avanza en su dirección sin hacer ruido. Ella retrocede y mueve las manos delante de sí misma para indicarle al conductor que está allí. Ve que no hay ningún conductor. Solo hay dos círculos en el capó, delante, que la están mirando. El camión avanza lentamente. Véronique Legrand retrocede tan rápido como puede. No es fácil hacerlo hacia atrás. Se da cuenta de que no puede retroceder más porque está contra la valla. El camión sigue avanzando, está muy cerca. Si Véronique Legrand estira el brazo podrá tocarlo, no, Véronique Legrand no estira los brazos los esconde detrás de la espalda, va a tocarla va a aplastarla Véronique Legrand se hace muy pequeña contra la valla y justo cuando el camión está a punto de rozarla la roza la empieza a aplastar empieza a gritar con todas sus fuerzas. Nos hemos sentado en un prado. Hay un mantel sobre el césped y algunos platos. Véronique Legrand lleva alrededor del cuello una servilleta de cuadros naranjas y azules. Bebe agua de un vaso grande que sostiene con las dos manos. Se ve su lengua en el interior que aprieta contra el cristal, donde la lengua se aprieta se aplasta contra el vaso hay una especie de franja verde provocada por la succión. La madre limpia la boca de Véronique Legrand con el extremo de la servilleta que lleva anudada al cuello. El padre corta una rama de avellano y hace dibujos en la corteza con una navaja. La madera que hay debajo es blanca y húmeda. Al final el palo se queda completamente despojado de la corteza, el blanco se amarillenta al cabo de un rato, así que le ponemos pañuelos de papel alrededor para que se mantenga blanco. Hay vacas blancas y rojizas que se acercan mientras pastan. Al lado de la que está más cerca hay otra un poco más atrás, seguida de otra que coge la hierba casi de entre las patas de la vaca que tiene delante. De vez en cuando una levanta la cabeza, la baba le resbala por el hocico hasta los pliegues del cuello y de su boca sobresalen restos de hierba a medio masticar, trébol y alfalfa cuyas flores rosadas parecen pompones. Para volver a pastar, la vaca desliza el hocico por una larga franja de hierba, al mismo tiempo que sopla u olfatea, hace un ruido húmedo y suave. La vaca con los cuernos más cortos está cerca del mantel. Deja caer una boñiga redonda y plana que humea. La cola está medio curvada en el aire. Por debajo se abre y sale otra boñiga que se aplasta cerca de la primera pero es más pequeña. Cuando la vaca termina, su cola cae hacia atrás y empuja la cabeza hacia delante, la estira girándola de derecha a izquierda y emite un mugido largo que hace que su cuello se tense cada vez más. Hasta que para. Entonces la cabeza vuelve a ser normal. Cogemos manojos de hierba. Hacemos que la vaca coma de la mano con los dedos estirados. La lengua pasa sobre la palma, rasposa, deja hilos de babas. Cuando volvemos al colegio por la tarde el sol se está poniendo detrás del campo de hierba recién cortada y sin flores, se está poniendo detrás de los cercos y postes de madera. Solo se ven las fachadas de los edificios altos, las ventanas alineadas unas al lado de las otras brillando, rojas, ahí es donde se ve que hay sol, no se distingue nada más que una masa única de color rojo y fuego, los ojos entrecerrados. Ahí viven hombres y mujeres diminutos a los que no se les ven las caras porque están cubiertas de sangre, así es como están. Viven en casas que parecen castillos de naipes. También se les puede ver pululando entre las casas cuando entran y salen. Hay que hacer un esfuerzo para mirar hacia otro lado, donde no se pone el sol, la hierba está casi negra y no se ve el agua que corre por los campos. De hecho, está prohibido mirarlos, porque si se los mira otra noche ellos vienen a vengarse, se sueña que los hombres con caras sin piel de donde gotea sangre se acercan a la cama y sin mirar extienden sus manos hacia la garganta con intención de apretar y matar. En la clase de Catherine Legrand hay una alumna nueva que se llama Suzanne Mériel. Es muy alta. Su pelo rubio reluce como si llevara hecha la permanente, separado por una raya en medio, lleva dos horquillas una a la izquierda y otra a la derecha de donde salen lo que parecen orejas de perro salvo que son pelo cardado. Tiene las mejillas moradas. Decimos, la chica de las greñas. Suzanne Mériel aunque es alta no sabe leer, no sabe escribir. La señorita se ríe de ella. Entonces dice algo, pero en realidad no son palabras, suena como un quejido en voz baja y chirriante. Le toca sentarse sola en un banco. Se le ven costras en la cabeza. Josiane Fourmont dice que son piojos. Le buscamos los piojos. Le damos golpes con una regla. Le damos golpes en la espalda y en la cabeza. Ella curva la espalda agacha la cabeza entre los hombros. No hace ningún otro gesto. Le damos golpes más fuertes. Se escucha la voz baja y chirriante que sale de ella continuamente. Le damos golpes.

Los golpes resuenan en su cabeza, en la espalda. Todas las reglas de la clase caen sobre su espalda, sobre ella. La golpeamos a la vez, todo el mundo a la vez, gritando. Se protege la cabeza con los brazos cruzados, los codos sobresalen frente a su cara, azotada por las reglas. La voz sigue saliendo de ella, marcada por los golpes, grave, tensa. Nos reímos. La esperamos a la salida. Queremos atacarla con piedras. Pero Inès la coge de la mano y le pasa el brazo por los hombros. Suzanne Mériel se echa a llorar, las lágrimas corren por sus mejillas moradas, amoratadas. Se oyen los sollozos, se oye su voz ronca. Caminamos detrás con cierta distancia. Escuchamos cómo Inès habla con Suzanne Mériel, nos empieza a gritar si intentamos acercarnos. Seguimos a Suzanne Mériel de lejos, camina al lado de Inès, con su brazo por el hombro. Las vemos salir así todas las tardes y llegar así todas las mañanas. Inès acompaña a Suzanne Mériel hasta la puerta de la clase y solo se separa de ella cuando la señorita le indica que la clase ha empezado. También la espera en la puerta a mediodía y por la tarde y solo habla con ella cuando la acompaña hasta la puerta de su casa. En el jardín, Véronique Legrand está machacando ladrillos para construir una casa. Catherine Legrand está cerca de la reja con la cabeza metida entre los barrotes. Ve pasar por la carretera un camión de mudanzas sin una lona que lo cubra. Los muebles están apilados unos encima de otros en desorden detrás de la cabina. Hay todo tipo de muebles un horno, mesas sillas, sofás espejos armarios. En la parte inferior Catherine Legrand ve que toda la estructura está sujeta por un niño pequeño que mantiene en equilibrio sobre su cabeza un gran armario, varias sillas que están dispuestas sobre sus brazos extendidos, y una mesa auxiliar. Está desnudo y tiene muy mal aspecto. Al mirar con más detalle, Catherine Legrand ve que hay otro niño colocado de la misma manera entre los muebles pero hacia el centro del montón. Parece que tiene el cuello torcido porque inclina la cabeza hacia un lado, tuvo que haberla girado en el último momento mientras le ponían algo sobre la cabeza y ya era demasiado tarde para ponerla recta. De hecho, los dos niños están quietos como estatuas, el más mínimo movimiento comprometería el equilibrio del montón de muebles. Están los dos desnudos. El camión avanza despacio, pero desde atrás ya no se ve a los niños. Catherine Legrand sube corriendo por el camino. Véronique Legrand no escucha lo que le dice Catherine Legrand. Ya ha hecho polvo dos ladrillos. Véronique Legrand escupe encima, la saliva le ayuda a mezclar el polvo. Hace una argamasa rosa y espesa que remueve con la piedra que tiene en la mano. Al cabo de un rato se queda sin saliva y le pide a Catherine Legrand que escupa también. Véronique Legrand cubre con cuidado varias piedras con pasta rosa. Catherine Legrand está encima del muro del barrio. Catherine Legrand ve a Inès en el camino más ancho. Está rodeada de niños que corretean a su alrededor sobre polvo de carbón. Viene de ir a por el pan. Lleva colgada del brazo una enorme bolsa negra, doblada y pegada contra ella. Saca uno de los panes y lo corta tirando de donde no hay corteza. Se hace un agujero grande por donde se ve la miga. Cuando Catherine Legrand se vuelve, ve que Véronique Legrand sigue ocupada machacando ladrillos. En el cuarto de la colada los cubos son grises y brillantes, resbalan al pasar la mano. Uno contiene un líquido verde transparente. Se puede llegar hasta él dando la vuelta a una palangana y arrastrándola hasta ahí, los bordes de la palangana hacen ruido cuando rozan el suelo de piedra. Encima de la palangana dada la vuelta que se hunde por el centro es posible estirarse y recoger parte del líquido con la palma de la mano, parece absenta pero sabe a abeto y raspa en la garganta. Reine Dieu ha faltado a clase. La señorita hace una cruz junto a su nombre en la columna. Hacemos un dictado. A Catherine Legrand no le da tiempo de escribir todas las palabras que dice la señorita. Hay que dejar espacios aproximados. Habrá que rellenarlos cuando la señorita repita el dictado. La pluma salta de una palabra incompleta a otra, deja un nuevo espacio en blanco. Permanece indomable en la mano que la sostiene. En cualquier momento, la punta de la pluma deja de ser un pico, se flexiona y se separa en dos partes distintas. La pluma se sumerge en el tintero, hay que sacudirla para quitarle el exceso de tinta y volver a ponerla sobre el cuaderno. La pluma se engancha, forma letras que rasgan el papel y se incrustan, letras sin terminar, irregulares y llenas de pelos. Escribimos el mar, el muro, la casa, hay que saltarse una palabra que no ha dado tiempo de escribir y que no se ha retenido y después escribir, la mimosa, el metro, la montaña, la masa, se vuelve a saltar otra palabra que termina en ón, puede que montón. Esperamos a que la señorita vuelva a leer el dictado. Con mucho cuidado se puede rellenar un espacio o dos pero no más y eso sin seguir el resto de la lectura, así que ni siquiera está claro que las palabras que se hayan escrito después sean las correctas. La señorita dice, coma entre cada palabra, el muro coma, la casa coma, hay que apresurarse y escribir las palabras que faltan mientras ella dice coma pero no es suficiente para compensar todos los espacios en blanco. La señorita dice, vuelvan a leer los dictados. La señorita dice, lo que hay que mirar es el cuaderno y no la ventana, lo que hay que mirar es el cuaderno y no la pizarra, cuando levantamos la cabeza. La señorita elige a alguien para que recoja los cuadernos. Todo el mundo levanta la mano gritando, a mí, señorita, a mí. La señorita dice, Josiane Fourmont, recoja los cuadernos. El resto protesta. Se escuchan interjecciones aquí y allá. La señorita da unos golpes secos con la regla para reinstaurar el silencio. Josiane Fourmont pasa por las filas con una pila de cuadernos. Pascale Delaroche le dice algo en voz baja mientras le da el suyo. Se oyen susurros, el sonido de la pluma que se pone sobre el pupitre y se deja caer, de los pupitres que se cierran de golpe, de la ropa que fricciona contra la madera. Hay alboroto así que no hay silencio del todo. Nos levantamos a medias, nos volvemos a sentar. Es la pausa que precede al momento en el que la señorita dice, y ahora vamos a hacer. Estamos en el patio del recreo. Algunas de las alumnas más mayores se llevan a las más pequeñas para que jueguen con ellas. Las pequeñas serán las enfermas, las grandes hacen de médicos. Esperamos nuestro turno en fila. Los saúcos que están en la esquina del muro desprenden un olor agrio nauseabundo. Recogemos las bayas que nos ponen los dientes negros. Jacqueline Marchand dice, de ahí se saca la tinta. Escupimos a la vez las pulpas y las pieles. No nos gusta el sabor de las bayas de saúco, que es demasiado azucarado, demasiado dulzón y a la vez recuerda al éter. Nos da miedo envenenarnos. La señorita dice que la tinta es veneno. Monique Despiaud viene a buscar a las alumnas una por una para la consulta. La seguimos. Estamos cerca de las mayores. Se escucha una de las voces que dice, hay que quitarse la ropa. La obedecemos. Monique Despiaud nos quita las bragas que llevábamos puestas. Monique Despiaud dice, ponte de rodillas contra la pared. Da miedo. Hay que ponerse de rodillas. Estamos frente al muro liso de dos metros de altura y sin profundidad que parece un frontón, que forma un rincón con otro muro parecido pero menos alto, ambos en medio del huerto del colegio, es el refugio, parece, de los juegos de Monique Despiaud, de Luce Fourmont, de Nicole Blatier. Se siente una mano en el culo desnudo. Un palo o un objeto puntiagudo cualquiera, que podría ser de metal, provoca un dolor agudo por encima del ano. No se grita. Monique Despiaud coge la mano de Catherine Legrand y la ayuda a vestirse. La hermana de Josiane Fourmont, Luce Fourmont, dice, la operación ha terminado, siguiente. Ahora hay que volver con el resto que está junto al saúco, esperan su turno detrás del muro. Nicole Blatier está allí para evitar que se vea lo que ocurre al otro lado del muro. Denise Baume rompe una rama con los dientes, arranca la madera de la corteza y enseña la médula del interior, que extrae sin romperla. Denise Baume dice, está rico. Nos comemos la médula del saúco, se queda entre los dientes. La señorita cruza el patio del recreo y se dirige hacia la esquina que forman los dos muros en cuyo interior están Monique Despiaud Luce Fourmont Nicole Blatier.

Nicole Blatier la ve llegar y silba en voz baja para avisar a las demás. Todo el mundo sale de la fortaleza Monique Despiaud Luce Fourmont Nicole Blatier sin prisas, y se dirige hacia las niñas que están bajo el saúco, donde están Françoise Pommier Jacqueline Marchand Catherine Legrand Denise Baume y fingen hacer exámenes médicos. Ahora usan un aro abierto para rodear a las niñas, apretando el círculo metálico alrededor de la cintura una vez que han conseguido meter a una de ellas dentro. La señorita se aleja al ver que el juego es seguro. Dormimos la siesta. Hace calor en la cama. No podemos dormir. Véronique Legrand juega con los dedos en su cama. Mientras tanto hace un sonido monótono con la boca cerrada. Hace como un ai-ai-ai-ai-ai monótono, sostenido. Tiene sus dos manos frente a ella a la altura de los ojos. Extiende los dedos uno a uno. Mantiene dos dedos entrelazados durante un tiempo. Los suelta. Los abre bien. Elige uno, el índice, que coge con la otra mano. Lo mira. Lo pone a caminar lentamente sobre el pliegue de la sábana. Cae en un hueco, lo levanta, cojea un poco, lo pone a caminar de nuevo. Se levanta del suelo y empieza a volar, al principio despacio, después cada vez más deprisa, para acabar estrellándose contra el suelo, donde se queda, roto. Véronique Legrand lo abandona y se interesa por otros dos dedos, uno mucho más grande que el otro, el corazón y el meñique. Se mueven juntos y hacen de Véronique Legrand y Catherine Legrand, uno se mueve un poco más atrás que el otro porque es más pequeño. Van al colegio y caminan con calma por la acera. Se apartan a un lado cuando pasa un coche. El más pequeño pisa un charco con un pie, el más grande le regaña. El más pequeño sigue chapoteando en el charco. El otro le tira de la mano. Pero cambia de opinión y empieza a chapotear en el charco, apartando al más pequeño para ocupar todo el espacio. El pequeño se defiende bien. Ahora están los dos en el mismo charco y lo salpican todo. Juegan con piedrecitas en el patio. Hay que meter las piedrecitas blancas que han chupado antes para que se queden limpias en cada abertura que tengan en el cuerpo. Empiezan por la boca, después por la nariz. En la nariz no se quedan mucho tiempo. En las orejas se pueden poner varias a la vez. El más pequeño está preocupado, una de las piedrecitas se le ha atascado en la oreja, pero el mayor consigue sacarla y vuelven a empezar. Catherine Legrand se aburre en la cama donde hace calor y no se puede dormir. Catherine Legrand no juega con los dedos. Más tarde iremos al campo de las margaritas con Inès y Denise Joubert. No nos cae bien Alain Trévise. Denise Joubert coge de la mano a Marie-José Venant, que vive al lado de su casa. Marie-José Venant lleva trenzas que le llegan hasta la barriga. Hacemos collares con las margaritas.

Inès nos enseña a unirlas poniendo todas las corolas del mismo lado. Jugamos a ser la reina. A Marie-José Venant se la corona reina. Está de rodillas. Le ponemos una corona de margaritas en la cabeza. La cogemos de la mano para acompañarla a su trono sobre un montículo de tierra. Marie-José Venant se sienta recta como le corresponde a una reina y también para mantener sujeta su corona. Le ponemos una red alrededor, margaritas en la parte superior de su vestido. Lleva un bastón que sujeta delante de ella. Nos turnamos para inclinarnos. Nos inclinamos mucho y retrocedemos. Le tiramos sobre las mejillas y los ojos margaritas, acianos, ranúnculos y dientes de león como vimos que se hace con la custodia en el Corpus Christi. Le tiramos, le tiramos, ella se embriaga, se ríe, se revuelca por el suelo, le tiramos flores a Denise Joubert, a Inès, nos llenamos el pelo de flores, nos revolcamos por el suelo. Estamos en el porche cerrado. Afuera está lloviendo. No se ve la lluvia gotear de las ramas de los cipreses. Pero a lo largo de las ventanas se deslizan uno tras otro hilos de agua. Se pegan al cristal y no se van. A veces una gota absorbe a otra que ha atravesado por casualidad y a medida que crece empieza a caer más rápido. En el porche Catherine Legrand y Véronique Legrand guardan los juguetes. La madre dice, ya no queda sitio hay que tirar todo lo que esté roto. Se hace una selección. A la derecha se pone todo lo que se quiere tirar, a la izquierda se amontonan los juguetes que se quieren guardar. En el montón malo de los desechos no hay casi nada, cortezas de pan, trozos de papel hechos jirones, cajas inservibles. Todo va al montón bueno. No se puede tirar un juguete solo porque esté roto. Los juguetes abandonados lloran por la noche cuando dormimos es lo que pone en el libro del colegio. Por eso en la pila buena hay perros de tres patas, bustos de muñecas, soldaditos de plomo sin cabeza, tuercas, cuadros, cajas, coches con y sin ruedas y otros juguetes casi nuevos. Las canicas han rodado hacia todos los rincones. Véronique Legrand se mueve constantemente de un montón a otro. Saca una caja que cree que aún se puede utilizar o un trozo de madera del montón malo y lo lleva al montón bueno. Se sienta al lado del montón malo. Mira con atención la cubierta rota de un libro ilustrado. Después se levanta y lo pone en el montón bueno. A veces una gota de lluvia más grande que las demás cae de arriba a abajo, aunque la mayoría lo hace en diagonal, brilla, es como un tren que pasa a toda velocidad en mitad de la noche. La madre dice, todavía hay un montón de cosas, empezad otra vez. El porche está lleno de juguetes desparramados. Para moverse hay que pasar por encima de juguetes que están sueltos y de los montones teniendo cuidado de no pisar un juguete más pequeño o un lápiz o una canica. Véronique Legrand esconde algunos objetos detrás de la caldera de la calefacción central para que se libren de la purga. Una canica sale rodando de entre dos cajas que están entreabiertas hacia la esquina de la pared que está al lado de la puerta. La puerta está al nivel del jardín. Un sendero de gravilla bordea el césped y los dos ciruelos. Los dos árboles tiñen de verde la luz del porche. Cuando llueve el verde es más oscuro. Hay todo tipo de tuberías que atraviesan el porche que está encajado entre el baño y la cocina. Véronique Legrand rebusca con las manos en el montón bueno para encontrar su marioneta de madera. Una arañita naranja le trepa por el cuello. Como no la encuentra se sienta en el suelo y llora. Inès y Denise Joubert hacen gestos desde el campo. Cuando nos acercamos dicen que Marie-José Venant está muerta. Llegamos a la casa de Marie-José Venant. Su madre está pelando judías verdes en la cocina. Hay un periódico sobre el hule impermeable en el que la madre de Marie-José Venant va poniendo las fibras que arranca de un extremo a otro de las judías con la punta de un cuchillo. Lo hace llorando sentada frente a la mesa, con lágrimas que resbalan desde las mejillas hasta el delantal y el borde del periódico. Marie-José Venant está tumbada en la cama de la habitación de al lado. La cubre un velo de tul blanco. Le han puesto una corona de rosas blancas en el pelo. Tiene un rosario de perlas de nácar entre las manos encima de las dos trenzas negras que han recogido sobre su pecho. Los ojos cerrados. Las mejillas blancas como siempre. Cogemos una ramita de boje, que está en un vaso de agua bendita que hay al lado de la cama, la mojamos y la levantamos sobre la cama haciendo la señal de la cruz. Unas cuantas gotas de agua bendita hacen que el tul se doble. La madre ha entrado sin hacer ruido. Aparta las moscas que se posan en el velo con un paño de cocina y después lo usa para esconder la cara porque ha empezado a sollozar. Cuando se lo quita, sus mejillas están hinchadas y enrojecidas. Le cuesta hablar. Dice que nos quedemos aquí un rato más, que le alegra. Llora cada vez más fuerte. Sale de la habitación. Nos quedamos de pie. Sin hablar. Miramos a Marie-José Venant a través del velo. Cuando volvemos a cruzar la cocina para irnos la madre sigue pelando judías verdes. Delante de ella, sobre el periódico, hay un montoncito casi transparente de fibras, espigas, una especie de capuchones por los que las vainas de las judías se aferran a los tallos. La madre de Marie-José Venant saca un pañuelo del bolsillo de su delantal para secarse los ojos. Inés dice, no queremos molestarla señora. Nos vamos y ella se queda sentada. Al bajar las escaleras la escuchamos llorar gritando.

Reine Dieu está en la pizarra. Se equivoca en su multiplicación. La pizarra está detrás del estrado de la señorita, lo que hace que se gire a medias en la silla y tuerza el cuello para mirar a Reine Dieu. Se le ve el moño de perfil y la mitad de las gafas, es decir, uno de los círculos de acero con el cristal. La patilla encajada detrás de su oreja. Se ve porque lleva el pelo recogido en un moño. Reine Dieu borra con los dedos el resultado de la multiplicación. Queda un garabato blanco en el que todavía se pueden leer uno o dos números, en el medio se ve el rastro húmedo que han dejado sus dedos. Reine Dieu se apoya en un pie. No se mantiene bien. Se apoya en el otro. La señorita se vuelve hacia toda la clase. Explica de nuevo las normas de la multiplicación. Reine Dieu apoya su espalda contra la pizarra. Está muy cerca de la señorita. Cada vez más cerca. Reine Dieu se inclina para mirar el moño de la señorita. Tiene muchos pelos blancos. Algunos se han escapado del moño. Reine Dieu los toca con la punta de los dedos. Hace un vaivén de arriba a abajo suavemente con la mano alrededor de la cabeza de la señorita. Cuando la señorita se mueve, se rasca la cabeza con el índice, Reine Dieu mete las manos en el bolsillo de su bata. La señorita no se da cuenta de nada. Dice, saquen los cuadernos en sucio para hacer la multiplicación que está en la pizarra. Mientras copiamos la multiplicación en los cuadernos, la señorita mira la multiplicación que tiene detrás. Así que Reine Dieu tiene que dar un paso atrás cuando la señorita vuelve la cabeza. Al volver la señorita a fijar la mirada en la clase, Reine Dieu se pone corriendo detrás de ella y crac le arranca un pelo blanco que le sobresalía del moño. La señorita ha sentido algo esta vez. La señorita se pone de pie de un salto. Está rojísima. Apenas puede hablar. Dice, por qué ha hecho eso. A Reine Dieu le da vergüenza haber puesto a la señorita en ese estado. No responde. Baja la cabeza, la barbilla contra el pecho. Se balancea de un pie a otro. La señorita grita cada vez más fuerte. Al final Reine Dieu dice, pero señorita, era un pelo blanco. Jacqueline Marchand se inclina hacia Pascale Delaroche y le pregunta si ha visto a Reine Dieu tirándole del pelo a la maestra, responde oh, se pone la mano en la boca. Jugamos al pillapilla. Reine Dieu le tira varios puñados de piedras a Josiane Fourmont. Cuando está a punto de darle, Josiane Fourmont salta por encima de la valla, hacia la carretera gritando, no me vas a pillar, no me vas a pillar, salta con los pies juntos a la carretera. Reine Dieu se abalanza sobre todo el mundo al mismo tiempo. Denise Baume acaba de pasar por delante y ni siquiera la ha rozado. Jacqueline Marchand le da un empujón en la espalda. Pero está lejos cuando Reine Dieu se da la vuelta. Françoise Pommier está bastante lejos y se las arregla para mantener la distancia. Josiane Fourmont está de nuevo en el patio del recreo. Reine Dieu echa a correr detrás de ella en cuanto la ve. Va a alcanzarla, casi le pone la mano en la espalda delante de la puerta del baño. Josiane Fourmont se apresura a entrar y se encierra. Reine Dieu da golpes con los puños en la madera de la puerta. Josiane Fourmont ha echado el pestillo. Grita que no puede abrir la puerta. Reine Dieu se lanza contra la puerta con el hombro derecho y echando encima todo su peso. Josiane Fourmont se pone nerviosa. Se la escucha gimotear. Se la oye dar tirones al pestillo. Françoise Pommier va a decirle a la señorita que Josiane Fourmont está encerrada en el baño y que no puede salir. Josiane Fourmont consigue mover el pestillo milímetro a milímetro. Ya no se la oye. Reine Dieu sigue dándole a la puerta con el hombro y con todas sus fuerzas. Al final, parte de la cerradura se tuerce y cede, por lo que la puerta se abre de repente y Reine Dieu sale despedida por su propio impulso y en vez de aterrizar con el hombro contra la puerta se choca con fuerza contra Josiane Fourmont. Josiane Fourmont se cae encima del retrete, en el que hunde una pierna a la altura del gemelo. Saca un pie cubierto de un líquido marrón espeso que se escurre entre los cordones de los zapatos y que empapa el calcetín corto de lana blanca. Es nauseabundo. Es mierda mezclada con agua y pis. Josiane Fourmont sale del baño saltando a la pata coja. Mantiene la pierna sucia delante. La mira con una mueca y se echa a llorar. Cuando la señorita llega ve a Josiane Fourmont contra la puerta de madera tiene la cabeza hundida en el hueco de su codo y también tiene lo más alto posible el pie, el zapato y la pierna cubiertos de mierda hasta la mitad del gemelo. Salimos a dar un paseo por el bosque. Pasamos por la plaza delante del templo. Vamos en fila de dos en dos. Denise Baume está al lado de Josiane Fourmont. Delante está Catherine Legrand con Reine Dieu. En mitad de la plaza hay un quiosco de música. La calle principal está abarrotada de gente que va en bicicleta y de coches. Caminamos por el borde de la acera derecha. Vemos cómo la gente rodea la plataforma de hormigón que delimita una zona amplia de la plaza en la que está prohibida la circulación. Giramos a la izquierda a lo largo del río. Andamos de dos en dos, manteniéndonos a la derecha para no entorpecer el tráfico. Hemos atravesado la zona más transitada. Ya no hay tiendas. De vez en cuando pasamos por una casa. El río está a la derecha. Las casas están a la izquierda al otro lado de la carretera. Las orillas del río llegan hasta los álamos. Forman paredes de tierra que descienden una pendiente con suavidad hasta el nivel del agua. Las zonas de hierba se alternan con caminos amplios de tierra batida como si fuera arcilla, que se resquebraja con el calor en redes complicadas de rombos que se ensanchan y se tocan entre sí. A veces son como una brecha, casi se puede ver el fuego que hay dentro de la tierra de la profundidad. Al otro lado del río hay una hilera de álamos frente al camino y detrás más arriba hay árboles verdes del color de las espinacas de los que no se distingue bien la forma. En la colina más alta está la granja de bojes. La casita parece muy pequeña desde aquí abajo. Recuerda a la canción, arriba en la montaña había una cabaña. Cruzamos el río por un puente y continuamos en la misma dirección hacia la granja de bojes. Subimos por un camino estrecho serpenteante y sin asfaltar. Al arrastrar los pies por la tierra se levanta una polvareda blanca. Cuando se ve la granja no se ve el río y viceversa. El río se aleja cada vez más y la casa que está ahora más cerca se ha agrandado. No hay bojes alrededor de la granja. El patio es una explanada de tierra y piedras, tan finas y machacadas que parecen arena. Al atravesarlo se entra en el bosque que hay detrás de la granja. Caminamos por un sendero lleno de baches. Ya no estamos en fila. Corremos. Nos dispersamos. Reine Dieu se adentra en la maleza a pesar de que esté prohibido salirse del camino. Recoge hayucos y los mete en la boina. Nos sentamos en el suelo en medio del sendero para comerlos. Son bayas pequeñas en forma de tetraedros con bordes afilados y una cara redondeada y abombada. Se tarda mucho tiempo en pelarlas y la semilla que se saca es muy pequeña. Andamos por el sendero. Hay hayas carpes fresnos ornos olmos álamos temblones. De vez en cuando nos encontramos con un bosque de abedules que parece como un bosque pequeño dentro de otro más grande. Las hojas que no son del mismo año forman una capa de humus gruesa entre la maleza que después se derrama en una película más pequeña sobre el arcén del camino y en las depresiones que hacen los baches o que cubren toda la anchura del camino. Se pega en la suela de los zapatos hay que coger un trozo de madera para limpiarlas.

Hay trozos de madera por todas partes entre la maleza o incluso en medio del camino. Todos parecen madera muerta. Algunos son lo bastante grandes para poder hacer palos. Nos apoyamos en ellos con todas nuestras fuerzas para comprobar si son resistentes. Algunos se rompen. Son los blandos. La madera podrida. Empezamos a cortar ramas de avellano con navajas para hacer palos. Si se hace bien ni siquiera se necesita una navaja, la rama se rompe sin colgajos de corteza, eso es lo que hace falta porque la corteza es demasiado elástica y afilada para poder partirla solo con las manos desnudas. Cogemos los palos más largos. Les quitamos la corteza. Cogemos los más flexibles. Golpeamos los troncos de los árboles con los palos mientras pasamos. Cuando encontramos uno demasiado grande como para poder manipularlo con facilidad, lo lanzamos lo más lejos posible. Se coge con el brazo extendido para apuntar y después se lanza. Hacemos un concurso. La señorita va por delante en el camino. Está hablando con Jacqueline Marchand y Françoise Pommier, que caminan a su lado desde que entramos en el bosque. Josiane Fourmont Denise Baume Catherine Legrand Reine Dieu caminan de frente, cada una con una estaca. Corren lentamente flexionando las rodillas. Reine Dieu exagera un alarido, salen volando todas las estacas. La de Reine Dieu pasa por encima de la cabeza de la señorita y se clava en la tierra que tiene delante. La señorita se sobresalta se gira gritando a las cuatro niñas. Nos quitamos la boina, echamos a correr. Nos gustaría recuperar las estacas porque nos costó mucho tallar las puntas. Así que nos escondemos en la maleza detrás de los arbustos que están a la altura de la señorita de Françoise Pommier de Jacqueline Marchand. Avanzamos boca abajo cuando no nos esconden los matorrales, llegamos al camino sin que nos vean, nos levantamos gritando, corremos a por las estacas. La señorita empieza a gritar pero ya tenemos las estacas. Encontramos un agujero enorme lleno de agua. Parece un estanque pequeño. Los bordes están cubiertos de hierba de liquen, de florecillas rojas de murajes y de juncias que crecen hasta el centro del agua. Cuando la removemos con un palo, se vuelve turbia, la tierra se levanta del fondo. La removemos rapidísimo. Nos ponemos a ello entre varias personas. Al final se obtiene algo espeso, casi barro. Han desaparecido los mosquitos acuáticos que se arremolinan constantemente en la superficie y se echan para atrás cuando se les acerca el palo. Han volado o se han arrastrado por los troncos de los árboles más cercanos o por los matorrales de hojas de los arbustos o se han mezclado con la pasta del musgo. En la espesura hay ramas muertas, ramas bajas de arbustos espinosos, de acebo, escaramujos, zarzas, hojas secas que el viento zarandea arriba y abajo en montones aquí y allá, azafranes amarillos, eléboros de un blanco rosado o ciclamen malva. No se puede hacer un ramo con este tipo de flores. Los tallos son demasiado cortos y no se acoplan bien. Además, tienen un diámetro enorme, están medio huecos y resbalan. Las cogemos de todas formas, pero los tallos se aplastan en la mano, se pierden uno a uno a medida que se aflojan los dedos, y los acabamos dejando en el camino en manojos cada vez más finos o los tiramos en la maleza. Volvemos al atardecer, cuando la luz ya no pasa por debajo de los árboles. Tenemos las palmas de las manos con rasguños, los dedos llenos de espinas. No podemos con nuestra alma. La señorita se esfuerza. Anda junto a las filas, a veces delante, a veces atrás. Dice que hay que cantar para animar la marcha. Cantamos, yo bien puedo ser casada mas de amores moriré. Entre el perro y el lobo los árboles están medio congelados y completamente negros. Cuando salimos del bosque vemos la estrella del norte en el cielo que sigue azul, está todo pálido en el lado donde se ha puesto el sol. Bajamos por el camino serpenteante que lleva el río. Dejamos atrás la granja de bojes. A lo lejos se oyen los cencerros de un rebaño que se desplaza en algún lugar de la ladera de la colina. Y las llamadas de los hombres. El fondo del valle ya está oscuro. El río deja un rastro negro y opaco. Cada vez cantamos más bajo. Reine Dieu no canta. Catherine Legrand a su lado canta con la boca pequeña. La señorita dice, vamos, en marcha, démonos prisa, más rápido, vamos. No podemos irnos directamente a casa. Anne-Marie Losserand por ejemplo pasa delante de la suya. Dice que la luz de la cocina está encendida y también en el comedor. Le gustaría que nos parásemos. La señorita dice que no tenemos tiempo. Tenemos que volver a clase a por los libros y los cuadernos que necesitamos para preparar las clases de mañana. Después podremos irnos a casa. La señorita está enferma. La sustituye una señora que se llama la señora La Porte. No lleva gafas. No lleva moño. No viste con ropa negra. Tiene los ojos grandes y redondos. Tiene rizos cortos alrededor de la cabeza. Lleva pintalabios. Sonríe todo el tiempo. Dice que no conoce a nadie pero que tiene la lista con los nombres. Voy a pasar lista. Se pondrán ustedes de pie cuando diga sus nombres para que pueda conocerlas. Nos levantamos y nos quedamos un momento junto al banco. La señora La Porte mira detenidamente a cada niña mientras le sonríe. Hace una cruz junto al nombre. Levanta la cabeza y dice, muy bien, puede volver a sentarse. Hay que recitar la lección de geografía. Catherine Legrand está delante de la pizarra. La señora La Porte pregunta, ¿qué es un río, qué es una montaña, qué es el mar? Catherine Legrand no puede responder a esas preguntas. Todo el mundo ha visto ya un río. Es un arroyo pero más grande. La señora La Porte no parece haber escuchado la respuesta. Es donde hay agua. No, no es eso. Es agua que fluye, un mar es agua que no fluye. Esa tampoco es la respuesta. La señora La Porte le dice a Catherine Legrand que no se sabe la lección de geografía. Sonríe. Se le ven todos los dientes. Dice que un río es un curso grande de agua que desemboca en el mar, a diferencia de un arroyo, que también es un curso de agua pero desemboca en un río. ¿Y un torrente? ¿Quién me puede decir qué es un torrente? Es un río pero cerca de su fuente. No, no necesariamente. La señora La Porte vuelve a sonreír y dice que un torrente es una corriente violenta de agua de montaña y de caudal irregular. Acentúa con la voz las palabras violenta e irregular. Catherine Legrand, ¿me podría decir por qué un torrente tiene un caudal irregular? Catherine Legrand no sabe lo que es el caudal de un torrente, así que le resulta imposible explicar por qué es irregular. La señora La Porte habla del deshielo, los glaciares, las precipitaciones atmosféricas y la erosión. Después de cada palabra hace una pausa. Entonces hace algo parecido a una respiración corta, un suspiro o un jadeo. Sonríe. Catherine Legrand está de pie entre la tarima y la pizarra esperando a que la señora La Porte termine de hablar. La señora La Porte dice que tendríamos que saberlo desde hace mucho tiempo, que al fin y al cabo esto se trata de una mera revisión. Reine Dieu levanta el dedo y antes de que le dé permiso para hablar dice en voz muy alta que la señorita nunca hace recitar las lecciones. No se oye ni un ruido en el aula. Todas miran a la señora La Porte. Ella le hace una señal a Reine Dieu para que vuelva a sentarse. Le sonríe. ¿Está usted segura de lo que dice? Pero no espera ninguna respuesta. Se vuelve hacia Catherine Legrand que sigue de pie entre la tarima y la pizarra. No parece haber oído las protestas de Reine Dieu que habla muy alto. Le dice a Catherine Legrand, voy a darle otra oportunidad haciéndole otra pregunta. ¿Me puede decir qué es un valle? Desde luego Catherine Legrand ya se había dado cuenta de que el relieve se compone de colinas y valles. Los valles son los huecos. La señora La Porte se ríe. No es eso para nada. ¿Quién me puede responder? Françoise Pommier levanta el dedo. La señora La Porte le indica que puede hablar. Françoise Pommier se levanta junto al banco y responde a toda velocidad. Dice que un valle es una depresión de origen fluvial o glaciar, que un valle fluvial tiene forma de una V grande y que un valle glaciar es más ancho y tiene más forma de U. Mientras tanto la señora La Porte asiente con la cabeza y dice sí, sí, sí, eso es. Al final dice está bien, le pongo un diez. Françoise Pommier espera de pie hasta que le permite que vuelva a sentarse. Todas la miran. La señora La Porte le dice a Catherine Legrand, a usted le pongo un cero, sus labios se separan, se ven las encías rosa pálido, un bonito cero, sonríe. Y pone un cero enorme en el cuaderno, que le enseña a Catherine Legrand. Pero no pasa nada, puede volver a su asiento. Le da una palmadita en la mejilla. La señora La Porte lee un cuento en voz alta. Tiene el libro delante, sobre el escritorio. Tiene una mano sobre la otra, cruzadas. Las deja de cruzar cada vez que una de ellas, la derecha, tiene que pasar la página. De vez en cuando empuja un poco el libro hacia atrás. Levanta la cabeza casi después de cada palabra y empieza a decir la siguiente, mirando a la clase y sonriendo. Mira a las alumnas sentadas justo frente a ella, después a las de la derecha, luego a las de la izquierda. Vuelve a inclinar la cabeza y empieza a leer muy despacio. Sus labios se levantan por encima de los dientes. Las encías, de color rosa pálido, están visibles en todo momento. La saliva de Madame La Porte es pastosa. Se le pega a los dientes, formando hilos blancos que se enganchan o se estiran y reposan un instante en el labio inferior después se rompen como si fueran una goma elástica demasiado apretada o demasiado blanda, dejando un poco de blanco en el labio, un rastro. Los hilos se vuelven a formar cada vez que la boca se cierra y se abre, cada vez que los labios se separan vertical o longitudinalmente. La señora La Porte tiene demasiada ptialina. Cuando termina de leer el cuento nos pide que inventemos frases, las que queramos, pero sobre lo que acabamos de escuchar. Reine Dieu no ha escuchado ni una palabra de toda la historia. Tiene los brazos cruzados encima del cuaderno que está en blanco. La señora La Porte lee en voz alta lo que ha escrito Denise Baume en su cuaderno, lo que Anne-Marie Losserand ha escrito en su cuaderno. Pero en lugar de leer en voz alta lo que ha escrito Catherine Legrand en su cuaderno, la señora La Porte la coge en brazos, tiene a Catherine Legrand en sus brazos, tumbada, es gracioso ver a una niña grande como ella tumbada, así, la señora La Porte la mece mientras camina por el aula, la mece de derecha a izquierda mientras dice, mi bebé, mi bebé grande, y sonríe. La señorita dice que Anne-Marie Losserand no vendrá a clase porque ha muerto su hermano pequeño, dice que iremos a verlo, dice que le llevaremos flores. La señorita dice, habrá que estar en silencio, sin moveros, le daréis un beso a Anne-Marie Losserand. Vamos en fila de dos en dos. Cruzamos la plaza donde está la gran explanada alrededor de la cual circulan los coches, el quiosco de música está en el centro. Todo el mundo hace ruido en las escaleras. Nos apretujamos en el rellano. Hay gente parada en cada escalón. Seguimos de dos en dos. No puede entrar todo el mundo a la vez. La señorita divide la clase en dos grupos. El primero entra con Anne-Marie Losserand en su casa, la otra mitad se queda en el rellano repartida a lo largo de las escaleras. Nos empujamos, nos caemos al suelo. La señorita grita para restablecer el orden. La seguimos hacia la casa de Anne-Marie Losserand. La madre de Anne-Marie Losserand cierra la puerta detrás de sí. Anne-Marie está a su lado junto a la puerta. No lloran ninguna de las dos. Entramos en la habitación, donde está acostado su hermano pequeño. Es un bebé sin pelo que tiene los ojos cerrados. Es como si no hubiera podido abrirlos, como los gatitos con los que no podemos quedarnos. Está en su cuna debajo de un tul blanco. A su lado hay una cruz sobre una mesita con un vaso de agua bendita y ramas de boje dentro. Nos ponemos en círculo en la habitación caminando de puntillas. La señorita empieza en voz baja, Padre nuestro que estás en los cielos. Cuando termina, sigue con, Dios te salve, María. Contestamos a la vez, Santa María Madre de Dios. La señorita levanta la rama de boje del agua bendita y hace la señal de la cruz encima de la cuna. Le pasa la rama de boje a Françoise Pommier que está a su lado. Françoise Pommier la moja en el agua bendita y nos turnamos para hacer la señal de la cruz sobre la cuna. Avanzamos. Retrocedemos. Nos chocamos. La habitación no es muy grande. Pero no hacemos mucho ruido. Vemos que la madre de Anne-Marie Losserand ha levantado el velo que había sobre la cuna. Un moco espeso sale de las fosas nasales del bebé muerto. La madre lo limpia con un pañuelo. Hace tiras con algodón absorbente para introducirlas en las fosas nasales del bebé y taponarlas. Cuando termina baja el velo de tul. Salimos marcha atrás de la habitación. Al salir, miramos al bebé muerto acostado bajo el velo de tul blanco con el algodón que le sale de la nariz. Dejamos paso a la otra mitad de la clase. Esperamos en el rellano. Nos empujamos. Susurramos. Nos sentamos en los escalones. Se escucha a la señorita recitar en voz baja el Padre Nuestro que estás en los cielos y el Dios te salve, María. La tierra está húmeda y casi negra. Las flores del castaño se han caído durante la noche. Se ven líneas pequeñas y rojas dentro de cada flor que apenas se ven y que parecen nieve en contraste con el color negro del suelo. Véronique Legrand y Catherine Legrand están en el jardín. Véronique Legrand gira alrededor del señor Ponse. Le dice, señor Ponse, señor Ponse, a que no me pillas. Está frente a su mesa de trabajo. Hay montones de herramientas, algunas están colgadas en la pared, otras están sobre el banco de trabajo, sierras para madera, sierras para metal, sierras circulares, serruchos de diferentes tamaños, limas para madera, limas para metal, un calibrador, hay un taladro manual, hay punzones de todas las formas y tamaños. También hay clavos, tornillos, cola para madera y, sobre todo, bloques grandes de madera. Véronique Legrand toca todas estas cosas. Sostiene en la mano los martillos.

Aprieta y afloja los tornillos. Manosea los clavos, los coge a puñados y deja que se caigan. Empieza a clavar una hilera de clavitos en la superficie del banco de trabajo. Le da golpes con el martillo, cogiéndolo por la cabeza para darle más fuerza. El señor Ponse está tallando una quimera en el bloque de madera que tiene entre las rodillas. Corta minuciosamente las escamas de la superficie para hacer la espalda. Catherine Legrand intenta trepar por la cuerda del columpio. Se ayuda de las piernas y los pies para subirse a la cuerda cuyo diámetro escaso no le permite agarrarse con fuerza. Se vuelve a caer sobre el sillín. El columpio está puesto entre dos tilos grandes. Cuando nos ponemos de pie para columpiarnos y nos inclinamos hacia atrás, el cielo se ve a través del hueco entre los dos árboles. Vamos al vergel a recoger manzanas. Hay lechugas plantadas en parcelas aisladas de tierra. Lechugas y escarolas. También hay algunas matas de perejil aquí y allá y ramas de tomillo. Nos dejan recoger las manzanas que se han caído al suelo por la noche. A veces son manzanas que han empezado a descomponerse en el árbol y no se ven enseguida. Están en el suelo con la parte podrida hacia el lado de la hierba, es de color marrón, clavado en la hierba, está escondido. Cogemos la manzana porque solo se ve la parte intacta verde pálida y a veces rosa a veces roja, y los dedos se quedan atrapados en lo podrido. También hay manzanas que se caen porque tienen larvas. No se quedan en el árbol hasta haber madurado. La larva ha hecho galerías dentro de la fruta, minándola. La manzana ha perdido su solidez. Está medio hueca. Se cae. Las manzanas buenas se quedan en el árbol. No se pueden tocar porque no están maduras. Cuando se sacude un árbol con un poco más de fuerza que el viento puede que caigan una o dos manzanas, dejando en el tallo una rotura verde y fresca. Véronique Legrand abre las manzanas que encuentra bajo los árboles con un trozo de hierro. Ensancha las galerías de las larvas, hace que colapsen. Ordena las manzanas que ha toqueteado frente a la casa por la parte del muro sin ventanas. Algunas aún tienen parches verdes en la cáscara. De vez en cuando Véronique Legrand muerde una, de manera mecánica o para probarla. Con el trozo de hierro en la mano traza en el suelo una especie de rectángulo al lado de la casa que delimita sus dominios. Allí acumula las manzanas que está agujereando y las hormigas las atacan al cabo de un rato. Algunas están cubiertas por completo. Véronique Legrand tira las manzanas agujereadas que ha cogido para llevarlas a otra parte y empieza a correr gritando, un hormiguero, un hormiguero. Cuando se tienen varias latas vacías se pueden sumergir todo tipo de hojas en agua. Se pueden hacer mezclas, lilas, ortigas, hojas de manzano. Solo en algunas latas se maceran pétalos de flores, rosas, tulipanes, peonías, para conseguir esencias. Se exponen al sol y se remueven de vez en cuando con un palo. Al cabo de unas horas el agua está tibia y se percibe el olor del líquido. Pero las hojas y los pétalos se disuelven mal. Aunque tengamos mucho cuidado, sigue oliendo un poco a podrido. Pero si se insiste, si se olfatea durante un rato se llega a distinguir un olor bueno, manzana, rosa, según el caso o tulipán. Catherine Legrand lleva los botes al rectángulo de Véronique Legrand. Véronique Legrand construye muros para proteger sus adquisiciones de la intemperie. Lleva mucho tiempo. Hay que llevar todas las piedras que se han encontrado en cada esquina del jardín al rectángulo de Véronique Legrand. Hay que clasificarlas y ponerlas en filas según su tamaño. La base del muro está formada por las piedras más anchas y planas. El muro se estrecha porque no hay muchas piedras grandes. El muro deja de crecer cuando no quedan más piedras. Para terminarlo se amontonan encima piedritas o guijarros que no tienen el aspecto de piedras de construcción y que echan a perder el aspecto del muro en general. Como no tenemos nada para cimentar los distintos tipos de piedras, los muros se quedan frágiles. Hay que reconstruirlos todo el tiempo. A Véronique Legrand le cuesta mucho. Cuando uno está bien, otro se le derrumba. Hemos probado a utilizar tierra roja empapada con agua para unir las piedras de una forma más duradera. Pensamos, es arcilla. Pero al secarse se desmorona, no se sostiene, no se queda entre las piedras, las piedras se desprenden, se desalinean, acaban cayendo, de modo que cuando una cae provoca una reacción en cadena, todo el conjunto se hunde con ella, piedra a piedra. Junto a un grupo de árboles adultos hay arbustos de troncos delgados y rectos. Están en grupos de dos o tres. No dan sombra, lo que permite que crezcan a su alrededor escaramujos y que llegue a media altura un revoltijo de arbustos. Aunque son más altos que las niñas. Por eso es el bosque de Catherine Legrand y de Véronique Legrand. Es donde aprendemos a trepar los árboles. Sujetamos el tronco entre los brazos y los muslos y nos arrastramos hacia arriba. Nos arrancamos la piel. No llegamos a la cima. Nos quedamos inmóviles, no podemos hacer más esfuerzo. Los músculos de los muslos y de los brazos han dejado de responder. Esperamos un poco y descansamos. Intentamos olvidar el cansancio mirando cómo crecen las hojas y cómo se extiende el cielo. Intentamos volver a subir. Pero no podemos. Solo podemos desplazarnos a lo largo del tronco hasta tocar el suelo. Nos aferramos a los nudos de la madera y a los brotes mientras bajamos. Llegamos con sangre en las piernas. Nos colgamos de una rama con las manos. Se balancea el cuerpo hacia delante y hacia detrás para coger impulso y entonces se proyecta hacia la rama. Se balancea hacia delante y hacia atrás. Al principio más lento y después más fuerte. Hay un momento en el que el vaivén es tan fuerte que las manos se nos sueltan y caemos boca abajo sobre las ortigas, con los brazos, las piernas y los muslos descubiertos. Al principio no se siente nada. La caída nos aturde. Cuando nos damos cuenta de que estamos sobre las ortigas nos levantamos lo más rápido posible pero ya es demasiado tarde, la sangre corre por todas partes, quema, se siente cómo se mueve deprisa por el cuello por los brazos por los muslos las agujas que están sobre las hojas de las ortigas y a lo largo del tallo pican y cuando miramos la piel está cubierta de ampollas. La señorita está de rodillas sobre el reclinatorio en medio del pasillo. Toda la clase está a su lado en los bancos. Estamos en misa. Catherine Legrand está junto a Reine Dieu. Nos hemos sentado. El cura todavía no ha llegado. Reine Dieu tiene imágenes religiosas que parecen estar hechas de tela, con encajes en los bordes como el paño del altar. Pasa los dedos por encima. El encaje se mueve como un trozo de una bandera que se sacude. Reine Dieu se acerca la imagen a los ojos y mira a Catherine Legrand a través de los agujeros del encaje. Lo hace y tuerce la boca hacia la derecha y después a la izquierda, enseñando los dientes y las encías. Desde donde estamos, la señorita solo puede ver dos filas de alumnas. Estamos en algún lugar detrás de ella. El cura llega con la sobrepelliz. Se dirige a los pies del altar. Allí se arrodilla y dice, in nomine patris et filii et, haciendo la señal de la cruz. La señorita también hace la señal de la cruz desde la frente hasta el pecho, casi al mismo tiempo que él. Junto con la señorita decimos, amén. El cura dice, introibo ad altare Dei. A partir de ese momento no se oye nada más. Reine Dieu tira bajo el banco uno de los dos caramelos que tenemos que comernos. Nos cuesta muchísimo recuperarlo. Reine Dieu primero se desliza bajo el banco de delante y se mueve entre las piernas de Pascale Delaroche y de Jacqueline Marchand y se la oye dar puñetazos y patadas. Vuelve sin el caramelo y lo busca en los bancos de detrás. Se arrastra hacia atrás. Catherine Legrand le da unos golpecitos en la cabeza para que vuelva. La señorita se da la vuelta dos veces, pero al final no ha visto nada. Reine Dieu vuelve justo cuando nos sentamos. No ha encontrado nada. Catherine Legrand que es más pequeña y delgada le coge el relevo. Lo intenta de lado y de forma oblicua, en todos los rincones donde Reine Dieu no ha ido antes. Lo hace con delicadeza. Nadie se da cuenta de que está ahí, así que evita que le den patadas. Al cabo de un rato, mientras se arrastra, pone la mano en algo duro y trae un caramelo de frambuesa pegajoso lleno de polvo. Reine Dieu se lo regala y se traga el otro. Jugamos a hacernos perder el equilibrio de forma que la señorita no oiga ni un ruido. Nos miramos de reojo, apuntamos y nos damos con el hombro. En un momento dado, Reine Dieu, que está al final del banco, se desparrama por el pasillo. Se oye el golpe de sus manos sobre las losas al caerse. La señorita no ha oído nada. Nos quedamos tranquilas un ratito. Vemos que la señorita no se da la vuelta. Le quitamos con cuidado la boina a Pascale Delaroche, se le suben los pelos al mismo tiempo. Pascale Delaroche se lleva la mano a la cabeza y se da cuenta de que ya no lleva la boina. Se da la vuelta rapidísimo y se abalanza sobre Catherine Legrand para quitársela. Nos damos tirones y empujones y nos agarramos por el pecho y los hombros, pero no hacemos mucho ruido. Catherine Legrand consigue pasarle bajo el brazo la boina de Pascale Delaroche a Reine Dieu, que se la pasa por detrás a Denise Baume. El timbre suena tres veces. Delante del altar, un niño con un traje rojo y sobrepelliz de encaje blanco agita una campanilla, es la elevación. La señorita se gira para ver si bajamos la cabeza. Todo el mundo apoya la barbilla contra el pecho. Al cabo de un rato levantamos la cabeza. El monaguillo lleva calcetines de lana beis y botas altas marrones. Uno de sus cordones está desatado. El traje rojo le cae justo por debajo de las rodillas. Suena tres veces más y volvemos a bajar la cabeza. Cuando termina la elevación, Denise Baume lanza la boina de Pascale Delaroche por encima de la cabeza de Reine Dieu y cae en medio del pasillo, justo detrás de la señorita. Pascale Delaroche está roja. No quiere ir a buscar su boina, sacude a Catherine Legrand para que vaya en su lugar, eres tú quien me la ha quitado. Intenta cogerle la suya. Al final Catherine Legrand va allí sin ocultarse. Vuelve a su sitio de pie sin que la señorita se dé cuenta. Entonces le devuelve la boina a Pascale Delaroche. Escuchamos al cura decir, agnus Dei qui tollis peccata mundi. Catherine Legrand ve que la misa está a punto de terminar y que todavía no ha rezado. Pone la cabeza entre las manos. Las yemas de los dedos presionándole los párpados cerrados. Ve pasar todos los círculos naranjas, azules y los filamentos amarillos que hay entre los ojos y los párpados. Le pedimos perdón a Él por divertirnos durante toda la misa. A Él le queremos con todas nuestras fuerzas. Miramos al altar con los dedos abiertos. El cura da la comunión. Sostenemos la cabeza entre las manos durante un rato largo. Se oye al cura decir, ite missa est, decimos con la señorita, Deo gratias. Pasa otro rato. Reine Dieu dice, estos son los últimos evangelios. Y se hace la última señal de la cruz. La señorita se levanta. Françoise Pommier sale de los bancos para guardar su reclinatorio. La señorita da unas palmadas. Nos ponemos delante de los bancos. Salimos de dos en dos, haciendo la genuflexión al pasar por delante del altar. Reine Dieu echa la pierna para atrás tanto que casi se cae de boca cada vez que lo hace. El río se ha desbordado. El agua llega hasta la mitad del jardín. Hay dos campos completamente cubiertos. El padre hace marcas con las estacas de madera para medir el avance del agua. Sigue lloviendo. E incluso los campos que están al otro lado de la carretera están ocultos bajo capas de agua. El agua se queda en la superficie porque la tierra está completamente empapada. Hiela durante la noche. Las capas de agua se convierten en bloques de hielo. En todos los campos ahora hay pistas de hielo. Pasamos por debajo de los alambres. Nos deslizamos con la mochila bajo el brazo. Nos empujamos para ir más rápido. Nos deslizamos de lado con el pie derecho hacia delante. Cuando podemos coger suficiente impulso llegamos en cuclillas, tirando la mochila por el hielo. Reine Dieu y Catherine Legrand cogen cada una de una mano a Véronique Legrand y tiran de ella corriendo a lo largo de la pista de hielo. Jennie Tellier se cae de frente y se hace un corte. Se ve la sangre sobre el hielo. Se pone un pañuelo en la herida. Se pone rojo enseguida. Denise Baume la acompaña a casa. Vamos a explorar los campos de hielo. Pasamos por debajo de muchas alambradas. Una punta de alambre le arranca un trozo de abrigo a Reine Dieu. Hay grandes cúmulos de hielo, de masas y bloques, algunos con superficies lisas otros desintegrados algunos están clavados rectos en la tierra como si fueran peñascos. Saltamos de uno a otro con cuidado porque resbalan. Catherine Legrand pierde un zapato entre dos bloques. No se para. Todo el mundo está lejos ya. Catherine Legrand y Véronique Legrand se quedan solas. Catherine Legrand se sube al hielo e intenta coger el zapato. No lo consigue. Tiene que deslizarse por uno de los bloques. El zapato está atascado debajo. Véronique Legrand se queda de pie a su lado en el campo y la mira. La noche está al caer. Catherine Legrand consigue sacar el zapato y lo desliza sobre el calcetín de lana calado y embarrado. Ya no hace sol. La noche va a caer de golpe. Empieza a hacer frío. La ropa está mojada y se pega al cuerpo. Las casas planas como una baraja de cartas se van acercando. Para llegar a casa hay que volver a cruzar todos los campos y pasar por debajo de las alambradas. Catherine Legrand las levanta una a una para que Véronique Legrand pueda pasar. Nos cogemos de la mano en la carretera principal. Ponemos toda la ropa a secar en el porche cerrado frente a la caldera de la calefacción central. Sale un vapor denso que huele a lana húmeda y caliente. El reflector rojo parpadea y brilla en la parte trasera de la bicicleta y se mueve siguiendo los zigzags y los movimientos que hace el ciclista invisible sobre el sillín. La bicicleta parece que se queda siempre en el mismo sitio. A veces parece como si el reflector rojo se elevara varios metros por encima del suelo, como si se parase ahí y luego avanzara a sacudidas para encontrarse con Catherine Legrand sola en el camino. Las vallas de madera y los alambres de hierro en forma de rombos de los arcenes parecen masas deformes. Las casas están muy atrás. Entre las puertas y ellas, entre Catherine Legrand y ellas, hay un desierto del que forma parte el camino y donde avanza incierto y rojo el reflector de la bicicleta. Esta tarde hemos ido al bosque. Hemos encontrado vincapervincas y junquillos. Hemos hecho ramos de flores que nos hemos puesto en la cintura para poder seguir corriendo. Hemos comido en un claro. Estábamos en círculo. La señorita apoyada contra el tronco del haya. Hemos echado a suertes quién contaba una historia. Hemos cortado trozos de madera todos de la misma longitud menos uno. La señorita los sostenía juntos en la mano con los extremos a la misma altura. Nos hemos turnado para coger uno de los troncos. El palito más corto de todos le ha tocado a Anne-Marie Losserand. Cuenta la historia de una princesa a la que maltratan su madrastra y sus hermanastras. Esas mujeres son malas y feas. La princesa es guapa y buena. A la princesa no la dejan ir al baile. Pero se pone el ala de un pollo en la cabeza la cáscara de una cebolla en el cuello se pone el delantal de la cocinera y espera en su habitación a que el hada venga a arreglarlo todo con su varita a levantar el ala de pollo para dejarla bonita y planchar el delantal. La historia de Anne-Marie Losserand es muy larga. La señorita escucha, sonríe y asiente. El bosque se oscurece. La señorita le dice a Anne-Marie Losserand que podrá terminar de contar la historia mañana en clase que tenemos que irnos rápido que si no llegaremos después de que anochezca. Nos levantamos. Nos quitamos los ramos que llevamos en la cintura, los tallos están aplastados y las flores que tienen la cabeza colgando no sirven para nada. Catherine Legrand olvida a los pies del haya el pañuelo de seda que la madre le ha prestado bajo la condición de que no lo perdiera. Estamos en el patio. Ya está oscuro, salvo por un resplandor vago en el lado del atardecer. Catherine Legrand recuerda de repente en voz alta el pañuelo bajo el haya. Quiere volver allí de inmediato. Dice que no puede perderse que conoce muy bien el camino. La señorita se opone a que Catherine Legrand vaya sola al bosque de noche. Catherine Legrand dice, iré con Reine Dieu, conocemos el camino. Reine Dieu dice, sí, sí, vamos. La señorita dice, os lo prohíbo. La señorita dice que hay un fantasma en el bosque, que es una completa estupidez ir allí ahora porque vaga por la noche y que si Reine Dieu y Catherine Legrand van allí morirán. No sabemos qué es un fantasma. Le preguntamos a la señorita qué es un fantasma. Responde que es un muerto que sale de su tumba, que se sabe quién es un fantasma porque llevan un sudario sobre la cabeza, que esperan a la gente para chuparles la sangre del cuello. Nos reímos. Pero no tenemos claro que la señorita lo diga de broma. Le preguntamos si es verdad. Dice que sí que es verdad. Dice que nunca iría al bosque de Saintes por el fantasma. Le preguntamos por qué sabe eso. Dice que un hombre que conoce lo ha visto. ¿Pero entonces el fantasma no le chupó sangre del cuello? No, tuvo tiempo de salvarse porque es un hombre y no perdió los nervios. ¿Y el fantasma qué hace cuando no hay nadie en el bosque? Espera a que alguien vaya. ¿Y si nadie va? Sigue esperando. Probablemente tiene todo el tiempo del mundo. Reine Dieu le dice al oído a Catherine Legrand, es una tontería lo que dice vamos igualmente. No nos atrevemos a hablar demasiado alto en el camino. Nos separamos sin volver a hablar del bosque. Reine Dieu ha girado a la izquierda para ir hacia la iglesia. Catherine Legrand sigue recto hacia la carretera principal donde gira a la derecha. Delante del camino el reflector rojo se mueve como las lámparas que se llevan en las manos en los cuentos de los marineros naufragados. ¿Y si no fuera un reflector? ¿Si fuera la lámpara roja del altar en la mano de un muerto? Desde luego que no hay que creer en las historias de fantasmas. Pero de todas formas la señorita lo dice así como si fuera verdad, como si tuviera miedo de verdad. Catherine Legrand se para en el camino. No hay forma de pasar por otro lado para volver a casa. Hay que seguir recto es lo único que puede hacer hay que pasar el obstáculo porque detrás están cerradas todas las puertas del colegio, no queda nadie en el patio ni en las aulas. Catherine Legrand empieza a correr para atravesarlo lo antes posible. El camino está muy oscuro. Lo único tranquilizador es la idea de las dos farolas que hay al salir del camino en la carretera principal. En un momento se llegará allí, a la zona iluminada. Catherine Legrand pasa corriendo junto a un anciano montado en una bicicleta que se tambalea en el sillín tan despacio que seguramente es para mantener el equilibrio porque parece que no se mueve, lo único que se ve es la rueda delantera inclinándose hacia izquierda y derecha mientras el anciano empuja el manillar hacia ambos lados. La madre dice, qué es esa historia del fantasma, frunce el ceño como cuando Catherine Legrand dice una mentira, pero no te has enterado bien de lo que te han dicho, no existen los fantasmas, eso es lo que te han dicho, es imposible que te hayan dicho lo contrario, piénsalo un poco, verás que no existen los fantasmas. Bueno, eso es lo que dice la madre. Pero la señorita ha sacudido la cabeza y ha puesto los ojos en blanco para decir que sí es verdad hay fantasmas en los bosques. Entonces al final no sabemos realmente qué son los fantasmas y si existen o no. La señorita está hablando con la madre de Fabienne Dires fuera del aula. La madre de Fabienne Dires es pequeña lleva un abrigo azul, tiene el pelo corto. No se la ve bien porque la señorita la tapa. Dentro de la clase lo pasamos bien. Nos peleamos con gomas de borrar. Reine Dieu lanza la suya con tanta fuerza contra una baldosa que nos echamos encima de nuestros pupitres porque creemos de verdad que se va a romper en mil pedazos. Pero no se rompe. La señorita se gira y dice, hagan ustedes el favor de callarse. Denise Baume se da media vuelta en el banco para que Pascale Delaroche que está sentada a su lado y Reine Dieu y Catherine Legrand que están detrás de ella puedan escuchar lo que dice. Dice que fuimos a casa de mi tía de visita. Fuimos en coche. Hay que pasar la frontera. Hay un lago. Las casas son todas blancas y se pueden ver cisnes blancos en el agua menos uno que tiene una parte del cuello negra. Les tiramos trozos de pan. Mi tía le ha dado a Denise Baume un oso mecánico que tiene un pantalón rojo y que baila dándole golpes a un tambor cuando se le sube a los hombros. Todo el mundo está contento. Mi tía ha hecho una tarta enorme con dibujos. Pasamos a la vuelta por una garganta con un nombre curioso. La garganta es la última parte de la montaña, la última parte que se ve. Es donde está el cuello de la montaña. Por eso se le llama garganta. La cabeza no se ve está en las nubes. Desde la garganta se ve el lago entero que está abajo como en un mapa geográfico, se ven montañas altas e incluso el Mont Blanc, se ven trozos de dos países y a lo mejor hasta Polonia entre las montañas. A Denise Baume le encanta viajar. Comemos en el restaurante al mediodía y por la noche. Hay un perro que se sienta al lado de la silla y le damos comida con la punta de los dedos. El perro se queda ahí y cada vez que se le acerca el tenedor a la boca levanta las orejas y se pone rígido sobre sus patas. La señorita se da la vuelta y empieza a gritar, a callar. No oye lo que le dice la madre de Fabienne Dires. Cuando nos damos cuenta de lo que ha dicho, ya ha retomado la conversación. La madre de Fabienne Dires avanza de lado hacia el marco de la puerta. La señorita la sigue e intenta no ceder terreno. Pascale Delaroche se ha dado media vuelta en el banco habla a la vez con Denise Baume sentada a su lado y con Reine Dieu y Catherine Legrand que están sentadas detrás de ella. Dice que mi hermano pequeño cree en serio que puede volar si lo hace bien corriendo arriba y abajo en la sala grande y agitando los antebrazos a toda velocidad. Pascale Delaroche sube y baja muy rápido los antebrazos, arriba y abajo como una gallina gorda o un pato, parece que Pascale Delaroche va a salir volando en cualquier momento sentada en el banco. Nos reímos. Catherine Legrand se sacude al lado de Reine Dieu. Denise

Baume Pascale Delaroche Reine Dieu la miran. Catherine Legrand se quita los zapatos tirando de los cordones. Denise Baume Pascale Delaroche Reine Dieu la miran. Catherine Legrand se arranca el calcetín de lana y pone el pie desnudo sobre la mesa se le ven todas las uñas los dedos extendidos hay que estirar bien la ingle para mantener el pie a esa altura un pie que puede que no esté limpio Catherine Legrand no lo había pensado lo ha hecho para hacer reír a Denise Baume Pascale Delaroche Reine Dieu y nadie se ríe. Cada niña recupera su posición normal frente al pupitre, como si fueran a ponerse a trabajar. No hablamos. Nadie mira a Catherine Legrand. Catherine Legrand se vuelve a poner el calcetín y después el zapato. Podría decirse que eso no le ha gustado a nadie por eso hay algo que empieza a girar a toda velocidad en esa cosa que parece Catherine Legrand, y cuando Catherine Legrand ha terminado de atarse los cordones, todo pesa en su interior, los ojos se le quedan inmóviles, se mira hacia dentro a través de las órbitas, está atrapada, nunca podrá ser otra cosa que Catherine Legrand. Es agradable pasear por los prados en verano. La señorita señala con el dedo cada árbol y dice la lección. Hay que saber reconocer los manzanos, los ciruelos, los cerezos, hay que saber diferenciar entre la avena de la cebada y del trigo. El tronco de los manzanos tiene una corteza de surcos profundos y paralelos entre sí que van de arriba abajo. Se parece a un campo labrado en otoño cuando la tierra está cubierta de color marrón. Tienen el mismo color. Tenemos un manzano delante y es un árbol grande y antiguo. Tiene dos ramas principales que forman una horquilla en la que podríamos tumbarnos. La señorita prohíbe que trepemos por los árboles. En los huecos de la corteza hay hormigas que corren por todas partes se ve hasta una fila entera. Las hojas de los manzanos son redondas y opacas. Tienen un aspecto como de algodón, sobre todo en el envés que parece como si se le hubiera aplicado una capa lechosa de blanco sobre el verde. La señorita dice que las flores de los manzanos son rosas. Los ciruelos parecen menos sólidos. Los troncos de los ciruelos son más lisos casi negros llenos de nudos, llenos de una especie de cortes a lo largo sus ramas que se bifurcan y las más grandes terminan en retoños flexibles que se doblan. Las horquillas que no son el resultado de una imbricación clara no ofrecen refugios estables. La señorita dice que las flores del ciruelo son blancas. Los perales tienen hojas alargadas y son de un color verde plateado. El tronco está moldeado y ahuecado como el de los manzanos. La señorita dice que las flores del peral son blancas. Los árboles más bonitos de este tipo son los cerezos sobre todo los que tienen picotas. Sus troncos son rectos y no tienen un gran diámetro, estos árboles se parecen a los caballos porque parece que se puede ver bajo su corteza la sangre que corre a toda velocidad. Parece imposible que vayan a quedarse mucho tiempo así quietos inmóviles plantados en la tierra. Su corteza es fina y sedosa como la de los abedules. Es de color gris perla. Las ramas, la unión de ramas nuevas, todas las ramitas y sus enmarañamientos están siempre ordenadas. Todo parece estar calculado de antemano con precisión. Forman arcos que se realzan contra el cielo, como una avenida de arcos en un jardín francés, brotan tensos, es algo geométrico, las hojas son brillantes, verdes pero oscuras no son muy largas no son muy estrechas tienen los bordes dentados. La señorita dice que las flores de los cerezos son blancas. De hecho ya se han visto algunas en el jardín durante la primavera. Los pétalos están en la tierra oscura y el tronco todo empapado es del mismo color. Los recogemos. Las yemas de los dedos están todas cubiertas de agua. Hay agua por todo el árbol. Hay montoncitos de nieve en suspensión en las ramas sin hojas donde se forman manchas blancas. Distinguir los cereales es aún más fácil. Las espigas de la cebada tienen forma de huso como las espigas del trigo pero tienen filamentos largos y finos, son más estrechas que las del trigo y pesan menos. Las espigas de la avena son como plumas. Se parecen a un enjambre en el que los insectos vuelan siempre a la misma distancia los unos de los otros. Los granos están envueltos en vainas verde pálido que terminan en filamentos. Los campos de gramíneas están bordeados por senderos de setos donde se tiene la impresión de ir andando por la sombra. La hierba está llena de colores. El rosa de las espigas de hierba con semillas es muy pálido casi transparente. Algunas se parecen a las de la avena, otras tienen matas sedosas y otras son puntiagudas. La hierba no forma parte de la lección. Cuando la atravesamos vamos de puntillas. Queremos avanzar sin dejar huella. Pero cuando nos damos la vuelta detrás es como si se hubiera hecho una hendidura en el prado con un cuchillo. Y entonces se ven las manchas amarillas de ranúnculos y de las flores de diente de león que forman parches en algunos sitios parece que el sol brilla con irregularidad sobre el prado. Entramos en un tramo de bosque empujando una valla de estacas. Están atadas entre sí con un alambre de espino. Reine Dieu dice que los pelos que se han quedado atrapados entre las puntas del alambre son los de un jabalí. Es evidente que se los arrancó el jabalí al pasar demasiado rápido o cuando intentó pasar a la fuerza o porque no vio la valla. Reine Dieu dice que los jabalíes son casi ciegos. Los pelos que intentamos sacar de la maraña del alambre son negros y están tiesos. Pensamos que nos gustaría ver un jabalí. Reine Dieu dice que pocas veces salen de la espesura del sotobosque, de la maleza donde tienen el revolcadero. Hace calor. No se puede seguir. Sudamos. Tenemos las mejillas rojas. Tenemos las mejillas violetas. Pensamos en la menta con hielo. En el agua del manantial. En guijarros pequeñitos blancos y fríos. No encontramos agua en ningún sitio. No se oye ninguna fuente. Caminamos al aire libre por una carretera asfaltada. Cuando se ve la sombra de un árbol extenso o la de la pared de una casa nos paramos y nos ponemos dentro para tomar el fresco. No es fácil porque ahora mismo las sombras tienen una superficie encogida y son cálidas. Hay una niña que tiene un agujero en el paladar. Catherine Legrand está a su lado en misa. La señorita la ha cogido de la mano para acompañarla a un banco mientras dice que es nueva, que hay que ser amables con ella, que está mala, que tiene un agujero en el paladar. En ese momento todo el mundo ha querido ver el agujero y la señorita le ha hecho abrir la boca. Nos hemos puesto a su alrededor. Catherine Legrand cree haber visto algo amarillo y negro en medio del paladar pero en realidad Catherine Legrand no puede decir que haya visto del todo el agujero del paladar de la nueva. Cuando la señorita ha preguntado, quién quiere hacerse cargo de ella para acompañarla en la misa, Reine Dieu y Catherine Legrand han dicho, yo, por el agujero del paladar. El ostensorio está en el altar. El cura está de rodillas delante de él con un camisón blanco que tiene festones en la parte de abajo. El ostensorio es de oro. Es como un sol en el que dentro los rayos se solidifican de forma torcida. El círculo del sol es la hostia. La niña que tiene un agujero en el paladar está de rodillas entre Reine Dieu y Catherine Legrand. Parece que cada vez que necesita tomar aire con los pulmones tiene que abrir la boca, y a veces se queda un rato con la boca abierta. Catherine Legrand cree que es durante este momento cuando sale de la boca un olor de podredumbre o de estiércol o cualquier cosa peor que Catherine Legrand no sabe nombrar. Es mejor girar la cabeza hacia el otro lado. Cuando la niña cierra la boca no huele a nada. Reine Dieu mira hacia delante. Deja caer el rosario sobre el banco. Le cuesta cogerlo porque está debajo del tercer banco de atrás. Se arrastra hacia atrás por debajo de los bancos. La clase de los mayores le da patadas, rodillazos y puñetazos, cuando lo recupera empieza a desenredarlo. No se puede saber si el olor viene de la niña que tiene un agujero en el paladar o si nos lo hemos imaginado y entonces puede ser de un perro o de un gato que ha entrado durante el día cuando las puertas de la iglesia están abiertas de par en par y se ha meado debajo del banco. Ya hemos visto varios perros que entran en la iglesia mientras se celebra un oficio y trotan hacia el coro. Cuando pasa eso nos empezamos a reír. Sobre todo cuando el perro se para y no sabe qué hacer y mueve la cola. También hemos visto golondrinas volando justo por debajo de la bóveda, volando sin parar y rozando las piedras de las esquinas, los cimientos, desde abajo parece que se chocan pero siguen volando los sortean en el último momento y las miramos con la cabeza echada hacia atrás, apoyada sobre la nuca para poder verlas el mayor tiempo posible sobre todo cuando vuelan en dirección contraria del lado de la puerta, nos preguntamos si podrían volar hacia atrás o con las patas en el aire. Es jueves por la tarde en casa de Fabienne Dires. Jugamos al teatro. El escenario es el jardín. Todo el mundo está en el escenario. El hermano pequeño de Fabienne Dires hace del niño. Fabienne Dires hace de la madre del niño. Denise Baume hace de la vecina de la madre del niño. Véronique Legrand hace del médico de la madre del niño. Catherine Legrand hace del cura de la madre del niño. Es la hora de ir al colegio. El niño se cae de bruces contra el suelo en el momento en el que la madre lo pone de pie. Es difícil conseguir que el hermano pequeño de Fabienne Dires se caiga al suelo como es debido. Se queda rígido, parece que se cae en varias veces, pero es porque se está conteniendo. Le explicamos que se tiene que caer al suelo de una sola vez. Para hacer que lo entienda, Catherine Legrand le pone una zancadilla. El resultado es que el hermano pequeño de Fabienne Dires se cae de bruces al suelo exactamente como queremos y su frente se da contra la raíz de un árbol y se echa a llorar. Al final hacemos que se caiga sobre el césped y funciona bastante bien. Ahora no hay forma de que deje de caerse. La madre del niño que se cae va a buscar a la vecina y lo pone de pie delante de ella para enseñarle que no puede quedarse de pie. En ese momento el hermano pequeño debe caerse de bruces. La madre lo recoge y lo deja de pie delante del cura. No para de caerse. Lo dejamos de pie delante de cualquier persona, se cae y nadie sabe por qué. La madre lo recoge del suelo otra vez y lo pone delante del médico. El médico dice, no llore, señora, lo solucionaré, y entonces pide que lo ausculten y entonces se da cuenta de que, al vestirse, le habían metido las dos piernas en la misma pernera del pantalón. Se cierra el telón y los actores se aplauden a sí mismos, pero no hay bis. Reine Dieu dibuja un laberinto en el suelo. Dice que una vez dentro no se puede salir. Todo el mundo se mete dentro. Damos pasitos para encontrar la salida. El hermano pequeño de Fabienne Dires hace trampas saltando por encima de las líneas y dice, ya está he ganado. Le decimos que si es así no jugaremos más con él. Empezamos de nuevo. Volvemos a salir por la entrada del laberinto. Anne-Marie Losserand le dice a Reine Dieu que su laberinto está trucado porque hay líneas que sobrepasan a otras y que eso no es justo. Reine Dieu intenta rectificar algunas líneas pero tira el palo y dice que no hay espacio suficiente para hacer un laberinto de verdad. Decidimos borrarlo y hacer otro cubriendo el césped con piedrecitas blancas puestas muy juntas unas al lado de las otras para hacer líneas que pasan por encima de la hierba. El hermano pequeño de Fabienne Dires da patadas a las piedras en cuanto las colocamos sobre la hierba. Reine Dieu Fabienne Dires Véronique Legrand Catherine Legrand Denise Baume se ponen a correr detrás de él. Cuando lo atrapamos lo sentamos en lo alto de un muro donde no puede bajar solo así que empieza a gritar, a dar golpes con los pies contra el muro. Le enseñamos a dos niñas que no conocemos el laberinto de Reine Dieu. La madre de Fabienne Dires les dice que entren y que va a empezar la merienda porque ya es la hora. La madre de Fabienne Dires habla con las dos niñas que no conocemos. Le dice Françoise a la más grande y Jacqueline a la más pequeña. La casa huele a canela y a tarta de limón. Nos quitamos el abrigo. Nos lo volvemos a poner para salir después de merendar. La niña más grande que se llama Françoise propone que juguemos a quién salta más alto contra el muro. Nos enseña cómo hacerlo y estira la pierna hacia arriba y llega hasta el borde del muro. Mientras lo hace se le ve la vulva el culo y la raja que hay en medio porque sus bragas están llenas de agujeros. Le decimos que lo vuelva a hacer para verla. Cuando se gira riéndose para saber qué cara ponemos se pone rojísima y por mucho que le insistamos no quiere volver a saltar contra el muro. La señorita habla de Carlomagno quien se convirtió en emperador en el año ochocientos desde el principio de la clase de historia. La señorita dice que Carlomagno construyó colegios, que en el colegio que había en su palacio los hijos de los pobres podían ir con los hijos de los ricos. En la imagen a color del libro de historia está Carlomagno de pie, con una toga y el brazo lo pasa por la espalda de uno de los hijos de los pobres, que sujeta un pergamino y gira la cabeza hacia Carlomagno que quizá le esté hablando. Se ve que es un niño de los pobres porque el dobladillo de su túnica no está a la misma altura respecto al suelo, Carlomagno señala con el índice de la mano, el que no tiene detrás de la espalda del niño pobre, a un niño de los ricos que lleva una túnica con el dobladillo recto, la señorita dice que parece molesto, dice que Carlomagno le está amonestando y le pregunta por qué un niño pobre trabaja mejor que él. Detrás de Carlomagno hay otros niños apretados unos detrás de otros y cada vez más pequeños. En la imagen no hay niñas. La señorita dice que no se ve en la imagen pero que Carlomagno combatió contra los sajones que tenían un líder, Viduquindo. La señorita dice que Carlomagno derrotó a Viduquindo en esa guerra y que quería que se hiciera cristiano pero Viduquindo no quiso. La señorita dice que un día fue solo a una iglesia y vio allí a un niño pequeño junto a la hostia del ostensorio, se arrodilló y en ese momento se hizo cristiano. La señorita dice que en Aviñón siempre hace sol y el cielo está azul. Mira por la ventana pero está lloviendo. Durante la clase de geografía dice que un viento fuerte sopla por el valle del Ródano como en un pasillo y que arranca las flores blancas y las flores rosas de los melocotoneros y de los almendros y que mientras el cielo permanece azul. Dice que al borde de los campos hay cipreses y tejos rectilíneos para proteger las cosechas del viento y que son de verde oscuro y se caen en la dirección del viento porque los empuja. La señorita se quita las gafas y dice que se trata del mistral.

Hemos puesto el fusil en el centro. Si alguien se acercara por la izquierda de Catherine Legrand o por la derecha de Vincent Parme no lo vería, bastaría con que uno u otro siguiera hacia delante hablando de cualquier cosa delante del cañón del fusil para que uno u otro pudiera cogerlo en ese momento y esconderlo en su espalda. Andamos a lo largo del río. Hemos bajado hasta la mitad. Avanzamos doblando las rodillas. Cuando sea de noche, no se nos verá salvo por la camisa blanca de Vincent Parme. Nos tiramos al suelo boca abajo sobre la hierba porque las niñas del molino cruzan el cerco de madera y vienen por el lado equivocado, en vez de ir río arriba por el otro lado de la esclusa y seguir el curso del agua que se ha desviado a través del campo hasta el molino, vienen hacia donde estamos. Le dan la espalda a su casa. Cuando vuelvan dirán que han visto a Vincent Parme y a Catherine Legrand tumbados en el campo a cada lado del fusil. De momento nos oculta un avellano que crece al borde del agua y se extiende hasta el prado. La hierba está mojada. La tierra está mojada. Se oye el sonido que hace el agua que corre cerca. Se oye igual que por la noche, cuando estamos en la cama y no podemos conciliar el sueño. Durante el día no se oye nada. Las chicas del molino son altas y delgadas. No jugamos con ellas. Se agachan para recoger algo que no se ve o para mirar algo que no se ve. Cuando terminan van en dirección al molino, atraviesan el campo. No miran hacia donde estamos. Nos dan la espalda. Esperamos a que vuelvan a la casa. Volvemos a caminar siguiendo el curso del río. Pasamos el avellano. Vincent Parme lleva el fusil. Esta vez lo tiene hacia el lado del río. Nos detenemos ante el cerco de madera. Vincent Parme tira el fusil en la hierba. Hacemos agujeros lo más redondos y definidos posible en la parte saliente de la orilla en la tierra. En total hacemos seis bastante separados entre sí. Cuando hemos terminado de cavar vemos el agua del río a través del agujero. En estos sitios hace cimientos muy profundos. Sacamos del bolsillo un alambre de latón donde se ha hecho una trabilla. Pasamos el extremo del alambre a través de la trabilla para formar un círculo, mitad flojo, mitad rígido. Además del alambre en círculo queda otro trozo liso que sujetamos en la mano. Nos ponemos de cuclillas en el borde del agujero. Esperamos. Cuando llega una trucha hay que sumergir la trampa lo más suavemente posible en el agua y hacer que la cola de la trucha se meta dentro, tirar de ella por el vientre y cuando está a la altura de las branquias darle un golpe seco para sacarla a la hierba toda sujeta por el alambre de latón. Catherine Legrand vigila tres agujeros. Vincent Parme vigila tres agujeros. Es casi de noche. El río es más claro que el campo. El sol brilla en la corriente. Una trucha se para a descansar en la entrada de uno de los agujeros de Vincent Parme. Vincent Parme hunde el círculo dentro del agujero y da un tirón brusco para coger la trucha. Salta en la hierba de un lado a otro. Se ve que sus escamas brillan. Se queda tranquila un rato y después vuelve a saltar durante otro rato. Una trucha se para en uno de los agujeros de Catherine Legrand. Catherine Legrand sumerge el alambre de latón, la cola está en el círculo, Catherine Legrand sube el alambre por el vientre, la trucha lo siente y se aleja a toda velocidad. Catherine Legrand ya no la ve. Le dice a Vincent Palme que acaba de perder una trucha. Vincent Parme dice que no pasa nada, que pronto le pillará el truco y que hay un montón. La trucha que ha pescado Vincent Palme da un salto enorme en la hierba y aterriza de lado. Vincent Parme está sacando una trucha. Es demasiado pequeña la devuelve al agua. Se oye el ruido que hace en algún punto en medio del río. Vincent Parme le dice a Catherine Legrand que venga a ayudarle. Tiene una atascada en el agujero más cercano a la orilla. Es muy grande así que no puede sacarla del agujero. La trucha forcejea. Él se pone boca abajo y se inclina sobre el borde del río. Intenta hacer que vuelva. Le dice a Catherine Legrand que le sujete los pies. Catherine Legrand sujeta los pies de Vincent Parme que tiene todo el cuerpo inclinado sobre el río. A Catherine Legrand le cuesta sujetarlos porque él no para de moverlos hacia arriba. En un momento dado oímos a mi tía llamándonos desde el otro lado del río, de pie en medio del círculo de luz de la lámpara exterior porque es la hora de cenar. Vincent Parme dice mierda mientras trae a la orilla la trucha que forcejea. Catherine Legrand le sujeta los pies. Vincent Parme se arquea y se arrastra para volver a poner el vientre sobre el suelo. Se sienta en la tierra. Sujeta con las dos manos la trucha que forcejea medio atrapada en el alambre de latón y en las manos de Vincent Parme. Es una trucha grande. Se la mete dentro de la camisa contra el pecho junto a la otra. Volvemos siguiendo el río. Damos la espalda a la tabla de madera por la que las chicas del molino pasaron hace un rato. Pasamos por el puente de madera opuesto y los listones rebotan bajo nuestros pies. Catherine Legrand lleva el fusil con el brazo extendido aprieta el cañón contra la pierna. Está muy frío muy húmedo. Vincent Parme camina sujetando las truchas contra su pecho. Tenemos cuidado de que no nos vea nadie porque hacer esto está prohibido. Tenemos serrín hasta la cintura. Somos cuatro en el mismo montón. Jugamos a las cartas. Denise Parme siempre gana. Vincent Parme pone cara de pocos amigos. Véronique Legrand está atrapada hasta el cuello. El taller no tiene luz. Fuera llueve. La hierba del campo es de un verde más oscuro de lo normal. Vemos que los primeros árboles del bosque están todos caídos. Véronique Legrand pierde una carta entre el serrín. Mientras la busca se le hunden las demás. Catherine Legrand que está a su lado hace agujeros para encontrar las demás cartas. Le echa el serrín a la cara a Denise Parme. Denise Parme coge puñados de serrín y los echa sobre Catherine Legrand. Nos peleamos en el montón de serrín. Cuesta salir de ahí. Nos levantamos para poder apuntar. Véronique Legrand grita mientras intenta apartarse y se hunde más y más. Le da en los ojos todo el serrín que ha lanzado Vincent Parme. Al final consigue liberarse. Esparcimos el serrín por todo el taller tenemos mucho en el pelo, en los bolsillos. Decidimos ir a robar manzanas cuando ya no llueve tanto. Denise Parme dice que no están maduras. Vamos de todas formas. El camino bordea el bosque. No está asfaltado. Hay charcos y barro por todas partes. A la derecha están los campos. Para encontrar manzanas hay que salir del camino y andar por la hierba un rato. En el primer manzano que vemos las manzanas son muy pequeñas, en el segundo igual. Encontramos uno con las manzanas normales. Cuando estamos debajo Vincent Parme sacude las ramas con todas sus fuerzas. Salimos corriendo porque nos cae mucha agua. Manzana no cae ninguna. Denise Parme dice que ella ya había dicho que no están maduras. Así que nos subimos al árbol para cogerlas. El tronco está viscoso. Las suelas de los zapatos se resbalan en la corteza. Cuando tenemos los bolsillos llenos volvemos a bajar. Estamos bajo el árbol. Damos pisotones. La tierra está empapada. Hace un ruido como de succión bajo los pies, la hierba parece papilla de hierba en todo el campo. Nos repartimos las manzanas. Tiramos las más verdes pero cogemos todas las que podemos. Volvemos al taller. Tenemos frío porque estamos empapados. Volvemos al montón de serrín. Tenemos cada uno nuestras manzanas delante. Les damos mordiscos mientras jugamos a las cartas. Véronique Legrand muerde cada manzana para probarlas. Decide que la primera es la que se va a comer. La parte que está al aire está llena de serrín por la saliva y por el jugo de la manzana. Véronique Legrand tiene que frotarla un buen rato, tiene que lamerla antes de podérsela comer. No paramos de masticar. Mi tía nos llama para merendar. Vamos gritando quién llegará el primero. Mi tía se enfada por todo el serrín que hemos metido en la casa que está recién encerada. Volvemos al taller. Después de un rato nos duele la barriga. Salimos del serrín corriendo para llegar al baño antes que el resto. Denise Parme llega la primera y echa el cerrojo a toda velocidad sujetando la puerta. Vincent Parme Catherine Legrand llegan justo después. Véronique Legrand atraviesa el patio sin correr sujetándose la barriga con las manos. Vincent Parme Catherine Legrand Véronique Legrand se ponen a llamar a la puerta. Catherine Legrand y Véronique Legrand cogen el camino de arriba para llegar a la granja. Atravesamos todo el pueblo hasta el lugar donde las casas están más arriba en comparación con las demás. También se podría ir hasta allí por otro camino. Pero es en este donde atacan a Catherine Legrand y Véronique Legrand. Primero hay ocas. Están en un corral alejado del camino, con una fuente en el centro, a veces no se ven enseguida por el ángulo de la fuente o la mayoría de las veces por una carreta abandonada con el timón levantado o incluso por un estercolero. De todas formas cuando creemos que no están allí las ocas aparecen corriendo, sacando una pata delante de la otra, trasladando a toda velocidad una pata sobre la otra las protuberancias de sus muslos, plumas, costillas, plumones, el cuello estirado, el pico bien abierto apretadas las unas a las otras gritando crotorando solo queda tirarse encima de ellas gritando más fuerte para que tengan miedo, apenas reculan y se dirigen hacia delante gritando aún más fuerte. Fingimos darles patadas. Dan bandazos con una especie de croar. Pero en cuanto les damos la espalda para irnos nos dan picotazos en los gemelos. Nos ponemos a correr para salir de ahí. Después de las ocas hay perros. El primero es un perro ratonero blanco y negro con el hocico y las orejas puntiagudos con los ojos pequeñísimos. Está en un pasillo con la puerta siempre abierta al mismo nivel de la calle. Está escondido en la sombra. Espera a que pasemos y después sale ladrando, nos giramos para asustarlo, le damos patadas en el hocico, grita como si llorara, pero en el momento en el que le damos la espalda nos muerde los gemelos sin ladrar. El segundo perro es un ratonero como el otro, negro, más pequeño y rápido. No suele ladrar. Está tumbado bajo una carreta o contra el muro a la sombra. Finge que no nos mira cuando pasamos, pero siempre salimos con sus dientes en las pantorrillas, aunque corramos. Cuando Véronique Legrand y Catherine Legrand cogen el camino de la parte alta del pueblo, no solo les esperan ocas y perros, sino también chicos que les saltan encima con ortigas justo cuando pasan. Hay que luchar contra ellos para quitárselos de encima, si no azotan con eso las piernas y los gemelos de Véronique Legrand de Catherine Legrand que están al aire porque llevan pantalones cortos. Superan en número a Véronique Legrand y a Catherine Legrand lo que significa que nos salen un montón de ampollas por todas partes pero no sabemos cómo. Por eso compramos navajas y vamos por el camino que atraviesa el pueblo para sorprenderlos. Esperan al otro lado agazapados detrás de un muro podemos llegar por detrás sin hacer ruido y atacarles con la navaja. Véronique Legrand y Catherine Legrand llevan las navajas abiertas en las palmas de las manos, Véronique Legrand la lleva abierta en la mano izquierda porque es zurda. Catherine Legrand la lleva abierta en la mano derecha porque es diestra. Así avanzan una al lado de la otra muy cerca cadera con cadera sin estorbarse, con las navajas por fuera. Es difícil sorprenderlos. Los chicos se dan la vuelta con sus ortigas cuando llegan. Cuando ven a Catherine Legrand y Véronique Legrand con las navajas gritan algo que no se entiende, saltan sobre ellas y les lanzan todas las ortigas de golpe, dándoles en las piernas y los muslos mientras huyen. La madre confisca las navajas porque los chicos se lo cuentan todo a sus padres. Estamos delante de la granja. Pascale Fromentin está en la cocina con mi tía. Estamos con Pierre-Marie Fromentin y la cabra de Pierre-Marie Fromentin. Intentamos jugar con la cabra, nos enfrentamos, la esquivamos cuando corre de cabeza hacia la altura de nuestros vientres. La agarramos por el nacimiento de los cuernos, tiene una frente abultada y dura, como una especie de montículos medio carnosos, medio huesudos recubiertos de pelusas de pelo rizado y especialmente gruesos en esa zona. Le damos en el trasero contra la puerta del establo, empujándola cuando no se lo espera, eso la enfada, se lanza de cabeza y apenas nos da tiempo de saltar a un lado para evitar la cornada. Subimos por las escaleras. La cabra no puede subirlas con las patas delanteras. Nos reímos de ella dos escalones más arriba molestándola con las dos manos así que empieza a cornear el aire. Saltamos sobre el montón de estiércol con los pies juntos. Tiene los bordes señalados con un cordel. Estamos en lo más alto. Vamos con los pies juntos, nos hundimos hasta los tobillos, está seco y caliente, lo que más huele es la paja que se ha vuelto suave al tacto después de la maceración con las lluvias y los excrementos de los animales, tiene un olor que nos gusta, Pierre-Marie Fromentin salta más alto que todo el mundo, salta desde la plataforma vacía de un carro de madera, Pierre-Marie Fromentin salta con los pies juntos en el estiércol que salpica de marrón casi negro en las piernas y en los muslos. Seguimos a las vacas mientras mi tío les da de beber de la fuente. Mi tío dice que podemos dejar que entren cuando hayan bebido. Catherine Legrand lleva las vacas al establo. Beben durante un rato largo con el hocico sumergido completamente en el agua y después con golpecitos en la superficie cuando no tienen casi sed, rozan durante mucho tiempo el agua con chorros de babas. El borde de la fuente brilla. La piedra es una caliza que desarrolla una pátina con el paso del tiempo. La parte de las paredes que está sumergida en el agua está enverdecida por una especie de liquen casi líquido. Se dice que los berros crecen en las fuentes, pero esta no tiene. Catherine Legrand sostiene en la mano un látigo de una sola correa. Hay que soltar la correa con cuidado y acariciar el trasero de la vaca mientras levanta la cabeza porque ha terminado de beber. Si en vez de eso se suelta la correa bruscamente, o si chasquea el látigo, la vaca se erguirá de repente y saldrá trotando con la cabeza erguida y los cuernos en alto, corriendo por delante del establo. Chasquear el látigo no funciona con las vacas. Por ejemplo, Catherine Legrand corre detrás de una vaca, la vaca se da la vuelta, mantiene la distancia, cuando Catherine Legrand se pone roja y está sin aliento la toca con la mano para hacer que gire hacia el camino, se va corriendo con un galope breve subrepticio rápido. Pace en la cuneta esperando a que lleguemos, finge que nos deja acompañarla, que no ve que nos acercamos que estamos detrás de ella y entonces todo el cuerpo se encabrita y se echa hacia delante, da un brinco, trota por el camino despacio para que la podamos seguir, que nos imaginemos que la vamos a volver a atrapar y no nos rindamos enseguida. Es un engaño porque puede durar horas. Catherine Legrand pasa la mano sobre los flancos de la vaca y sobre las nalgas cuando ha terminado de beber, Catherine Legrand apoya la mano con cuidado y la vaca se da la vuelta para volver al establo. Catherine Legrand se pone el látigo bajo el brazo como ha visto que lo hace mi tío. Cuando han entrado todas las vacas Catherine Legrand va al establo para verlas comer. Los comederos están llenos de alfalfa fresca, de vicia, de tréboles, de flores amarillas y rosas que mastican y aplastan. La vaca del fondo está tumbada. El vientre se distribuye bien a ambos lados de la columna vertebral. Catherine Legrand ve que puede tumbarse encima de la vaca. Catherine Legrand se tumba entera sobre la vaca, es blanda, se cae un poco pero puede sujetarse al cuello, es firme cálida los flancos sobre los que rueda huelen a paja caliente, a estiércol fresco. Véronique Legrand quiere tumbarse encima de la vaca, Pierre-Marie Fromentin quiere tumbarse encima de la vaca, Pascale Fromentin quiere tumbarse encima de la vaca. Nos tumbamos sobre la vaca por turnos que hacemos según el tiempo que transcurre de un mugido a otro mientras la vaca gira la cabeza hacia donde estamos. Estamos en el tejado del almacén donde está la pólvora. La carretera se ve blanca por el polvo y el sol encajado entre los manzanos y las bandas de hierba. Una anciana camina inclinada hacia el suelo con ropa oscura puede que negra desde donde estamos no se ve bien. Se desvía hacia la izquierda por el camino de tierra que ya no se puede ver por los árboles altos que ocultan los campos. Desmontamos todas las planchas de plomo que están en el tejado todos los tipos de rebordes redondos y desbordantes alrededor de las tuercas, las arandelas, todo lo que une los revestimientos metálicos entre sí. El metal está caliente expuesto abruptamente al sol, lo arrancamos, cortamos todo lo que pueda ser plomo. El que tenemos en la mano parece que está blando ya. Pensamos en los hornos que hemos hecho. Con arcilla. Con turba. Es una cosa o la otra, esta tierra que al cocerse y al estar a temperatura alta solo se agrieta en la superficie y ahora que hemos conseguido hacer hornos de forma regular, bajos pero resistentes, lo que falta es material. Vincent Parme dice que el plomo es el metal más fácil de encontrar y el que se funde más fácilmente. Encima de los hornos se funde todo el plomo que hemos recogido del tejado. Cuando la temperatura es lo suficientemente alta se extiende como la lava de un volcán lo recogemos con pinzas con cucharas intentamos hacer formas dentro lo ponemos sobre la hierba para que se enfríe. Lo recogemos cuando se solidifica entre los tallos. Queremos que sean armas. No es posible o habría que utilizar una aleación para reemplazar el plomo que se rompe, la mano lo deforma, lo dobla, no es rígido. Pero podemos hacer proyectiles. Una especie de balas de cañón o de granadas. Nos lanzamos unas calientes y blandas o nos lanzamos unas frías y duras. Así es como empieza la guerra. Cada persona puede elegir sus armas. Los dos ejércitos enemigos se encuentran en la llanura. Ahí es donde hay que acabar. Estamos bloqueados a un lado por el río y al otro lado por el bosque. No queda más que luchar. Vincent Parme tiene un ejército pequeño pero bien entrenado cuyo color es el rojo. Denise Parme tiene un ejército que grita que quiere ser el vencedor. Gritamos, pisoteamos el camino, damos una vuelta para ver si todo va bien, miramos de cerca el arma que cada persona ha elegido, la criticamos, nos preguntamos si no estaríamos mejor con una estaca grande como Vincent Parme que con la espada frágil de matorral, una lanza de pacotilla, en cualquier caso nos llenamos los bolsillos de granadas, vemos que Véronique Legrand tiene un arco y flechas que lo acompañan, nos preguntamos si no es incluso mejor que la estaca de Vincent Parme. Empezamos con gritos de Dios y gloria mía Vincent Parme grita honor a los vencidos. Nos enmarañamos nos caemos unos encima de otros luchamos nos preguntamos quién va a ganar. Hay culos en el aire cabezas que se chocan muslos que colisionan. En la estampida Catherine Legrand ha caído sobre la boñiga fresca de una vaca. Cada ejército vuelve a su lado y decidimos que vamos a empezar de nuevo. Catherine Legrand se lava y decide que ahora es la líder del ejército sustituyendo a Denise Parme. Esta vez cada líder del ejército tiene un silbato y tiene que silbar para ponerlo en marcha. Vincent Parme da un silbido corto con su silbato. Catherine Legrand también toca el silbato con un silbido pero con retraso lo que significa que el ejército de Vincent Parme ya ha atacado al de Catherine Legrand cuando este último no ha recibido la orden para movilizarse. Volvemos a empezar. Vincent Parme Denise Parme se enfrentan por un lado, por el otro Catherine Legrand Véronique Legrand Janine Parme. Se embisten. Louis Second llega corriendo diciendo que es el líder del ejército. Se une a Vincent Parme. Se oyen gritos de dolor. Janine Parme gira sobre sí misma sujetándose la espinilla. Véronique Legrand ha recibido una patada en el ojo. Denise Parme se rinde y se va en su bici. El grueso del ejército abandona la guerra. Solo quedan los tres líderes del ejército. Louis Second y Vincent Parme deciden hacer prisionera a Catherine Legrand. Catherine Legrand empieza a correr en línea recta. Vincent Parme y Louis Second le impiden el acceso a los puentes. Tiene que adentrarse en el bosque. Catherine Legrand corre entre la espesura. Los arbustos bajos, los arándanos las zarzas y los árboles incipientes le obstaculizan el paso. Louis Second y Vincent Parme van detrás. Hace frío bajo los árboles. Catherine Legrand siente el sudor que le cae a ambos lados de las mejillas y la camisa se le pega en la espalda. Louis Second y Vincent Parme que corren rápido están justo detrás. Van a volver a atrapar a Catherine Legrand. Catherine Legrand se hunde en la maleza de zarzas y de frambuesas que es más alta que ella. Las espinas de las zarzas son las más afiladas. Le duelen las piernas empiezan a sangrar de golpe. No puede retroceder. Los dos niños vacilan frente a los arbustos. Catherine Legrand aprovecha para sacar algo de ventaja ahí dentro. Vincent Parme se mete en la maleza para intentar alcanzar a Catherine Legrand, Louis Second la rodea para esperarlos a la salida. Así es como hacen prisionera a Catherine Legrand atada con los brazos a la espalda con dos cinturones, así la llevan de vuelta al campo de batalla y ni Vincent Parme ni Louis Second gritan más honor a los vencidos. La atan al tronco de un árbol. Louis Second tiene una buena idea arranca dos zarzas grandes de la orilla del río y azota con todas sus fuerzas de arriba abajo las piernas y los muslos de Catherine Legrand que están al aire por los pantalones cortos. Decidimos quitar la placa metálica grande que sube y baja para dejar pasar el agua que va del río al molino. Vamos a hacer una presa con ella. Vincent Parme y Catherine Legrand van a ver cómo se fija al suelo a ambos lados del río. Vincent Parme y Catherine Legrand lo hacen arrastrándose por el prado que tiene la hierba húmeda. Las piernas desnudas con las sandalias se hunden hasta la mitad. Cada vez que corremos el riesgo de que se nos vea nos tumbamos boca abajo y la hierba nos moja el pecho a través de las camisas la de Vincent Parme está abierta así que la piel también está húmeda como la hierba. Avanzamos sin hacer ruido. Prestamos atención para bordear la línea de los árboles y de los matorrales porque el blanco de la camisa de Vincent Parme llama la atención desde todos lados, desde el molino se puede ver, cuando se está al otro lado del río puede verse, cuando se está en los dos puentes también se ve. Hay que pegarse al verde oscuro de los setos para seguir adelante hay que tumbarse boca abajo todo el rato. A Catherine Legrand se la ve menos por el tartán escocés predominantemente rojo de su camisa porque por la noche el rojo de lejos parece negro pero Vincent Parme dice que nunca se sabe así que cada vez que se tumba Catherine Legrand hace lo mismo y se dan codazos en la hierba. Hay que tener mucho cuidado también al examinar la tabla de la esclusa así la llamamos porque nos gusta pero en realidad no lo es porque no hay un desnivel en el suelo, la tabla está ahí solo para regular la llegada del agua al molino, el conjunto sin embargo se parece a la esclusa que vimos en el Rin. La tabla está sujeta a dos postes metálicos colocados a ambos lados del río y que están unidos por un tercero para formar una especie de horca. Una vez que la desmontemos no podremos cargarla dos personas. Decidimos que vengan más. Vincent Parme entabla negociaciones con algunos niños que están dispuestos a que nos reunamos a las once de la noche para hacerlo. Catherine Legrand y Vincent Parme se levantan de la cama y se visten sin encender la luz. Nos encontramos a los pies de la escalera. Vincent Parme lleva cerillas. Hace un ruido fuerte cuando se frota una en el papel de lija. Llegamos hasta el río sin arrastrarnos porque a estas horas no hay nadie por aquí. Nos sentamos en la hierba cerca de la orilla. Esperamos. Tenemos los culos empapados. Esperamos. Al cabo de un rato, los hombros y la espalda también están mojados. No viene nadie. Tenemos llaves inglesas alicates de punta plana tenazas tenemos un martillo. Quitamos un tornillo que está en la mitad del poste. Nos da problemas. Es un tornillo con una cabeza enorme oxidada en toda su extensión parece que lleva ahí mucho tiempo. Volvemos a sentarnos sobre la hierba. No viene ningún niño. Nos entra sueño en la hierba. Pensamos que los demás están durmiendo en sus camas. Vincent Parme empieza a enfadarse, se levanta y dice que esos gilipollas no van a venir, que va a volver a pasar como cuando fuimos solos al cementerio que está en el campo al lado del bosque cuando se hacía de noche cuando Vincent Parme fue solo cuando Catherine Legrand fue sola cada uno por su lado y que ninguno de los demás fue como cuando esos gilipollas dijeron después que fue por culpa de los fuegos fatuos. Catherine Legrand dice que ya les explicaron que es química y que aún así siguen diciendo que no, son los muertos. Así que después de un rato nos vamos a la cama. Caminamos por el césped de los prados que bordean el bosque. Se puede ver cómo la luz tiñe de azul los troncos de los abetos y las ramas más altas forman tramas verdes sobre el fondo azul. Se ve cómo la luz es de otro color, en comparación, del color de la mica pero más intensa casi naranja. El sol que pasa entre los troncos forma barras que parecen sólidas. Los árboles son cilindros perpendiculares al suelo y paralelos entre sí, verticales largos que se elevan uno al lado del otro, creando una estructura atravesada de forma regular por los oblicuos, cilindros o conos de luz que forman masas iguales a los troncos. Andamos sin hacer ruido por las liebres. Queremos verlas dormidas en el césped donde hacen agujeros porque no encuentran el fresco entre la maleza. Si hacemos que alguna se despierte, cuando llegamos a su agujero ya se ha ido corriendo con las orejas abiertas y aleteando en su espalda lo que hace que nunca las veamos dormidas a pesar de todas las precauciones que tomamos cuando nos acercamos a ellas. En un momento dado Vincent Parme se para casi por completo y extiende el brazo para que Catherine Legrand también se pare. Hay una serpiente durmiendo bajo el sol sobre la hierba. Es pequeña y está enroscada. Vincent Parme alarga la mano y la coge con el pulgar y el índice por detrás de la cabeza. La serpiente empieza a moverse pero ya ha perdido el contacto con el suelo, ahora está en las manos de Catherine Legrand que ve cómo la lengua entra y sale de la serpiente así que Catherine Legrand le pregunta a Vincent Parme si puede dársela y Vincent Parme se ríe y dice, la he cogido para ti. A Catherine Legrand casi se le cae la serpiente de las manos porque no sabe cómo cogerla. De repente se la enrosca y la envuelve en la manga de su camisa alrededor de la muñeca de su mano izquierda y la acomoda de tal forma que esté caliente y la cabeza triangular descanse en su palma entonces la serpiente deja de moverse, cuando quiere irse Catherine Legrand dobla los dedos contra su palma para impedirlo. Vincent Parme escupe al suelo y dice que no vamos a encontrar nada para darle de comer. Nos ponemos a buscar hormigas. Vincent Parme dice que las serpientes comen hormigas rojas buscamos los bultitos que hacen en la hierba así también encontraremos huevos. No encontramos hormigas rojas solo encontramos hormigas negras pero la serpiente no las quiere se las acercamos e intentamos ponérselas en la lengua que no deja de salir y entrar en su boca pero no se las traga. Vincent Parme dice, la serpiente no come porque tiene miedo. Catherine Legrand dice que es porque no le gustan las hormigas. Pensamos que comerá renacuajos, Vincent Parme dice que sabe dónde encontrarlos. Para eso hay que atravesar la parte más grande del pueblo que está junto a la carretera nacional. Pasamos por delante del ayuntamiento y del colegio. En la pared del colegio hay escrito a un lado de la puerta colegio de niñas y al otro colegio de niños. Delante del ayuntamiento y del colegio hay una plaza donde está el monumento a los caídos a un lado y la iglesia al otro. Desde lejos se puede ver la grava rosa bajo los árboles de hoja ancha de color verde brillante y cuando caminamos al lado del ayuntamiento y del colegio se puede ver a la derecha a través de las hojas de los plátanos y justo debajo de las ramas principales el rojo de los ladrillos de construcción. Hay pintura verde Ripolin en los bancos. Si se pusiera a las mujeres en fila india de perfil y de frente, de pie y sentadas parecería el mercado de Paul Gauguin. La calle principal se derrite al fondo, sin sombra. Sudamos. Vincent Parme tiene la cara roja. Catherine Legrand tiene la cara morada. Las tiendas están vacías y a la sombra, no se escucha el golpeteo de las largas cadenas de madera que chocan entre sí delante de las puertas y que tapan el sol. Avanzamos arrastrando los pies. Nos detenemos cerca de las alcantarillas. Buscamos una lata vacía para meter los renacuajos. No hay forma de encontrar una en el pueblo. Aunque estamos seguros de haber jugado en la calle principal a correr y dar patadas a una lata vacía. Por fin encontramos una a las afueras del pueblo, pasando el cartel, semienterrada en la tierra del terraplén, casi no la vemos por el color que tiene. Estamos junto a la fuente que ya no se utiliza. No corre ni un soplo de aire. El manantial que la alimentaba no fluye, el agua del depósito es la de las últimas lluvias. Las paredes están verdosas por el agua estancada. Hay renacuajos con una cola grande que vibra y les permite avanzar en su primera etapa de desarrollo. Parecen espermatozoides. Otros ya tienen el aspecto de una rana pequeña y nadan con todas sus extremidades cuando se proyecta una sombra sobre el agua. Elegimos los más desarrollados porque son más grandes. Removemos con las manos el agua tibia y espesa. En un momento dado ya no se ve nada porque el fango sube a la superficie, se esparce por todas partes y permanece suspendido en el agua. Quitamos las manos. Esperamos a que el agua se aclare. Cogemos un palo para hurgar el fango sin hacer que suba, de esta forma hacemos que salgan los renacuajos de la capa sólida en la que se han refugiado. En el lavabo donde hemos puesto a la serpiente con el primer renacuajo no hay ningún resultado por mucho que pongamos la boca de la serpiente junto al renacuajo, es como si fuera ciega. Aun así está muy agitada. El renacuajo también está muy agitado se mueve a toda prisa contra la pared lisa del lavabo, se cae, vuelve a empezar, en un momento dado la serpiente percibe el olor, se contrae para localizarlo, se arrastra alrededor del animalito haciendo anillos con su cuerpo, el último anillo, muy estrecho, está formado por la cabeza y el cuello de la serpiente y atrapa al renacuajo. La serpiente lucha con el movimiento en su boca, traga, se ve que el renacuajo se queda atascado en su gaznate, que sigue moviéndose, que se adentra en la serpiente formando un bulto. La serpiente parece aturdida. Eso no impide que vuelva a contraerse cuando le damos un renacuajo nuevo. La serpiente se traga diez renacuajos muy seguidos. Es su olfato el que le permite atraparlos después de arrastrarse y tantear mucho, se puede ver su lengua arrastrándose contra la loza del lavabo. Nos hemos quedado sin renacuajos. Vamos a ver a mi tía. Catherine Legrand tiene la serpiente enrollada en la muñeca. Se sienta en la mesa. Catherine Legrand no puede evitar subirse la manga de la camisa para enseñar la serpiente. Todo el mundo empieza a gritar alrededor de la mesa. Echan las sillas hacia atrás. Catherine Legrand dice que la serpiente no es mala se la pone alrededor del cuello para demostrar que no es mala pero eso no impide que la empujen hasta la puerta. Catherine Legrand tiene prohibido dejar a la serpiente dentro de casa. La deja en el patio en la caja de zapatos que ha llenado de agujeros. Catherine Legrand no puede dormir porque siente que alguien va a venir y se va a llevar a la serpiente así que se levanta y sale descalza a buscarla fuera. Siente cómo pisa unas heces de perro que se hacen pedazos bajo sus pies. Catherine Legrand se frota los pies en la colcha antes de meterse entre las sábanas. Una vez que está acostada palpa en la oscuridad la caja de zapatos. En un momento dado Catherine Legrand levanta la tapa de la caja, busca en su interior con la punta de los dedos hasta que toca el cuerpo enrollado de la serpiente, y entonces la desenrolla, se la acerca a la cabeza para llevársela a la cama. Catherine Legrand duerme con la serpiente enrollada en el brazo, que ha estirado sobre la cama para no aplastarla mientras duerme. Hay que quedarse mucho tiempo en la mesa, es agotador mecemos la silla de un lado a otro. Están Vincent Parme Denise Parme Janine Parme Véronique Legrand Catherine Legrand. Véroni-

78

que Legrand hace hombrecitos con migas de pan. Lo escupe los amasa para que queden homogéneos. Véronique Legrand hace primero una serie de bolas que son cabezas, las pone unas al lado de las otras en el borde de la mesa. La miramos hacerlas y se mece hacia delante y hacia atrás en la silla. Véronique Legrand hace después una serie de bolas más gruesas y las hace óvalos, son los cuerpos. Véronique Legrand acerca cada cuerpo a cada cabeza. Escupe sobre unas y sobre otras para pegarlas. Clava cerillas en ellas para hacer piernas y brazos. Por desgracia los hombrecillos no se mantienen de pie. Janine Parme extiende rápidamente la mano y le coge un hombrecillo a Véronique Legrand y lo pone en el borde de su plato y lo mueve alrededor de este. Véronique Legrand se enfada y trata de quitarle el hombrecillo diciéndole, puedes hacerte tú el tuyo, devuélvemelo. Mientras tanto el hombrecillo que Janine Parme tiene entre sus manos y que defiende tumbándose casi encima del plato da zancadas en el puré de patata deja huellas que parecen pájaros en la arena. Janine Parme acaba empujándolo hacia la parte más espesa del puré donde le llega hasta el estómago, donde se puede mantener en pie. En un momento dado Véronique Legrand que ha estado observando se abalanza sobre el plato de Janine Parme se inclina y casi coge al hombrecillo. Janine Parme lo sostiene con las manos apretadas y lo defiende dándole un codazo. Pero eso no impide que el hombrecillo termine aplastado entre las manos de Janine Parme cuando Véronique Legrand intenta soltarle los dedos. Denise Parme también coge hombrecillos de migas de pan, Véronique Legrand los defiende gritando pero ya le han quitado todos los hombrecillos. Y nos tiramos a la cara los hombrecillos de Véronique Legrand y Véronique Legrand también empieza a tirar todos los hombrecillos a Vincent Parme a Denise Parme a Janine Parme a Catherine Legrand y los recoge a medida que van cayendo. En un momento dado Vincent Parme coge su plato y le tira a Denise Parme todo el puré humeante encima. Nos reímos mirando a Denise Parme que grita que se restriega puré en los ojos que se le mete por el pelo que coge su propio plato y tira a su vez el puré caliente sobre Vincent Parme que se agacha en ese momento así que detrás de él hay un charco enorme de puré que echa humo que gotea en la pared. Los padres, las madres se enfadan, y a través de la puerta abierta se les ve en la otra mesa empujando hacia atrás sus sillas de pie gritando al lado de la mesa donde ahora todo el mundo está cubierto de puré. Entonces vamos corriendo al baño para lavarnos. Nos empujamos delante del lavabo. Nos damos puñetazos en la espalda y en la cara. Catherine Legrand persigue a Vincent Parme con el tubo de la pasta de dientes en la mano. Se le ve lanzarse encima de su cama. Catherine Legrand salta sobre él y se sienta a horcajadas sobre su tripa aplastándole el tubo de la pasta de dientes en las mejillas, en las orejas, en el cuello, en la espalda, a lo largo de la nuca donde su mano pasa por la piel por detrás del tejido de la camisa. Vincent Parme se revuelca sobre las sábanas para refregarse. Todavía tiene encima a Catherine Legrand que no lo suelta que vacía todo el tubo y que se va corriendo. Vamos a buscar manzanas a los trigales. Caminamos entre las espigas maduras de amarillo pálido. Caminamos a gachas en medio de los tallos para que la cabeza no sobresalga por encima del nivel del trigo. Se oye a gente que cosecha en el campo de al lado. De vez en cuando levantamos la vista y se ve toda la extensión de espigas y el manzano al que se quiere llegar y las manzanas rojas de la copa. Se ve a hombres y a mujeres segando y hay una línea brillante en la base de los tallos con toda una extensión de trigo que se tumba sin ruido alguno como el agua. Nos paramos para descansar. Nos sentamos en el suelo. Hay tallos alrededor y las espigas están frente al azul del cielo enormes vistas desde abajo. Las amapolas están desplomadas sobre los tallos blandos, algunos serpentean. Los acianos tienen tallos más rígidos. Al levantar la cabeza, se ven como unas pañoletas blancas, como unos pañuelos y los sombreros de paja sobre las cabezas en el otro campo. Después seguimos gateando hasta llegar al árbol, alrededor del cual el trigo está menos apelotonado, dejando un espacio donde ha crecido la hierba. Nos metemos en el árbol en silencio, asegurándonos de que ninguno de los recolectores se vuelve hacia esta dirección. Cuando volvemos al suelo, se reparten las manzanas. Nos sentamos a los pies del árbol. Nos empezamos a comer una sin decir nada. Se ve en la redondez la forma de los dientes, el corte de la piel en las que algunas partes no se cortaron de forma limpia y se quedaron pegadas a medio masticar alrededor de la carne de la manzana. Nos guardamos el resto de las manzanas en la camisa y sujetándolas contra el pecho. Nos vamos de nuevo arrastrándonos por los tallos de trigo. En un momento al incorporarnos a medias se ve la gorra de un hombre que viene hacia donde estamos. Así que empezamos a correr a campo abierto. De vez en cuando hay que tirar las manzanas para correr más rápido porque ya nos estorban, están en un momento en las manos de un rojo más anaranjado que las amapolas, luego ruedan hasta el fondo del trigo donde ya no son visibles. Corremos durante un rato para que el hombre se aleje después nos tumbamos a la altura de las espigas empezamos a movernos a cuatro patas entre los tallos intentado que el trigo no se ondule para que no se nos pueda distinguir de lejos porque así es como a veces dan una cuchillada a lo largo de todo el trigal cuando huye una rata. Al cabo de un rato paramos y nos sentamos en el suelo. En silencio. Escuchando los ruidos. Cerca se oyen los vuelos entrecortados de insectos. Cuando terminan se oye el silencio y después un zumbido continuo que parece lejano. Nos damos cuenta de que es el ruido que hacen todos los insectos que vuelan en ese momento, que es un ruido muy fuerte que no se puede confundir con el ruido de la gente que está en el campo. El zumbido hace que nos demos cuenta de que hay fuera un mundo diferente del que es imposible formar parte. Hay que frotarse las orejas porque el zumbido se vuelve cada vez más y más insistente cada vez más y más continuo, llega a percibirse como una estridencia única e insoportable, llegamos a preguntarnos si no será que sale de nuestros propios cuerpos, y hay que taparse los oídos, pero cuando apartamos los dedos no cesa. De vez en cuando se posa cerca una mosca grande o una abeja o un avispón, aparece en el origen preciso un ruido mecánico un ronroneo particular después vuelve el otro ruido, el gran ruido de fondo, y se pierde en este. A veces da la impresión de que se oyen los pasos de alguien que se acerca, nos desplomamos contra la tierra, sintiendo los latidos del corazón que laten contra las rodillas que están pegadas al pecho. Una musaraña o una rata pasa y se para. Hay que esperar en medio de los trigos a que se ponga el sol. Es cuando la gente se va del campo. A esta hora todo está lleno de colores porque la luz no es tan dura. Hay enormes sombras ocre sobre el trigo a lo largo el bosque, debajo de los árboles hay enormes sombras negras bajo los árboles que parecen manchas de tinta, hay sombras azul ultramar que caen sobre las franjas del bosque que no se ven al fondo del cielo, no se puede ver nada más allá porque está el horizonte, en cualquier caso se puede ver que la tierra es redonda porque la línea que separa el azul transparente del cielo del azul ultramar del bosque forma una curva negra y pronunciada, si da una vuelta lo tiene alrededor como si fuera un circo enorme tan redondo como cualquier otro círculo y tiene el cielo sobre sí en forma de una naranja vacía que se ha cortado para hacer una semiesfera. Nos quitamos la tierra que tenemos en el culo de estar tanto tiempo en el suelo. Volvemos al camino. Se oye la campana de un pueblo. El zumbido de los insectos se ha atenuado es casi imposible oírlo incluso prestando atención. Una especie de frescor cae sobre el trigo y sobre el césped del talud donde estamos. Caminamos por el bosque. Se oye el hacha dándole golpes a un árbol en algún lado. El perro espera a que nos unamos a él sentado en medio del camino, con la lengua fuera, se ve que la saliva le gotea fuera de la boca. Incluso cuando no se le ve por los desvíos del camino, se le oye jadear. Se para de vez en cuando para pasarse la lengua por la saliva que cubre su pelaje. Hace mucho calor. Las nervaduras de las hojas se ven con claridad a la luz del sol, forman juntas una masa verde y traslúcida como el agua de un acuario. Cuando caminamos por los claros y al sol no lo tapa una pantalla, recibimos bofetadas de calor en la cara en los brazos en los muslos, da una sensación de hormigueo en la cabeza cuando los rayos se abren paso hacia de la piel del cráneo a través del pelo. Llevamos las lecheras. Las dejamos caer sobre las piedras del camino para oír el ruido que hacen. Las recogemos. Las tiramos contra los árboles para conseguir un sonido diferente. Al cabo de un rato se abollan. Después las hacemos rodar por el camino dándoles patadas. El perro empieza a chillar porque una le ha dado en el hocico. Se dice que los perros tienen el hocico sensible. Vincent Parme se dispone a lanzar una apuntando al matorral de arbustos pero el perro está detrás. Lo consolamos. Le damos besos. Pasa su lengua por las manos por las caras por las rodillas. Llegamos a la cantera abandonada. Está cubierta de zarzas. Se ve un amarillo pálido a través, y no se sabe si es sal gema o piedra caliza que se desmorona. Los propios raíles están cubiertos de zarzas y arbustos de frambuesas. Se ve que están llenos de óxido y se puede coger polvo de óxido raspándolos con un trozo muy duro de madera. Después nos limpiamos las manos en los pantalones cortos en los muslos en las rodillas por lo que nos cubre el naranja. Encontramos una vagoneta de espaldas entre los arbustos, la vagoneta está agujereada y abollada, con las ruedas medio arrancadas. Vincent Parme intenta levantar la vagoneta gritando, Dios mío ayúdame. Le ayudamos. No lo conseguimos porque el conjunto está clavado en el suelo. Jadeamos. Sudamos. Vincent Parme dice, a la de tres empujamos a la vez, una dos tres. En un momento dado la vagoneta se levanta, se pone en vertical. Vincent Parme empieza a decir, una dos tres. A la de tres se le da tal sacudida que la vagoneta vuelca al otro lado y nos caemos encima. De todas formas se ha vuelto manejable, e incluso podemos volver a ponerla encima de un tramo del raíl. Así que subimos y nos empujamos por turnos. Las ruedas se doblan los raíles se retuercen así que no podemos encajar bien unos en otros en un momento la carreta vuelca mientras el ocupante se esfuerza en saltar para no quedarse atrapado bajo la vagoneta. El perro la sigue corriendo saltando ladrando e intentando alcanzar a la vez a Véronique Legrand Denise Parme Janine Parme Vincent Parme Catherine Legrand. Al cabo de un rato se harta, va a tumbarse a la sombra bajo los arbustos bajos. Siempre tiene la lengua por fuera de la boca. Cuando apoya el hocico sobre las patas delanteras que están estiradas delante de él, mete la lengua porque tiene miedo de arrastrarla por la tierra.

Se queda así con los ojos medio cerrados pero no puede evitar levantar la cabeza de vez en cuando para poder dejar la lengua fuera y jadear de nuevo. Ya hemos tenido bastante con la vagoneta. La empujamos en un embrollo de zarzas donde pierde el equilibrio y vuelca lentamente sujetada por las ramas enredadas y entrelazadas. Empezamos a recoger frambuesas y moras. Nos comemos todas las que podemos. Denise Parme coge algunas moras con cada mano y empieza a restregarlas por todas las mejillas de Janine Parme, que las tiene por toda la barbilla e incluso en el pelo, así que nos atacamos mutuamente con las moras, intentando untarnos la una a la otra, poniéndonoslas en las camisas y en los brazos cuando no nos llegan a la cara. Al final está todo el mundo completamente violeta en particular las mejillas y brillan los ojos blancos por encima. Hemos comido tantas moras y frambuesas que tenemos ganas de vomitar. Así que nos ponemos a llenar las lecheras unas con moras y otras con frambuesas. En un momento dado, Véronique Legrand tropieza con la lechera de moras que hay entre ella y Catherine Legrand que se queda vacía. Catherine Legrand se levanta bruscamente gritando diciendo que es inútil esforzarse tirando de un golpe todas las moras a su alrededor que estaban todavía en la lechera, tirando la lechera lo más lejos posible en la cantera desde la que se escucha que choca contra una piedra. Vincent Parme Janine Parme Denise Parme se echan a reír y se miran y miran a Catherine Legrand y se ríen cada vez más Véronique Legrand también se echa a reír, Catherine Legrand se pone roja empieza a mirarlos fijamente pero no paran de reírse incluso saltan en el sitio hasta que Vincent Parme empieza a vaciar su propia lechera a su alrededor hasta que Denise Parme y Janine Parme vacían sus propias lecheras a su alrededor hasta que Denise Parme Vincent Parme Janine Parme empiezan a bailar alrededor de Catherine Legrand con las lecheras vacías que balancean con todo el brazo hasta que las tiran lo más lejos posible en la cantera donde se escucha que caen unas contra tocones otras contra piedras hasta que ya no quedan moras ni frambuesas ni lecheras. Pasamos por delante de la casa del guarda. Está vacía porque todavía no es temporada de uvas. En la parte trasera de la casa hay ganchos de metal puestos unos encima de otros para formar una escalera hasta el tejado. Cuando estamos arriba estamos sobre una terraza que cubre toda la casa. Se pueden ver las hileras de viñas paralelas que bajan las colinas. Se ven las colinas cubiertas de bosques que son casi negros, se ven las colinas cubiertas de césped que son de un color azulado, se ve la llanura debajo con los pueblos que parecen estar muy juntos. Desde la terraza da la impresión de estar en Babilonia con las terrazas superpuestas que descienden el Éufrates con los árboles florecientes de los jardines colgantes. Nos queremos tumbar boca abajo sobre el cemento y quedarnos mirando la hierba, las viñas, los bosques, los pájaros, las colinas, queremos darnos la vuelta para estar de espaldas, para ver cómo se alejan las nubes, queremos quedarnos mirando cómo se oscurece el cielo y se hacen visibles todas las estrellas. Catherine Legrand dice que esta noche dormiremos en la terraza de la casa del guarda que podremos por ejemplo aprender a reconocer las estrellas y llamarlas por su nombre. Caminamos por el camino que bordea el bosque por uno de los lados, mientras que el otro da directamente a las viñas. A pesar de estar en la cima de la colina no se ve nada aparte de las viñas. Intentamos divisar el viñedo de mi tío donde Catherine Legrand dice que podemos comer tantas uvas como queramos. Bajamos la mitad de la pendiente hasta un camino que atraviesa la colina en ángulo recto respecto a las hileras de viñas. Caminamos. Decimos al pasar, no es por ahí, no es por ahí. Decimos, es ese en un momento dado y paramos por la piedra blanca enorme que está hundida en la tierra que reconoce Catherine Legrand. Volvemos a caminar porque Catherine Legrand dice que no está muy segura, que la piedra blanca que hay al final del campo de mi tío puede ser más pequeña o grande o puede haber dos como en el campo por el que pasamos. Paramos de nuevo delante de una piedra blanca aislada, esta no es redonda se parece más bien a un bolardo. Catherine Legrand está indecisa reconoce el campo de mi tío y no lo reconoce. Seguimos andando encontramos un cúmulo de ladrillos, encontramos estacas clavadas en la tierra, incluso árboles enanos albaricoquero por ejemplo, todo bajo los campos al borde del camino, incluso encontramos un plantío de piedras blancas, bloques triturados. Catherine Legrand dice que hemos pasado por delante del campo de mi tío seguro por lo que volvemos por donde hemos venido. Miramos y nos paramos delante de cada campo. En un momento dado Catherine Legrand dice, es aquí estoy segura, por eso nos abalanzamos sobre las uvas arrancamos los racimos grandes y medio negros, empezamos a chupar las uvas porque tenemos sed, entonces nos damos cuenta de que hay lugares donde las uvas están más maduras, así que tiramos todas las uvas que tenemos a las parras vecinas, comemos directamente del racimo sin separar las uvas, nos sentamos en el suelo contra la parra y comemos desde abajo de las propias ramas, arrancando las uvas con los dientes, aplastando con los labios y los dientes las semillas que ruedan y sobre las que no tenemos control porque fingimos que no tenemos manos para parecernos a Rómulo y Remo cuando maman de la loba. Al cabo de un rato Catherine Legrand dice que no estamos en el campo correcto así que pasamos entre los rodrigones avanzamos con rapidez medio agachados bajo los alambres de hierro que los conectan. Nos encontramos en un campo que Catherine Legrand reconoce como el de mi tío. Volvemos a comer uvas muy verdes muy azules. Arrancamos puñados de uvas, nos divertimos plegando las manos sobre los racimos manteniendo los dedos pegados. Nos damos cuenta de que aún no estamos en el campo correcto. Pasamos al campo siguiente, después al siguiente y así sucesivamente Catherine Legrand los reconoce todos alternativamente por ser el de mi tío, por lo que nos paramos en cada uno, vamos venimos por las viñas, atravesamos toda la colina ahora corriendo medio agachados bajo los pámpanos bajo los zarcillos bajo los barbados que se ven colgados en los alambres y que hacen filas rectas desde lo alto de la colina hasta el último camino el que rodea la llanura. Janine Parme se para bruscamente mientras se sujeta el estómago con ambas manos gritando que la esperemos. Se la ve agachada detrás de una cepa. Denise Parme Vincent Parme Véronique Legrand Catherine Legrand van por su lado a agacharse detrás de las cepas, ahora tenemos cagalera, nos limpiamos con las hojas que solemos poner delante de las estatuas. Janine Parme ha terminado la primera. Andamos detrás de ella mientras nos volvemos a vestir. Sentimos que los intestinos están empapados de sulfato y de la acidez de las uvas no maduras es como el papel de fumar que se rompe cuando se le pone el dedo encima, es como si tuviéramos cristales rotos en el estómago. Nos morimos por volver. Bajamos la colina corriendo, parándonos de vez en cuando detrás de las viñas, intentando aguantar el mayor tiempo posible menos cuando alguien se pone a cagar que el resto no puede evitar hacer lo mismo, nos damos prisa, nos persigue el hedor que gana terreno que está ahí antes de que lleguemos a menos que lo llevemos encima ahora ese olor de uvas descomponiéndose o fermentándose. Ya han recogido el heno. Los graneros están abiertos. Toda la hierba seca está amontonada en los graneros superiores donde la han empujado con horquillas donde ahora está tan apretada como si hubieran hecho el vacío en los graneros. Se han apartado los carros que estaban parados en la parte central del granero porque ya no caben allí ya que el heno restante se amontona allí, formando una especie de pilas al apoyarse en los tabiques de alrededor. Se percibe el olor a flores y hierba seca. Si nos quedamos inmóviles la cabeza se nos tambalea nos embriagamos porque el olor está en todas partes, se puede oler por la nariz por las orejas puede sentirse que se pasea por el interior del cráneo pero sobre todo está en la piel por toda la extensión del cuerpo, los poros están abiertos, empiezan a secretar olores de diente de león de aciano de amapola de avena de vicia, no se puede saber de hecho cuál predomina de las hierbas o las flores, ya no sabemos dónde estamos así que empezamos a correr en los graneros superiores a saltar de uno a otro por encima de las trampillas abiertas. El viento que sopla en el granero mueve los tallos que sobresalen de los montones de heno, y de vez en cuando se percibe un olor más fuerte. Pascale Fromentin Pierre-Marie Fromentin Véronique Legrand Catherine Legrand saltan sobre los montones de heno, intentamos darnos cabezazos en las vigas transversales. A veces perdemos el equilibrio al caernos así que nos revolcamos en los tréboles en las gramíneas en las altas margaritas escarbamos con la cabeza allí olfateamos masticamos briznas de hierba nos arañamos las mejillas. Pierre-Marie Fromentin hace que Véronique Legrand pierda el equilibrio justo en el momento en el que se vuelve a caer, Pierre-Marie Fromentin le tira a la cabeza una braza de heno tan grande como ella que tenía preparada a propósito. Se oyen risas y gritos ahogados. Véronique Legrand lucha como puede para salir a la superficie. Se ve el heno ondulando donde está ella, con la espalda arqueada, moviéndose por partes mientras Pierre-Marie Fromentin la aprieta por encima para no dejarla emerger. Al final Véronique Legrand consigue darle con el pie a Pierre-Marie Fromentin que se enfrenta que vocea porque le han dado un golpetazo en la nariz. Se ve que Véronique Legrand sale por debajo del heno roja sin aliento, no se sabe dónde termina el trozo de heno y dónde empieza su pelo incluso hay tallos que le salen de las orejas. Caminamos hasta el borde del granero por encima de la partición que separa el granero del establo, miramos hacia abajo desde lo alto del granero donde estamos la parte central inferior del granero donde se guardan las carretas pero por ahora hay un montón de heno que forma una especie de almiar. Pascale Fromentin salta desde el granero en el que estamos hasta el almiar de abajo, se la ve hundirse hasta la mitad, parece muy pequeña vista desde arriba, Pierre-Marie Fromentin salta y por supuesto Véronique Legrand y Catherine Legrand saltan detrás de él. Caemos sin ningún choque nos hundimos en el olor, completamente borrachos, nos apresuramos a subir la escalera para llegar antes a lo más alto y poder saltar antes que el resto. Saltamos sin parar. Nos empujamos delante de la escalera. Empujamos al que está delante de los escalones y que no va lo suficientemente rápido. Se oye al ganado agitarse en el establo por el olor del heno. La piel está tan agujerada por las briznas de hierba que incluso debajo de la ropa se siente que está en carne viva y salada, la piel duele de esta forma por todas partes menos en el sexo donde duele aún más, es como tener rasguños. En un momento dado se ve a Pascale Fromentin desviarse mientras cae no se sabe por qué, se ve que aterriza en el borde del montón de heno, se ve que su mano se hunde en uno de los dientes del rastrillo, el rastrillo está apoyado contra la pared y cubierto en parte por la hierba que se ha volado mientras saltábamos, casi brillante. Pascale Fromentin quita la mano, no se la oye decir nada pero se ve el desgarro en el momento en el que separa la mano del acero que inmediatamente recubre un chorro de sangre, se ve que Pascale Fromentin está blanca así que nos ponemos a su alrededor. Llueve. Estamos en la cabaña que hemos hecho en el bosque. Véronique Legrand y Janine Parme cocinan manzanas en el horno de barro. Las ponen encima sin tener en cuenta que ahí se ha fundido el plomo, por lo que hay planchas de zinc deformes, a lo largo de las ondulaciones y en las zonas planas, gotas de plomo que se han solidificado y que permanecen sólidas porque el horno no está a la temperatura de fusión adecuada. Parece mercurio estancado. Véronique Legrand y Janine Parme vigilan la cocción de las manzanas empujándolas con palos y dándoles la vuelta. Cuando una de las manzanas está cocida Véronique Legrand o Janine Parme la retiran introduciendo uno de los palos. Del verde claro ha pasado al marrón rezuma un poco con grieta en la piel, el borde de la manzana está blando y hundido pero el centro no está cocido. Véronique Legrand retira una manzana. Está marchita alrededor del palo, se ve que tiene plomo pegado a la piel y que brilla por el jugo de la manzana que sale cuando está cocida. Véronique Legrand la deja sobre un montón de arena que hemos puesto en la cabaña para conservar provisiones. Las manzanas cocidas y enfriadas que vamos a comer están llenas de arena. Así que ponemos nuevas, hirviendo, sobre un montón de hojas de fresno olmo y haya. Vincent Parme está leyendo. Catherine Legrand está leyendo. Se oye la lluvia que cae sobre las hojas del tejado de la cabaña. Vincent Parme se ríe a carcajadas mientras pone el libro ilustrado delante de los ojos de Catherine Legrand por encima del libro que está leyendo ella. Catherine Legrand ve que Vincent Parme se ríe porque el capitán Haddock se ha convertido en un pajarito pío pío pío mientras persigue su b-b-botella de whisky. Catherine Legrand intenta leer lo que sigue pero Vincent Parme vuelve a coger el libro solo para él tapándolo con los brazos para que no se pueda leer a la vez que él. Entonces Catherine Legrand vuelve a hojear el libro de lectura deteniéndose en, las trenzas de perlas sujetas a sus sienes llegan hasta la comisura de su boca, rosa, como una granada entreabierta. Tenía sobre su pecho un ensamblaje de piedras luminosas que imitaban en su abigarramiento a las escamas de una morena. La historia se desarrolla en Cartago. Había que aprenderse una regla de gramática latina y el ejemplo se refiere a Cartago como ceterum, censeo Carthaginem esse delendam, siendo la cantinela de Catón, siendo la regla del gerundio o del adjetivo verbal. En el libro de lectura solo hay textos cortados, fragmentos seleccionados, y nos preguntamos quién lo hizo, o al menos estaría bien saber qué hay antes y después, da la impresión de que nunca se sabrá. De todas formas diez frases recogidas así en un libro no son interesantes. Por eso Catherine Legrand prefiere ceñirse a uno de los textos repetirlo hasta que le diga algo y entonces a veces hay uno que le gusta de verdad. Cuando le permitan leer libros enteros encontrará frases que se ha aprendido de memoria. Las trenzas de perlas sujetas a sus sienes llegan hasta la comisura de su boca, rosa, como una granada entreabierta. Tenía sobre su pecho un ensamblaje de piedras luminosas que imitaban en su abigarramiento a las escamas de una morena. Catherine Legrand pregunta a Vincent Parme qué es una morena. Vincent Parme dice, déjame en paz. Está casi terminando su libro ilustrado y se da cuenta de que no puede conseguir que levante la cabeza. Catherine Legrand le quita el libro que tiene sobre las rodillas diciendo, te lo devuelvo si me dices qué es una morena. Vincent Parme se pone en pie de un salto delante de Catherine Legrand moviendo los brazos hacia todos los lados por encima de ella, a los lados, intentando coger el libro que ella sujeta detrás de la espalda diciendo, si tiene escamas es un pez. Catherine Legrand le devuelve el libro diciendo, cuánto mide y Vincent Parme se encoge de hombros y se vuelve a su rincón. Véronique Legrand está haciendo un hombrecillo con un trozo de madera. A veces tiene el cuchillo en la mano derecha y a veces en la mano izquierda según le convenga más utilizar una u otra para ahuecar el trozo de madera en el ángulo que elija. Es la primera que grita que llueve en la cabaña. Y en efecto las hojas del tejado de olmos hayas frescos e incluso abedules todas enroscadas y secas han dejado pasar el agua. Ahora que están mojadas, son aún más pequeñas lo que hace que se vea el cielo a través del techo de la cabaña, se ve que las gotas de lluvia caen con la sensación de agujas que caen en los ojos que atravesarían si no se cerraran a tiempo pero es solo agua. Así que metemos todas las cosas, los libros las manzanas los cuchillos las cartas en la parte de la cabaña que sigue siendo un refugio. Salimos al bosque a cortar ramas. Hay que poner una nueva capa de hojas sobre el tejado de la cabaña para que no penetre el agua. Caminamos en el sotobosque espeso, húmedo. Como el terreno está en una pendiente y va hasta lo alto, para subir hay que ir tirando de los arbustos, los retoños, todas las ramas que salen del suelo y que no tienen espinas. Toda el agua traspasa la ropa así que los brazos están empapados, la camisa empapada, las piernas y los muslos empapados. Se oye que cae el agua por todos los lados sobre las hojas sobre los troncos sobre los caminos se oye el sonido de los manantiales en los oídos, es un verano con fuentes pero llueve y el bosque está en algunos sitios gris, marrón, negro. Tenemos dos hachas. Se decide que se cortarán dos ramas de abeto porque incluso las agujas secas no cambian de volumen, por lo que son el mejor material para el techo que se puede encontrar. Cortamos los brotes jóvenes del abeto y cortamos las ramas bajas cuando las hay. Intentamos conseguir ramas grandes para poder repartirlas a lo largo del tejado sin añadir nada. Cuando hemos terminado se hacen montones volvemos abajo arrastrando cada uno un montón propio, las adujas se pegan a las agujas, las ramas se enredan, evitamos que los montones se separen. Se oye el ruido continuo de las ramas rozando el suelo frondoso del sotobosque. Janine Parme intentando deshacerse de una zarza ha empujado hacia sí todo su montón de ramas cortadas. Hay que soltar todos los montones para ayudarle a quitarle del suyo las ramas de los arbustos que cuelgan verticales y se enganchan con las púas o ramitas de otra que están en horizontal. Es el entierro de mi tío. Hay que esperar delante de la puerta hasta que todo el mundo esté listo. Se ve a las gallinas sobre el estiércol o sobre los escalones de la casa. Se oyen las vacas revueltas en el establo. La ventana de la habitación donde se guardaba el féretro está abierta y de allí llega un hedor. Catherine Legrand Véronique Legrand escuchan a las mujeres que están a su lado susurrando diciendo que es el cadáver. Hay mucha gente. Hombres con los trajes que se ponen los domingos para ir a misa. Mujeres vestidas de negro y con sombreros redondos, los mismos que llevan los domingos. Hablamos en voz baja. La casa está de camino a la iglesia, por eso nos paramos a la salida. Ahora hay que sacar el féretro una segunda vez. Cuatro hombres lo suben por las escaleras, aconsejándose unos a otros para que no se les caiga. Detrás de ellos, mi tía baja los escalones con un velo enorme sobre el rostro. Pascale Fromentin y Pierre-Marie Fromentin están con ella. Los hombres colocan el féretro en la camilla que hay al fondo de la escalera. Ahora llevan la camilla, dos delante, dos detrás, cada uno con un brazo al hombro. Ponen una sábana negra con borlas sobre el féretro. Se ve que ponen cruces blancas a ambos lados del féretro. El cura lleva una sobrepelliz sobre la túnica negra, tiene una estola negra. El cura empieza a andar detrás del féretro. Tiene delante un libro de misa abierto. El monaguillo que está a su lado lleva la cubeta de agua bendita y el hisopo. Mi tía Pascale Fromentin Pierre-Marie Fromentin caminan detrás de ella también, todos en fila, los miembros de la familia, después el resto. Pasamos por delante de las últimas casas del pueblo. Caminamos campo a través por un camino de tierra que el sol blanquea y que cuesta mirar con los ojos abiertos. A lo lejos casi en el bosque se ve la capilla frente al cementerio, se ven las paredes que la cercan. Los hombres que llevan el féretro caminan lentamente. Estamos detrás, tenemos a cada lado de la carretera prados cortados al ras con regueros grandes de hierba seca que no han recogido los rastrillos. Hay campos en los que no queda más que paja de trigo de avena de cebada. Nadie habla. Hace calor. El arroyo que corre junto a la carretera no hace su ruido primaveral habitual, apenas se oye un chapoteo de vez en cuando. En los taludes las últimas flores se marchitan. El cura recita las oraciones en latín y se responden. Hay silencios enormes. Después se oyen los sollozos de mi tía, de Pascale Fromentin, de Pierre-Marie Fromentin de otras personas que no conocemos. El cura empieza una oración nueva, le respondemos, amén, resquiescat in pace, etcétera. Se ve el féretro que viene y va de izquierda a derecha por encima de las cabezas de los portadores. Se escucha el ruido que hacen los zapatos arrastrándose por el suelo, la multitud camina lentamente como un rebaño. Cuando nos damos la vuelta se ve que el entierro con toda su procesión es apenas una mancha negra en medio del campo. Caminamos. De vez en cuando paramos para que los portadores puedan cambiar de hombro. Hace calor. Sudamos. Dicen que el negro retiene el calor. A veces tropezamos con una piedra por la lentitud y la dificultad de levantar los pies por el calor. Las golondrinas vuelan bajo gaznando chilliditos cuando se encuentran con otras o se cruzan. Cuando llegamos al cementerio se ve que el sepulturero sigue en el hoyo tirando tierra detrás de él. Se baja la camilla. Se baja el féretro con cuerdas. El cura reza mientras sujeta el hisopo con las manos del monaguillo, rociando la tumba con agua bendita pasando el hisopo a mi tía. Alguien, un hombre, toca una trompeta para despedir al muerto, hace un ruido ensordecedor que no se dispersa. En ese momento mi tía cae de rodillas sobre la tierra de la tumba se oyen sus gritos al mismo tiempo que se echa la primera palada de tierra sobre la madera del féretro. Se oyen los sollozos de Pierre-Marie Fromentin mientras cae de rodillas. Pascale Fromentin se hace diminuta y se acurruca entre ellos. Se oyen por delante y por detrás los sollozos de las mujeres.

En el grande palascio de la sala empedrada se estava Guibors con la loriga calada en la tiesta el yelmo al cinto la espada nunqua essora viéredes dama ainsi armada. El cuaderno abierto tiene hojas cuadriculadas. Las líneas verticales y longitudinales están inscritas en unos cuadrados cuyos lados los delinean líneas más gruesas a lo largo y a lo ancho de la página. Tiene que medir un centímetro de lado. Es más o menos el tamaño de una letra escrita. Las letras se ponen en la sucesión de cuadrados. Algunas son deformes por ejemplo las b las l las t y sobre todo las p para las que es imposible encontrar una forma definida. Nicole Marre está al lado de Catherine Legrand. Está dibujando una gárgola en el margen del cuaderno para señalar el inicio del capítulo Aliscanos. Catherine Legrand intenta dibujar a Guiburc con la cota de malla el yelmo y la espada preguntándose si el vestido debe sobresalir por la parte inferior de la cota de malla para indicar que es una dama. Catherine Legrand deja un espacio en blanco para las piernas y los pies o para el vestido que podría caer la cola por detrás. Catherine Legrand dibuja cada malla de la cola parecen escamas, Guiburc es un pez sin cola con un ojo más grande que el otro bajo el yelmo así que Catherine Legrand borra a Guiburc y dibuja las almenas de la torre de Orange. Cuando estamos de pie detrás se ven los cipreses de la llanura. La madre del Niño Jesús pide a Marielle Balland que resuma el fragmento que acabamos de leer y del que hemos escrito en el cuaderno palabras incomprensibles seguidas de dos puntos así como su origen y su significado. Marielle Balland describe cómo Guiburc y las mujeres de Orange defendieron la ciudad contra los sarracenos, veríedes tantas laças premere alçar tantos buenos cavallos sin sos dueños andar tantos sarracenos yacen muertos feridos en alcaz las carbonclas del yelmo an las damas apart. No han conseguido tomar Orange, se la ve a plena luz del sol y Guiburc suda la gota gorda bajo la cota de malla, empuja hacia atrás el yelmo que se le cae sobre los ojos. La madre del Niño Jesús dice que hay un país en el sur, dice que el rey de Francia fue a caballo con un ejército poderoso para destruir el país, dice que lo llamó cruzada, dice que desde entonces no ha habido civilización que pueda compararse a la de ese país. Se anota en el cuaderno, guerra albigense. En la primera fila están, a la derecha de Nicole Marre y Catherine Legrand, Marielle Balland y Sophie Rieux, y a su derecha Laurence Bouniol y Valerie Borge. Llevamos batas negras. Marielle Balland lleva en la cadera un cinturón de cuero con anillas a los lados. De una de las anillas cuelga una navaja de bolsillo. Hijas mías, apoyad a vuestra desesperada reina. Es Esther a la que le tiemblan las piernas envuelta en velos. La madre del Niño Jesús da una clase de historia santa en la que cuenta la historia de Esther. Se escribe en el cuaderno, Biblia, Libro de Esther. Cuando nos agachamos para recoger la regla o la goma se ven las rodillas de Marielle Balland las rodillas de Sophie Rieux las rodillas de Laurence Bouniol las rodillas de Valerie Borge. Valerie Borge apoya todo el rato la cabeza contra el brazo izquierdo. La madre del Niño Jesús comenta al respecto preguntándole a Valerie Borge necesita usted mi codo también. Los árboles han perdido las hojas. Aún quedan bastantes pero esas tienen un color marchito sobre todo las de los castaños que están encogidas y marrones. Caminamos por el patio del recreo en grupos. Las internas hablan entre ellas y se niegan a jugar a la pelota. Las externas deciden jugar al voleibol en el patio de la estatua donde está extendida la red. Nicole Marre corre a buscar el balón. Se cruza con Laurence Bouniol que grita, el rey Desramés por su barba jurava, a lo que Laurence Bouniol responde, ca Guibors fuérade por cavallo arrastrada, a lo que Julienne Pont y Marielle Balland que corren mientras siguen así responden, y entrove el mar anegada y hundida. Al mediodía nos damos la mano mientras decimos, el rey Desramés por su barba jurava ca Guibors fuérade por cavallo arrastrada y entrove el mar anegada y hundida. Nos echamos a reír en el momento en el que decimos, pora mio recabdo su barba perjurava. Y es hora de ir a casa para almorzar. Volvemos a empezar a la una y veinticinco, antes de que suene el timbre. Damos las manos diciendo, el rey Desramés por su barba jurava, etcétera, ahora nos lo sabemos de memoria. Noémie Mazat lleva una bata gris rota por detrás. También lleva botas de hierro. Cuando cantamos, buen mozo que baila, taconea bien tu zapato de cobre, pensamos en ella. Anne-Marie Brunet es interna Sophie Rieux Anne Gerlier Denise Causse Marie Démone Valerie Borge son internas. Se paran cerca del muro que separa los dos patios y siguen hablando. Mientras tanto Anne Gerlier se sienta y se ciñe una rebeca de lana sobre los hombros. Estamos en la enfermería. La madre San Francisco de Asís ha salido. La ventana abierta deja ver los árboles y el muro alto que separa el jardín de la institución del de las carmelitas. Cuando se sube el muro para mirar al jardín de las carmelitas no se ve a las monjas con velos negros delante de la cara se ven los senderos limpios y los parterres bordeados de boje podado, de clavellinas, de heucheras, de nomeolvides, trazados con un tendel. En la tierra con sombra entre los setos de flores las flores pequeñas y redondas de las acacias se pegan unas a otras. Denise Causse está tumbada en la cama de la enfermería. Se ve que tiene las mejillas rojas. La madre San Francisco de Asís ha prohibido que Catherine Legrand le hable porque la cansaría. La madre San Francisco de Asís ha preparado el cuenco para que lo inhale Catherine Legrand. Catherine Legrand se inclina sobre el cuenco humeante pero no demasiado porque está caliente. La madre San Francisco de Asís pone el mantón de lana negro sobre la cabeza y encima del cuenco para que el vapor se quede en los alrededores de la nariz de Catherine Legrand. El mantón huele a un olor que conoce. Es como un golpe como una incomodidad en el pecho o en alguna parte en el estómago o en el sexo. Catherine Legrand apenas puede soportar esa incomodidad saca la cabeza bajo el mantón de lana negra haciendo muecas a Denise Causse. Denise Causse se levanta sobre un codo susurrándole a Catherine Legrand que se quede cerca de ella que no se vaya que le diga a la madre San Francisco de Asís que ahora está muy malita y que quiere irse a dormir. Pero Catherine Legrand no quiere irse a dormir con aquel olor por toda la habitación y también con el olor de la tisana enfriada y con el olor débil a éter. Catherine Legrand se quita el mantón entero esperando a que se enfríe el cuenco y que la madre San Francisco de Asís vuelva a la enfermería. Jugamos a la guerra en Saint-Germain-des-Champs. Corremos ladera arriba. Contamos cuántos somos bajo las acacias. Esperamos allí un rato porque Max Gibrol no ha llegado. Hay una tienda de comestibles cerca al otro lado de la terraza que rodean las acacias. Las flores tienen un olor embriagador. Dan ganas de dar patadas a los troncos. La señora Henri sale de la tienda con la retrasada que se ríe girando la cabeza de derecha a izquierda a toda velocidad, dándole una patada en la espinilla de la señora que entra cuando ellas salen. La señora Henri zarandea todo lo que puede a la retrasada para que se tranquilice. Después rueda la cabeza sobre el pecho y empieza a babear. Christiane Gibrol le señala a Catherine Legrand una señora que atraviesa la terraza con un bebé en el vientre. Christiane Gibrol se echa a llorar, Max ven, con todas sus fuerzas poniendo las manos delante de la boca para hacer un megáfono. Jacques Lamasse baja la pendiente corriendo la sube corriendo y diciendo que Max Gibrol está jugando con los patines y que no va a venir. Nos dividimos en tres bandos. Nos escondemos en patios detrás de porches abiertos detrás de un grupo de casas. Empezamos a acechar. A nuestros pies o a nuestro lado si estamos a gachas hay bolas o granadas que hemos hecho con la tierra roja casi arcilla de Saint-Germain-des-Champs. Preparamos una en la punta de un palo y metemos todas las posibles en los bolsillos el resto están en el suelo. Cuando se ve que pasa un enemigo cerca le lanzamos una granada pam en toda la cara se aplasta la arcilla y se clava otra en la punta del palo antes de que el enemigo tenga tiempo de volver a abrir los ojos. Normalmente es el bando en el que está Max Gibrol el que gana y no es de extrañar porque todo el mundo quiere estar en el mismo bando que él así que siempre hay un bando que triplica al otro y gana. Hoy hay cierta indecisión. Luchamos a ciegas. Christiane Gibrol refuerza las granadas con piedras. Las metemos para que cuando el enemigo reciba el impacto en la cara le duela aún más. Los prisioneros están atados en fila en la parte baja de Saint-Germain-des-Champs, en el límite de las casas y los prados. Algunos intentan llegar hasta las zarzas densas que bordean el muro de piedras planas puestas sin juntas unas sobre otras. De vez en cuando el centinela que los vigila les da golpes desde arriba con el bastón. Es el mismo centinela para todos y todos los prisioneros de los dos bandos están en el mismo sitio. Vamos a Notre-Dame-de-la-Salette para las rogativas. Está en algún sitio del campo. Vamos de dos en dos. Hay que cruzar todo el pueblo. Llevamos el uniforme azul marino. Llevamos calcetines blancos. Hemos aprendido a andar en el patio del recreo durante la clase de gimnasia, sabemos girar en ángulo recto, recuperamos un paso como si nada. Nos han enseñado a no romper filas para dejar pasar a los conductores, así que actuamos como si les fuéramos a dejar pasar, dejando un espacio grande delante hasta que el coche haya empezado a meterse en la fila, en ese momento es cuando nos precipitamos hacia delante para que el coche se vea obligado a parar, ahora hay que rodearlo para seguir la fila, todo el mundo se echa a correr para tener el tiempo de rodearlo, se forma un embrollo, la madre del Niño Jesús también corre por las filas con las faldas que vuelan detrás de ella para intentar restablecer el orden. Seguimos un camino hundido bordeado de setos. El sol todavía está bajo y hay rocío en la hierba. Se ve que brilla con fuerza allí donde los rayos inciden de forma oblicua sobre el suelo, al este es de un verde pálido y nuevo, con margaritas, ranúnculos y flores de diente de león, las violetas se han marchitado y ya no se ven a los pies de los setos, mientras que los campos de pasto alto están cubiertos de margaritas incipientes y de amapolas altas. Las flores de los árboles se han caído se ven por todos lados amarillas o todavía frescas, arrastrándose sobre la tierra húmeda. El rosa que se ve en los manzanos es de las flores que quedan, están llenos de hojas de un verde claro, ahora están desarrolladas en toda su extensión. Los pies están mojados. La misa es al aire libre. Podemos ver el cielo todo el rato y las granjas que se ven que son pequeñas porque están lejos, se puede ver el dibujo complejo que hacen los setos que se entrecruzan o que se prolongan siguiendo las líneas paralelas de un límite del campo a otro. En los setos más cercanos se ven las espinas negras de los endrinos, y en algunos lugares las zarzas, las rosas silvestres u otras especies de zarzas forman setos vivos que se abren entre las piedras desplazadas de los muros, derribadas o incluso volcadas unas sobre otras en un montón de tierra. Rezamos para que llueva y que los cereales salgan de la tierra y para que crezcan los frutos. Rezamos para que no caigan lluvias torrenciales que destruyen el trigo y la cebada cuando crecen en los campos. Rezamos para que haya sol para que los frutos maduren y se pongan dulces. Rezamos para que no haya un sol abrasador que seque los campos y los frutos. El cura con la sobrepelliz bendice el agua el pan la sal. Dan ganas de ir de puntillas y andar sobre la hierba desnuda de allí. En buen ora yo cuido mío cavallo relciente el adágara la loriga calada en la cabeça el yelmo el cinto la espada e la lança premiendo en algara e non çaga. La madre del Niño Jesús espera a que Laurence Bouniol haya encontrado la página y después le pregunta quién ha dicho esto. Laurence Bouniol dice que Ermengarda y ella dice cómo Ermengarda en la corte de Francia trata de cobardes a los franceses por culpa de su hijo Guillermo a quien han tratado como un perro, Laurence Bouniol dice que es justo echarle una mano para socorrer Orange. Se ve a Ermengarda encorvada a caballo por la cota de malla el yelmo el escudo la espada por la lanza, nos preguntamos cómo puede mantenerse sobre el caballo se ve cómo es Azincourt con todos esos caballos a la espalda, espinillas con bandas de acero, armazones grandes de hombres, armaduras rotas con miembros hacia todos lados con los escudos las lanzas y las espadas, se ven ejércitos en marcha de jinetes rígidos y cuando se quitan los cascos el pelo se despliega es Guiburc es Ermengarda, y plega Dios que aussilia adobada y bastida dessus de mi caballo non avrá essor pagano sarraceno nin persa c'a espada tajador yo lo vaya enristrando e non aia de cadere ayuso del caballo. Así que Catherine Legrand renuncia a dibujar el ojo árabe de Guiburc o la nariz aguileña de Guillermo. Es más fácil empezar el capítulo con una letra capital. Hace la primera recargada, a su alrededor contornea líneas de todos los colores y de lejos parece que se ilumina y así está contenta. La madre del Niño Jesús también está contenta con cómo está. La madre del Niño Jesús cuando lee en alto cualquier cosa que le gusta se para para hacer una especie de círculo con la boca una o en silencio y hay en cada uno de sus ojos un círculo parecido que significa que ahí está lo que esperaba encontrar y le gusta mostrar así su admiración. En todas las historias que se cuentan en los libros sobre los santos, tiene la costumbre de hacer una o y se muere por que llegue la hora de las historias de santos para poder leer las historias de santos en voz alta y hacer o sin prisa pero sin pausa. Así que la vigilamos todo el tiempo practicamos para adivinar cuándo va a hacerlo y se acaba dando en el clavo. A veces incluso conseguimos provocar el círculo. Por eso Catherine Legrand no juega con nadie en el patio del recreo. Nicole Marre pasa y le pide que juegue a las canicas. Catherine Legrand se niega. Ve pasar corriendo a Marielle Balland y Julienne Pont en el cobertizo donde están jugando a policías y ladrones. Noémie Mazat quiere jugar al voleibol. Catherine Legrand se niega haciendo como que no las oye o que apenas las oye y que es importante que la madre del Niño Jesús no vea que están hablando con ella. Catherine Legrand tiene muchas ganas de ir a jugar a lo que sea pero no irá hasta que la madre del Niño Jesús que supervisa el recreo no la haya visto sola contra al árbol y fingiendo que mira al suelo o intentando estar con la mirada perdida, mirando lejos lo más lejos posible allí donde los ojos del cuerpo ya no pueden ver si se atiene a lo que dice la madre del Niño Jesús, entonces la madre del Niño Jesús cruzará el patio con zancadas grandes haciendo que el vestido vuele tras ella, se parará cerca del árbol y se inclinará hacia Catherine Legrand preguntándole con una voz dulcísima, qué le pasa hija mía está usted enferma y Catherine Legrand sacudirá la cabeza para decir que no, la madre del Niño Jesús dirá entonces, entonces qué hace aquí. Catherine Legrand echará la cabeza para atrás para decir, estoy pensando, madre. Es en ese momento cuando si todo va bien empezará a salir el círculo en los ojos de la madre del Niño Jesús que son del color de las ardillas. Puede que en un rato le pregunte, en qué piensa entonces, hija mía. Catherine Legrand pondrá una mirada rara para que parezca que los pensamientos la desconciertan, avergüenzan o distraen mirará a la madre del Niño Jesús para ver si puede empezar, esperará un poco para que surta efecto susurrará, pienso en Dios, estoy pensando en, y apretará los labios para no decir más y si no hay dos círculos en la cara de la madre del Niño Jesús el de los ojos y el de su boca, es que le ha salido el tiro por la culata. Después cuando la madre del Niño Jesús se haya ido para no molestar a Catherine Legrand esperará un poco para asegurarse de que la observa como si nada entonces parecerá que hace un gran esfuerzo para escapar de sus preocupaciones dará pasitos todavía rígida y mirando al suelo todavía aún a lo lejos se sacudirá como un perro es suficiente para poder correr con todas sus fuerzas y reunirse con las demás por fin y ponerse a jugar con ellas de una vez. La señorita Grangier dice, siéntense señoritas de pie junto al pupitre de la profesora. La señorita Grangier no empieza enseguida la clase de latín, pero se la escucha dar consejos a Laurence Bouniol sobre el viaje que va a hacer a Italia diciendo que Laurence Bouniol tiene que ir sí o sí a ver las ruinas romanas el arco de Constantino las pinturas de Pompeya y todo eso, después se oye que la señorita Grangier habla de la pintura italiana Panisello, Masaccio, se oye que no hay nada más bello que Rafael y la señorita Grangier dice de leer en voz alta lo que está escrito en el Larousse, nos levantamos y decimos, Rafael, Rafaello Santi o Sanzio dice Rafael, después de un rato la señorita Grangier dice, siéntense. Nos volvemos a sentar. Terminamos la frase, el pintor inimitable de Madonnas tan resplandecientes de juventud de frescura y de maternidad casta. Cuando terminamos la señorita Grangier dice mirando el reloj que es hora de trabajar un poco. Así que abrimos los libros y hacemos latín. Valerie Borge al final de la fila hace dibujos en la madera del pupitre con la navaja de bolsillo de Marielle Balland. Al cabo de un rato Marielle Balland se cansa de no saber qué hacer y de ver a Valerie Borge que hace dibujos con su navaja de bolsillo así que quiere que le devuelva la navaja, discute con Valerie Borge que no quiere devolvérsela ahora mismo. Al final Valerie Borge la deja caer al suelo para dársela así que la señorita Grangier la ve, se la confisca y le dice que se la devolverá cuando termine la hora. Valerie Borge se pone a hacer dibujos con tinta sobre trozos de papel. Marielle Balland le da la espalda a Valerie Borge que está en la misma fila para que entienda que está enfadada con ella por eso está sentada de lado en el banco y tiene que doblar el cuello de vez en cuando para mirar a la señorita Grangier. Laurence Bouniol atiende a la clase de latín de verdad es decir mira a la señorita Grangier para escuchar todo lo que dice. La señorita Grangier mueve sus enormes labios rojos, los echa para atrás, los estira. Cuando la señorita Grangier abre la boca se le ve el paladar. Damos Aníbal ante Capua. Por ejemplo la batalla del Lago Trasimeno. Se cuenta en los cantos de Sidonio Apolinar. Se supone que fue el obispo de Clermont, que esto fue mucho antes que Carlomagno, mucho antes que las iglesias románicas, después de San Agustín, Tertuliano y Suetonio. Digamos que fue cuando Gregorio de Tours, en Historia de los francos habla de los merovingios, que se dio en algún lugar en una época en la que no había carreteras asfaltadas para poder desplazarse por el país. Se puede suponer que las calzadas romanas eran todavía nuevas. Hay calzadas romanas en el Macizo Central como la que está en el castañar y que llegan hasta Auvernia. Son baldosas blancas sin usar que se han puesto una detrás de otras, que son planas en la parte de arriba. Los carros que pasan con ruedas de madera saltan de una piedra a otra por la falta de cemento que hay en las juntas hay un espacio, está forzado, aunque las piedras estén bien ajustadas, se los ve pasar por el camino entre los árboles, se ven adentrándose en el bosque saltando y haciendo una especie de chirrido regular porque la madera roza contra la madera porque el eje que carga con todo el peso de la carreta es de madera porque las ruedas que giran son de madera porque no tiene ningún sentido ponerles aceite, así que hace un ruido como el gorjeo de un pájaro asustado y como no hay resorte da la impresión de que cada vuelta que da la rueda la carreta chocándose con la piedra de la baldosa se va a romper se va a desarmar. Por eso no había muchas carretas de madera que pasaran por las calzadas romanas, por eso Sidonio Apolinar escribe sobre batallas para relajarse en la montaña. Hay que anotar, dinastía merovingia, Meroveo, Childerico, Chilperico, Clodoveo y Clotario. La señorita Grangier empieza a reírse a carcajadas porque está pensando que un día una alumna tradujo del fragmento del lago Trasimeno que los romanos se mojaban el trasero en el lago Trasimeno, la señorita Grangier deja de reírse para decir lo que le hace reír. Marguerite-Marie Le Monial está junto a Catherine Legrand porque Nicole Marre ha faltado. Marguerite-Marie Le Monial juega a tirar la pelota contra el muro mientas la señorita Grangier inclina la cabeza hacia las niñas que están al lado opuesto en la fila. Es una pelotita roja de gomaespuma. Hace el mismo ruido que un puñetazo cuando le da al muro. Cuando la señorita Grangier está de pie en el pasillo vuelve a poner la cabeza en la posición inicial Marguerite-Marie Le Monial hace desaparecer la pelota en uno de los bolsillos de la bata. Cuando la señorita Grangier está sentada en el escritorio solo podemos garabatear en el cuaderno de sucio, en el escritorio, en la caja de los lápices de colores donde Marguerite-Marie Le Monial dibuja una estrella con una cola explicándole a Catherine Legrand que es una estrella fugaz y ahora Marguerite-Marie Le Monial también escribe algo en la caja en la cara opuesta de la estrella y hace una flecha en dirección a la estrella lo que significa que estaba relacionando lo que acaba de escribir en el dibujo de la estrella que había hecho un poco antes. Catherine Legrand se pone roja cuando lee que Catherine Legrand brilla como una estrella fugaz y ve que Marguerite-Marie Le Monial se ríe a carcajadas. La señorita Grangier baja del púlpito y embiste la caja de los lápices de colores para leer lo que se ha escrito en ella y lo que hace reír tanto a Marguerite-Marie Le Monial. La señorita Grangier le dice a Catherine Legrand que tiene una opinión muy buena sobre sí misma y Catherine Legrand se pone muy roja al decirle que no ha sido ella quien ha escrito eso en la caja de los lápices de colores y la señorita Grangier se ríe a carcajadas. La madre del Niño Jesús vigila la clase de geología. Hacemos una sección en el terreno que representa los aspectos más diversos de este. Primero se traza la leyenda, las líneas escalonadas para representar las capas sedimentarias, los puntos espaciados para indicar las regiones arenosas, crucecitas espaciadas para indicar las rocas cristalinas de las regiones volcánicas, se utiliza el color negro oscuro con tinta china para las rocas volcánicas propiamente dichas, para los lugares donde los volcanes pueden retomar su actividad. No se entiende la diferencia que hay entre las rocas cristalinas y las rocas volcánicas. Le preguntamos a la madre del Niño Jesús si hay que establecer una diferencia entre las rocas cristalinas y las rocas volcánicas puesto que parecen tener la misma composición y el mismo origen. La madre del Niño Jesús dice que en geología es habitual representarlas de forma distinta a lo mejor porque las rocas cristalinas aunque estén compuestas como la lava de mineral de cuarzo y de mica se solidificaron en una época anterior mientras que las rocas volcánicas siguen siendo magmáticas y se encuentran cerca de la lava. La madre del Niño Jesús dice que solo hay que mirar la obsidiana parece cristal negro muy brillante pero parece rígida parece un líquido que se queda inerte por su peso. La madre del Niño Jesús dice que no son las mismas capas geológicas. Hacemos el corte, el diagrama aproximado y simplificado de una región con sus capas profundas y las capas superficiales. Prestamos atención a las regiones volcánicas en las cuales se ve que brilla la obsidiana, el basalto menos uniforme con manchas verdes del silicato, en las cuales se ve que la traquita con su color claro corre el riesgo de motear y estropear el negro precioso de la tinta china que se ha mantenido para el basalto y la obsidiana mientras que el granito de otra capa geológica adquiere el color blanco que se supone que representa la calcedonia o el cuarzo o la mica. Al ver el croquis que acabamos de hacer nos decimos que la madre del Niño Jesús tiene razón sobre las rocas volcánicas. Se ve bien cómo a partir de las zonas inofensivas de arena pasando por las capas sedimentarias de base se llega a las rocas cristalinas se llega sobre todo al lugar del drama que es el volcán, la mancha negra del dibujo, algo se mueve allí, es el lugar de mayor modificación, es el nodo de la acción terrestre. Se supone que si se perfora un túnel a través de la tierra de un polo al otro o en línea recta de un punto del ecuador al otro que en la superficie se obtendría una constelación de zonas negras los volcanes antiguos resurgirían, después entrarían en erupción otros nuevos en puntos desconocidos y después el dibujo que representa el suelo no sería más que un magma negro y brillante una superficie de cristal que apenas se ha enfriado. Si entonces jugáramos a las canicas con las esferas que están en el espacio diríamos que es un ágata y diríamos, esta es la más bonita, de qué está hecha, adivinad, es ónix. Se ven por la ventana las nubes que se mueven en el cielo. Vamos a tener que encender la luz no se ve nada. Queremos estar en el jardín para el primer trueno para ver el relámpago entre los troncos de los castaños de Indias para esperar a que caiga sobre uno de ellos que se enrosca, que se convierte en una bolita de fuego que salta por el suelo como una pelota de tenis. Cuando caen las primeras gotas de agua en las mejillas parece que son anchas como boles. La madre del Niño Jesús pide que haya silencio. Se sienta rígida y mira fijamente a los ojos de una alumna tras otra. Nadie parece darse cuenta. Marielle Balland intenta atrapar una mosca que zumba contra el cristal de la izquierda. La madre del Niño Jesús dice, Marielle Balland a su sitio y da un golpe con la regla de madera contra la madera del escritorio. Marielle Balland vuelve a sentarse. La mosca va y viene volando por la ventana chocándose con ella. Anne Gerlier habla en voz alta con Denise Causse. Noémie Mazac copia un ejercicio de matemáticas. Las alumnas del fondo de la clase se balancean y cabecean empujándose hombro con hombro hasta que Marie-José Broux se cae al suelo en el pasillo. Entonces la madre del Niño Jesús que estaba intentando conseguir orden sin moverse empieza a gritar y a decir, un poco de decoro señoritas y usted Marie-José Broux estará castigada hasta el domingo le pongo un cero en disciplina. Cuando por fin se calla todo el mundo la madre del Niño Jesús dice que la madre de Marguerite-Marie Le Monial ha muerto, recemos y Nicole Marre se echa a reír y la madre del Niño Jesús la mira y ella no puede parar de reír así que coge su pañuelo y se ríe con él cogiéndolo con ambas manos delante de su cara. La madre del Niño Jesús le dice, salga y Nicole Marre sale con el pañuelo en la boca. La madre del Niño Jesús dice que dos alumnas irán al entierro y todo el mundo levanta el dedo porque es una clase menos y la madre del Niño Jesús dice que irán Marielle Balland y Laurence Bouniol y que ahora todo el mundo tiene que coger el cuaderno para hacer el dictado. Marguerite-Marie Le Monial se quita el abrigo negro para colgarlo en el perchero en lugar de la bata que se pone por encima del vestido negro. Se ve que lleva medias negras. Catherine Legrand le pide a Nicole Marre que se cambie de sitio porque le va a pedir a Marguerite-Marie Le Monial que se siente a su lado. Marguerite-Marie Le Monial se sienta al lado de Catherine Legrand. Su pelo negro le llega hasta los hombros. La piel de su cara parece más blanca de lo habitual porque toda la ropa que lleva es negra. Catherine Legrand no sabe qué decirle. Se ve que en el extremo de la fila Valerie Borge se tapa con el brazo para escribir algo. La madre del Niño Jesús le pregunta a Valerie Borge que qué está haciendo. Valerie Borge no responde, ahora pone los dos brazos encima del cuaderno para tapar lo que hay escrito. Cuando la madre del Niño Jesús le pide que le lleve el cuaderno ella sacude la cabeza para decir no y termina poniéndola delante de los dos brazos estirados encima de la mesa. Laurence Bouniol se levanta diciendo, madre son versos. Pero Valerie Borge sacude la cabeza aún más fuerte entre sus brazos y se ve que los apoya con todas sus fuerzas contra el cuaderno. Si se tira del cuaderno para intentar verlo se hará pedazos. Así que la madre del Niño Jesús le habla con dulzura a Valerie Borge pidiéndole que le lleve el cuaderno. No sabemos si Valerie Borge escucha lo que la madre del Niño Jesús le dice. En todo caso gira la cabeza hacia la pared y de esta forma no ve más a nadie. El pelo le cae sobre los hombros, recubriendo en parte los brazos. Si alguien tirara de ellos hacia atrás se vería obligada a levantar la cabeza y mirar hacia el lado en el que está. Por eso Catherine Legrand se levanta diciendo, y ya ante mí la campiña se peina y entonces Valerie Borge levanta la cabeza mirando hacia el lado en el que está Catherine Legrand la mira directamente a los ojos para decir, del azafrán que el día trae del mar. Laurence Bouniol está leyendo por encima del hombro de Valerie Borge y se levanta diciendo, pero es lo que ha escrito en el cuaderno. La madre del Niño Jesús mira por turnos a Catherine Legrand y a Valerie Borge. Al final le dice a Valerie Borge, son versos muy bonitos, Valerie Borge, aunque no son suyos. Valerie Borge se levanta con el cuaderno pegado contra su pecho y sale corriendo de la clase. Marguerite-Marie Le Monial le da un codazo a Catherine Legrand preguntándole, qué es. Catherine Legrand no responde. Marguerite-Marie Le Monial no para de preguntarle, qué es, si me lo dices te daré lo que quieras y busca en el escritorio lo que le podría dar a Catherine Legrand cambiando de sitio los libros los cuadernos metiendo las manos en un montón de objetos desordenados, sujetándose detrás del batiente del escritorio que se apoya sobre su cabeza. La madre del Niño Jesús da un golpe con la regla de madera delante de ella. Marguerite-Marie Le Monial saca la cabeza a la vez que cierra el pupitre. La madre del Niño Jesús está diciéndole, qué hace usted detrás del pupitre. Así que como Marguerite-Marie Le Monial no ha encontrado nada para darle a Catherine Legrand, eso no le impide seguir dándole con el codo sea en el brazo sea en el codo sea en el antebrazo de Catherine Legrand que se ve obligada a quitarlo cada vez que le da diciéndole, déjame tranquila. La madre del Niño Jesús le hace preguntas a Noémie Mazat sobre el cantar de Guillermo de Orange. La madre del Niño Jesús le pide que lea y explique el pasaje de Ermengarda, el que hemos leído juntas durante la clase anterior. Pero esta vez no hay más ganas de leer a la vez que Noémie Mazat, en buena ora yo cuido mío cavallo relciente el adágara la loriga calada en la cabeça el yelmo el cinto la espada e la lança premiendo en algara e non çaga y Dios aussiliara mio fijo, pero esta vez sabíamos todo de memoria, los sarracenos los persas derribados, las cabezas cortadas, no se puede decir que Ermengarda tenga algo nuevo que aprender. Ahora haría falta otra cosa para que prestemos atención. Intentamos, aquí y allá, llamar la atención de la madre del Niño Jesús susurrando y moviendo y cerrando los escritorios. Pero no sirve de nada. La madre del Niño Jesús da golpes con la regla que tiene delante deteniéndose para mirar a las alumnas de la clase, esperando rígida en la silla que pare el ruido que hace que vaya cien veces más lenta que si no nos moviéramos. Es de suponer que se seguirá dando a Guillermo de Orange hasta que acabe el año. Catherine Legrand hojea el libro de lectura, pasa de Chrétien de Troyes a María de Francia cuyos poemas ya ha leído que están en la selección, se para en los de Carlos de Orléans, que no ha leído. Solo hay dos poemas. Catherine Legrand los lee varias veces lo que le permite extraer dos versos del segundo que después copia en su cuaderno conmigo mismo a solas me retiro y forjo castillos en España y en Francia. De esta forma Catherine Legrand podrá transcribirlos cuando quiera e incluso recitarlos en voz alta cuando esté sola. Valerie Borge no ha vuelto a su sitio, está andando por el camino de las acacias o si no está en el huerto con la madre San Nicolás, están recolectando grosellas espinosas grosellas negras grosellas rojas. Valerie Borge ve que la tierra hace desaparecer las pulpas granuladas. Las más claras tienen el color del vino de Anjou, todas son traslúcidas. Las que se come Valerie Borge le calientan la lengua, la madre San Nicolás pone las suyas en el pliegue que ha hecho en su blusón y mira a Valerie Borge mientras se ríe. La madre del Niño Jesús le pide a Marielle Balland que repita lo que se acaba de decir. Marielle Balland se sobresalta en el banco donde está mientras mira a su alrededor con estupefacción. Nadie respira. La madre del Niño Jesús dice, estoy esperando. Entonces como no dice nada la madre del Niño Jesús le pide a Marielle Balland que le dé el significado de las palabras almófar cofia elme adágara etcétera. Cuando subimos las escaleras de mármol se ven escritas por toda la valla, debajo de las pancartas, ponen vallas para evitar que tengamos la idea de ir por ahí. Hacemos un retiro. No se puede hablar. Nos llevan al convento que hay al fondo del jardín. Allí hay monjas que no conocemos porque se quedan detrás de las vallas. Se puede ver su jardín cuando cruzamos el parque por el camino de las acacias pero no se puede ir. Hay un nicho de piedra que tiene una estatua galorromana que han encontrado en la tierra del jardín. Cuando vamos sigilosamente hacia el nicho se puede ver que es una mujer de pie con los brazos extendidos. Las piernas están en movimiento. Las piernas y los muslos forman un conjunto más importante que el resto del cuerpo, se debe a que son largos, por lo que la mujer tiene un aspecto monumental, parece que mengua hacia lo alto y que su cabeza está perdida entre las estrellas. Pero no es más que una estatua pequeña del cementerio galorromano. Estamos en una sala con ventanales grandes detrás de las que se ve el movimiento de los árboles, con mesas, con sillas de paja. El suelo es de mármol como lo es en todas las partes en las que hemos estado del convento. Tenemos cuadernos para escribir lo que queramos. La madre del Niño Jesús no los verá. Estamos aquí en las sillas. Se puede entrar y salir de la sala con la condición de que no se haga ruido. Se pueden hacer manualidades, se puede remendar la ropa se puede dibujar se pueden hacer cosas de madera con cuchillos. Es como un recreo grande salvo que solo se puede hablar bajito susurrando, cuando queremos hablar con alguien también se puede escribir lo que queremos decir en el cuaderno y esperar la respuesta también en el cuaderno. No nos vigilan porque la madre del Niño Jesús ha dicho, confío en ustedes espero que lo merezcan. Es lo que hacemos, no se habla en voz alta, no se corre por la sala, no se mueven los muebles, estamos felices de que nadie vigile, así que si alguien pasa por el pasillo pegando la oreja no escuchará ningún ruido. Podemos leer. Tenemos un texto de Pascal en folios mecanografiados. Leemos. Empieza así, que el hombre contempla toda la naturaleza en su majestuosidad alta y plena, se llama La desproporción del hombre, la madre superiora lo repartió diciendo que no iría seguido de ningún comentario, apelo a su atención, os recomiendo que lo leáis a menudo que anoten ustedes en los cuadernos lo que os venga a la mente cuando lean el texto, será un buen ejercicio. También están disponibles las vidas de los santos la vida de San Francisco de Asís, la vida de Santa Catalina de Siena, la vida de Santa Teresa de Ávila, la vida de San Amancio, la vida de San Esteban, la vida de Santa Enimia, la vida de otros santos pero no los leemos. Catherine Legrand abre el cuaderno y escribe en la primera página, conmigo mismo a solas me retiro. Catherine Legrand hace dibujos más abajo. Intenta representar el opoponax pero no le sale, por eso Catherine Legrand decide sustituir los trazos por palabras. Entonces escribe en mayúsculas en alto en medio de la segunda página o p o p o n a x y dos puntos seguidos de, puede estirarse. No se puede describir porque nunca tiene la misma forma. Reino, ni animal, ni vegetal, ni mineral, es decir indeterminado. Humor, inestable, no se recomienda frecuentar al opoponax. Catherine Legrand va a la línea donde escribe de nuevo en mayúsculas, breve historia de las manifestaciones del opoponax, después de eso va a la línea para escribir, ejemplos en grande y después dos puntos, pero hay alguien detrás del pupitre. La madre del Niño Jesús o la señorita Grangier o la madre San Julio o la madre San Hipólito da golpes varias veces con la regla para avisar de que hay que cerrar el pupitre. No hay más remedio que cerrarlo. Pero de verdad que no se puede. Hay algo que lo impide. Solo se consigue bajar el batiente hasta cierto punto pero se resiste a bajar más, por mucho que se mire no se ve nada, aunque insistamos, el batiente no baja más. Eso es el opoponax. Entonces la madre del Niño Jesús o la señorita Grangier o la madre San Julio o la madre San Hipólito se enfada porque cree que es a propósito. No hay que insistir. Hay que hacer como si no se notara nada, taponarlo con un libro o varios para cerrar el pupitre, no estará al mismo nivel que los demás pero no se notará demasiado. Estamos sentadas en la mesa en la habitación o bien estamos en el dormitorio e intentamos quedarnos dormidas. Nos molesta el ruido de una gota de agua que cae en el lavabo del cuarto del baño o del vestuario. Nos levantamos para cerrar el grifo. Bueno. Para. Pero vuelve a gotear y esta vez la gota cae con una lentitud que enloquece, se precipita, ulula y cuando cae la sigue otra inmediatamente, haciendo un chapoteo doble. Es el opoponax. También es él cuando sentimos que algo nos pasea por la cara antes de dormir en la oscuridad. O cuando nos damos la vuelta por casualidad en la habitación donde no hay nadie y pillamos una sombra negra que se escapa, que está terminando de desaparecer. O cuando nos miramos al espejo y nos cubre la cara algo borroso. No hay que desanimarse y hay que mirar fijamente el espejo como si no se percibiera nada y así se va. Catherine Legrand cierra el cuaderno porque Nicole Marre viene para mirar por encima del hombro para leer lo que está escribiendo. Catherine Legrand va a la capilla que está al otro lado del pasillo frente a la sala en la que estamos. Cuando se mira la puerta de la capilla parece que vamos a entrar en una habitación parecida a la que acabamos de salir pero nos encontramos en un sitio donde las vidrieras rosas ocre malva filtran la luz donde brillan las paredes, donde el oro brilla sobre el altar que es de piedra lisa. Los aros las rosas las amarilis están en jarrones en el suelo. Laurence Bouniol está de rodillas ante las rejas del coro. En el último banco están Anne Gerlier y Marie Démone que se enseñan fotografías. El hombre necesita animales para que le ayuden en el trabajo. Catherine Legrand los pone entre paréntesis en su mente, y para llenar el estómago. Por ejemplo las cabras las ovejas las vacas los cerdos. Eso es lo que hay escrito en el libro. Estamos en la clase de geografía. Escribimos en el cuaderno, la producción agrícola y ganadera, ese es el título. A las vaquitas que unce mi tío para que lo ayuden en el trabajo no les gusta mucho eso, se las ve que sacuden las bridas, zarandean las barandillas, se ponen a galopar en el camino lleno de baches mientras que mi tío les grita algo para tranquilizarlas pero no las tranquiliza ellas corren tan rápido como pueden la carreta se mueve, en un momento dado una de las dos desacelera y mueve el lomo, se da golpes a ambos lados del vientre con la cola, se para mientras que la otra sigue tirando de su lado porque no ha parado de correr pero al final tiene que parar porque ahora tiene que tirar de la otra vaca además de a mi tío y de la carreta. Así que la vaca que está al lado del talud se pone a pacer mientras que la otra muge mientras que mi tío tira de su brida llamándola enfadándose rogándole que no le pegue porque la quiere. También hay un cerdo colgado boca abajo en el granero pero no está en casa de mi tío está colgado de las patas traseras no parece que le guste mucho tampoco grita mientras le cortan la carótida mientras que dejan que la sangre fluya hasta el barreño dura pero se le oye gritar, tirar todo lo que puede de la garganta y salen ronqueras, le revienta los pulmones pero es bueno pero eso ayuda, el hombre que lo mata está contento, expulsa hasta la última gota de sangre y no para de gritar, el cerdo, hasta que no le queda ningún grito más, después de eso la carne está buena, bien aireada y todo. En las fotografías del libro en este capítulo, en la primera página, se ven campos y, al fondo, montañas, si se lee la leyenda se ve que es de Grecia. En la segunda página hay aún más campos pero al fondo no hay montañas y delante hay vacas blancas cada vez más pequeñas, en el segundo plano son puntos que están junto a la granja que tiene dos tejados uno rojo y uno negro. Debajo pone, prados de Charolais. Una fotografía ocupa toda la tercera página, debe ser una vista aérea porque a menos que esté en una montaña muy alta nunca se ve todo eso en un paisaje. En un primer plano se ve cómo los árboles se amontonan, un muro está detrás en un ángulo inclinado que ocupa todo el ancho de la página con descuelgues, podría decirse que es la Muralla China. El muro está abierto en el centro para dejar un pasadizo se ve el camino que lleva al otro lado hasta una casa enorme que tiene varios edificios. Hay muchas casas al fondo pero se las ve tan pequeñas que ni entrecerrándose los ojos se puede distinguir si tienen ventanas o no. Se ve que las rayas blancas detrás de estas casas también lo son, pero vistas desde tan lejos o vistas tan deprisa o las dos cosas a la vez es como una pasta blanca esparcida al pie de las colinas de cobalto a menos que se deba a la falta de precisión de la cámara. La madre del Niño Jesús habla de la vida de los nómadas dando ejemplos como los fulanis los tuaregs los hebreos de la Biblia. Tienen camellos a los que deben cuidar las patas por la noche por las piedras afiladas por las espinas y hay que quitarles los callos. La fotografía de la mitad del capítulo presenta a unos pastores grandes que siguen a unas ovejas grandes. Son los turcos. Ellos no tienen camellos, no los necesitan, están en mesetas cubiertas de hierba, por lo que no tienen que ir muy lejos para alimentar a las ovejas y estas ovejas tienen suerte, en otros sitios se puede ver que las obligan a apartar piedras del hocico y a encontrar trozos de madera detrás que se comen, ramitas secas, a lo mejor emborrachacabras, hojas de emborrachacabras o enebros. La madre del Niño Jesús habla de la trashumancia y la ganadería extensiva. Marguerite-Marie Le Monial hace bolitas con papel secante, las pone en fila en un agujero que hay en el suelo, las empuja hacia arriba con la regla, las embuta, las apretuja hasta que puede poner más y pone muchas más diciéndole a Catherine Legrand que es para hacer un agujero en el techo de la habitación de abajo que es por donde se va a la dominica. Catherine Legrand le dice que puede meter gomas porque hará más peso y le da la suya dejándola caer al suelo sin querer y se escucha que rueda por el suelo de la clase. Entonces Catherine Legrand dice que va a buscarla sin que la madre del Niño Jesús se dé cuenta, por eso se desliza por su banco hasta que se ve de rodillas en el suelo y gateando por debajo de los escritorios pasando entre Julienne Pont y Marie Démone, de las que puede ver sus piernas y rodillas pasando después por detrás entre Nicole Marre y Anne Gerlier de las que también puede ver sus piernas y rodillas. Se escucha a la madre del Niño Jesús decir, dónde está Catherine Legrand, lo que hace que Catherine Legrand saque la cabeza con los pelos que le caen por delante de los ojos entre Nicole Marre y Anne Gerlier que se echan a reír muy alto y la madre del Niño Jesús pregunta, pero qué hace usted ahí y Marguerite-Marie Le Monial se levanta diciendo, busca su goma madre. Estamos en el recreo de las cuatro y media. Marie-José Broux Anne-Marie Brunet Julienne Pont juegan a las bolitas. Los agujeros que se han hecho con cuidado en la zona más plana del patio permanecen de un recreo a otro. Están muy redondeados. La distancia que los separa no es fruto del azar, sino que obedece a reglas precisas, ya que los recorridos que consisten en líneas rectas que van de un agujero a otro se trazaron proporcionalmente entre estos. Por ejemplo la distancia del primer agujero que se ve al segundo es la mitad del segundo agujero al tercero, las direcciones forman ángulos entre estas, lo que hace que haya en el suelo figuras geométricas embarulladas, triángulos dispuestos de un extremo a otro, cuadriláteros, pentágonos, hexágonos, otros polígonos cuyos nombres no conocemos. Hacemos rodar las bolitas por el suelo y cuando damos contra con la bolita de un adversario le quitamos una ciudad que es uno de los agujeros por lo que se hace un círculo alrededor del agujero con el palo para indicar que la ciudad ha caído. También se puede tomar la ciudad por sorpresa haciendo rodar la bolita entre uno de los agujeros del adversario pero es más difícil porque no se acierta a la primera o casi nunca se acierta y el adversario tiene tiempo de sobra para percatarse de la maniobra y defenderse. Denise Causse y Catherine Legrand andan conversando una al lado de la otra. Denise Causse le cuenta a Catherine Legrand que hay un fantasma en el dormitorio que no se puede ver pero que da golpes con las zapatillas viejas de la madre San Silvestre cuando aún no se ha acostado. Denise Causse dice que el fantasma hace eso todas las noches que fue Valerie Borge quien se lo contó primero, Denise Causse dice que desde que Valerie Borge se lo contó no ha dejado de escucharlo y que ahora la prueba de que es verdad es que no hace un ruido regular, Denise Causse dice que habría que intentar atraparlo pero que Valerie Borge no está de acuerdo. Catherine Legrand le pregunta a Denise Causse si es cierto que Sophie Rieux rechina los dientes cuando duerme. Denise Causse dice que desde su cama no lo escucha pero que Anne Marie Brunet cuya cama está al lado de la de Sophie Rieux oye dientes que rechinan, ella dice que incluso le impide dormir porque no es solo que rechine los dientes, sino que a veces los castañea con fuerza y que pasa justo cuando Anne-Marie Brunet se va a dormir y le da miedo. Denise Causse le dice a Catherine Legrand que Anne-Marie Brunet le pide a menudo a Sophie Rieux que deje de hacer ruido pero Sophie Rieux dice que no puede hacer nada, que no lo hace queriendo y que incluso no se da cuenta de que lo hace. Denise Causse camina al lado de Catherine Legrand sin hablar. En un momento dado le dice a Catherine Legrand que si le promete que no se lo contará a nadie que le va a contar unas cuantas cosas. Catherine legrand le promete que no se lo dirá a nadie. Así que Denise Causse la arrastra hasta un sitio en el que no hay nadie que las pueda escuchar. Está más allá del patio de la estatua. Hay allí flores de aguaturma que son tan altas como Catherine Legrand y Denise Causse. Cuando se pasa el dedo a lo largo de los tallos resulta áspero por las miles de púas pequeñitas que tienen, son tallos flexibles, moteados con manchas blancas. Denise Causse arranca una flor y empieza a triturarla con las manos diciendo, sabes que Valerie Borge escribe poemas. Catherine Legrand no hace ningún comentario. Se queda un momento sin hablar. Catherine Legrand le pregunta, los has leído, Denise Causse dice, no no quiere, pero no tienes que decirle que te lo he dicho yo eh, no tienes que decirle nada. Se ve que Anne-Marie Brunet cruza el patio para tocar la campana que indica el final del recreo. Así que subimos lentamente la escalinata cruzando los dos patios porque ahí es donde nos ponemos en fila para ir a la sala de estudio. Estamos en la capilla. Todas las monjas del convento del fondo del jardín están en las sillas del coro o si no alrededor de la madre San Ignacio de Antioquía que está en el órgano. Las monjas del fondo del jardín, las monjas de la institución e incluso la madre superiora están todas plegadas frente a la figura. No se las reconoce ni teniendo en cuenta sus siluetas, no se les reconoce la voz, a veces son agudas y después se agravan. Lo que se escucha es un canto llano. Suscipat te Christus qui vocavit te. Delante de las vallas del coro hay un féretro colocado encima de caballetes sobre el que se ha dejado caer el paño negro de los entierros por ambos lados, se ajusta en el féretro y de esta forma presenta simétricamente dos cruces blancas en la parte derecha y en la izquierda. Cuelgan borlas de las cuatro esquinas. El cadáver que está dentro es el de una monja de clausura que no conocemos. Asistimos a la misa de difuntos. El cura lleva una casulla negra sobre el alba y una estola negra alrededor del cuello. La madre San Bernabé está arrodillada en el coro para oficiar y como necesita ver lo que hace no se ha plegado el velo de la cara. No decimos, et introibo ad altare Dei, e iré a Dios que es mi alegría, porque es una misa por una difunta. El cura está de rodillas a los pies del altar para decir, Deo omnipotenti. La madre Santo Tomás de Aquino que está en la cocina está presente en esta misa. La madre San Nicolás que se ocupa del jardín está aquí también. La misa se canta lentamente de modo que cada oración que cuando la decimos por lo general es muy corta hoy se repite varias veces con los cantos, se alarga con las vocalizaciones. La misa diaria dura media hora. Parece que esta va a durar una hora y media. Por eso se deja a las alumnas que desayunen antes de ir a la misa, cosa que no se suele hacer de forma habitual. La madre superiora temía que nos desmayáramos sobre las manzanas con el olor del incienso con el estómago vacío. Hemos visto al cura extender los brazos unirlos subir al altar besar la piedra. Vamos a la derecha del altar para leer el introito. Se oye cantar el kyrie eleison. Tres veces el kyrie eleison, tres veces el christe eleison, otra vez tres veces el kyrie eleison. No se recita el gloria por la muerta que está en el féretro. El cura vuelve a besar la piedra del altar, se gira, tiene el altar detrás, mira a todo el mundo extendiendo los brazos y los junta. Reza una oración en latín y decimos, amén, después de que él diga, per omnia saecula saeculorum. La madre San Juan Bautista lee en voz alta la epístola en francés, es la carta de San Pablo a los cristianos de Salónica, no queremos, hermanos, que ignoréis a los muertos, no debéis afligiros como las personas que no tienen esperanza. Después escuchamos varios cantos, requiem aeternam dona eis, dies irae. El dies irae está en dos páginas del misal. Es la primera vez que se escucha. La madre San Juan Bautista se levanta otra vez para leer el evangelio. La madre San Juan Bautista dice, en el evangelio según San Juan, en aquel entonces Marta le dijo a Jesús, Señor, si hubiera estado aquí mi hermano no habría muerto. No hay credo. El cura se gira otra vez extendiendo los brazos y después cantamos el ofertorio. El cura se lava las manos, hay otras oraciones y ahora se escucha cantar el sanctus que forma parte del ceremonial a pesar de la muerte, por lo que decimos, hosanna in excelsis. El cura espera a que hayamos terminado de cantar después dice una oración en latín sobre el pan y después sobre el vino que sostiene en alto por turnos mientras que la madre San Bernabé sacude la campana para que agachemos la cabeza. Catherine Legrand ve que Valerie Borge está arrodillada delante de ella, que de su nuca salen pelos empujados por el peso a la derecha y a la izquierda por las mejillas, los pelos están separados con una raya al medio más o menos rectilínea desde las raíces hasta las puntas. Catherine Legrand ve que es porque Valerie Borge inclina la cabeza y que su pelo está peinado así. Es la primera vez que ve el cuello desnudo de Valerie Borge, entonces se da cuenta de que no le gusta el pelo largo, que parece sucio encima de la ropa, que solo queda bien cuando se echa hacia adelante por su propio peso y despeja la nuca larga y rubia de Valerie Borge. De hecho son los pelitos que tiene y el vello que hacen que parezca rubio porque el pelo de Valerie Borge no es rubio, es un poco dorado. Cuando Valerie Borge levanta la cabeza el pelo se queda en su pecho en la parte derecha y en la izquierda, todavía separado por el movimiento que ha hecho para echarlo hacia delante. Catherine Legrand ve que Valerie Borge empieza a reproducir en la página de su misal el relieve de las monedas que tiene en los bolsillos. Comienza colocando una en la página derecha del misal, después dobla la página izquierda sobre ella y la ajusta sobre la moneda lo más estrechamente posible hasta que aparece el relieve de la moneda, presionando hacia abajo con el pulgar, con cuidado de no provocar el mismo efecto que un cortador. Una vez que ha hecho esto, mientras sostiene el círculo de papel que se ha formado de esta forma por encima de la moneda, pasa por encima el lápiz cuyo extremo está redondeado. Ha hecho que tenga un perfil de medalla en la página de su misal justo en el centro del canon, un poco por debajo de la letra capital roja. Saca otra y otra más y cuando se le acaban las monedas nuevas vuelve a empezar con las mismas, la página del misal está completamente cubierta de huellas de monedas. Además Valerie Borge no elige una de las caras de la moneda como cuando se juega al cara o cruz, pone el papel sobre la cara y cuando tiene la cara o la cruz le da la vuelta a la moneda para conseguir la impresión del reverso. Con las monedas cuya impresión es casi plana pasa la mina de plomo en el pulgar y frota con suavidad sobre la moneda hasta que aparece el diseño en la página del misal que ha superpuesto. Se ve que con todo esto la misa ya está en la comunión es decir que se ve a la madre superiora a la madre San Juan de Dios, a la madre San Pablo de la Cruz, a la madre San Alejandro, a la madre San Juan Bautista, pasando por el pasillo central con el velo delante de la cara. Valerie Borge cierra de golpe el misal para que no se vean las impresiones con mina de plomo de las monedas, justo en medio del prefacio y el agnus Dei de la misa de difuntos. Se oyen las monedas que ruedan por el suelo pero ninguna monja gira la cabeza hacia el lado donde estamos, de todas formas con el velo no se vería nada. Las monjas van en fila india a la mesa de la comunión. Se ve que pasan después la madre San Juan Bautista la madre San Buenaventura la madre San Apolinar la madre San Hipólito la madre San Nicolás la madre San Gregorio la madre del Niño Jesús la madre San Julio la madre San Francisco de Asís la madre santo Tomás de Aquino la madre San Silvestre la madre San Ignacio de Antioquía. Llegamos a reconocerlas cuando pasan por el filo de los bancos tanto por sus voces como por sus siluetas. Se les oye que dicen en una nota alta y monótona, domine, non sum dignus. El órgano se calla porque la madre San Ignacio de Antioquía está en el pasillo central bajo el velo. Las monjas están de rodillas delante del coro unas al lado de las otras, cada vez que el cura se acerca a una de ellas con una hostia diciendo, corpus domini nostri, etcétera, se ve que se levanta el velo y sostenerlo con las dos manos delante de la cara para que el cura llegue a su boca. Las alumnas no comulgan. No conocemos a las monjas del fondo del jardín que ahora pasan una detrás de otra en el pasillo central. Valerie Borge consigue recuperar las monedas arrastrándolas con el pie y agachándose para recogerlas.

Valerie Borge echa la cabeza para atrás hacia la izquierda para quitarse el pelo que ha acabado en su cara, pasa la mano y el brazo a la vez por debajo del pelo para que no se enganche en el cuello de su abrigo. Ahora las alumnas están una detrás de otra en el pasillo central. Vamos hasta el féretro y ahí cuando llega el turno se coge el hisopo que la madre San Bernabé de pie en el peldaño del coro tiene con el cubo de agua bendita y se hace la señal de la cruz sobre el féretro, mientras que el órgano empieza a sonar de nuevo, mientras que se oye cantar, libera me domine de morte aeterna, mientras que se oye varias veces repetido el pasaje, requiem aeternam dona eis domine et lux perpetua luceat eis, mientras que se da la espalda al féretro para ir a la salida mientras que se ve la fila de alumnas que sube por el pasillo en sentido contrario. La madre San Gregorio supervisa las manualidades. Marie-José Broux Laurence Bouniol Julienne Pont están haciendo billeteros. Sobre una banda de cuero que formarán las solapas se pone una banda de seda del mismo color que el cuero, pero la superficie es menor para el trozo de tela, de manera que se giran los bordes de la banda de cuero por encima del trozo de tela, después se empieza a coserlos, dobla el cuero así, se prevé que las dos bandas de tamaño decreciente se añadan a la primera, ambas de seda y ribeteadas solo con cuero, se prevé que en último lugar se pondrá una cuarta banda más pequeña que las demás y será de cuero forrado de tela, será el interior del billetero, cuando esté abierto la última banda dejará ver el lado de cuero. Marielle Balland Sophie Rieux Nicole Marre Marguerite Marie Le Monial Denise Causse se encargan de la encuadernación. Nicole Marre acopla cosiendo la cabezada al principio del libro en el que está trabajando. Marielle Balland que acaba de empezar se encarga del cuero reduciéndolo con la chaira, la madre San Gregorio se pone de pie al lado de Marielle Balland para vigilarla porque se puede hacer cortes profundos con el cortador e incluso se puede cercenar los dedos. La madre San Gregorio tiene las manos delante, en cualquier momento las acerca a las de Marielle Balland para cogerle la chaira pero no lo hace menos cuando Marielle Balland hace un agujero en el cuero, para enseñarle que lo sujeta mal. Marguerite-Marie Le Monial casi ha terminado, el libro ha estado en la prensa, está pegando las guardas. El lomo del libro de Marguerite-Marie Le Monial es liso porque la madre San Gregorio no quiere que se ponga todavía con los nervios por ahora, y como la madre San Gregorio tampoco quiere que se ponga todavía con la media encuadernación, el libro de Marguerite-Marie Le Monial está en cuero de piel plena, la madre San Gregorio está obligada a hacer una excepción con Denise Causse porque no tiene cuero suficiente y no tiene más remedio que dejar las cubiertas del libro desnudas. Valerie Borge está puliendo unos guijarros que tienen una parte abultada para darles forma de huevo, lo hace frotándolos uno contra otro, lo que provoca un ruido por la fricción muy insoportable e incluso un chirrido cuando uno de los granos de la piedra se suelta, cuando se queda atrapado en el movimiento, rodado, esparcido entre las dos piedras. Catherine Legrand decide hacer un herbario, empezará con las flores que ha recogido durante el recreo de la una y media. Se pueden pegar, mientras se espera a tener papel cebolla que no las deteriorará cuando estén secas, en un cuaderno de dibujo con papel adhesivo. No hay gran cosa. Retamas, dos rosas, un lirio. Hay que poner arriba atlas y diccionarios para aplastarlas. Al mirarlas nos decimos que no tenemos ganas de aplastarlas. Catherine Legrand le pregunta a la madre San Gregorio si puede poner leyendas debajo de las plantas que tiene. La madre San Gregorio dice, es una buena idea porque ya que no sabe usted qué hacer. Entonces Catherine Legrand le pide a Valerie Borge que saque un trozo de mica del bloque de esquisto que tiene en el escritorio. Valerie Borge le pasa la piedra diciéndole que lo haga ella. Catherine Legrand lo hace con la navaja de bolsillo de Marielle Balland. Los primeros trozos que obtiene se reducen a polvo. Catherine Legrand cava más profundo clavando la punta de la navaja en los granos de cuarzo que mantenían las partículas de mica. Catherine Legrand utiliza la navaja como si fuera una palanca para conseguir una laminita entera de mica. Marielle Balland la mira y empieza a refunfuñar porque la hoja de la navaja tiene una desportilladura en un lado. Catherine Legrand pega la lámina de mica con papel adhesivo al lado de las retamas. Después escribe con tinta debajo, e tu lenta ginestra che di selve odorate queste campagne dispogliate adorni. El trozo de mica sirve para ilustrar el último verso. Se trata de un fragmento de un poema que Catherine Legrand ha traducido esta mañana y que ahora sabe lo que significa. En el mismo cuaderno encuentra un fragmento que la madre San Hipólito había dado por temas y que se puso a copiar en el espacio libre bajo las dos rosas, el mar y el cielo atraen a una multitud de rosas jóvenes y fuertes a las terrazas. Catherine Legrand piensa que está bien salvo que su letra no es muy bonita y no sabe poner las palabras en línea recta. Sin embargo le falta algo al lirio. Catherine Legrand se acuerda de un poema que Nicole Marre recita a veces porque su padre se lo ha enseñado. Por eso Catherine Legrand va a sentarse al lado de Nicole Marre pero Nicole Marre no está de buen humor porque la cabezada no avanza y así enmaraña las sedas, las rojas con las verdes. Catherine Legrand le repite cuatro veces lo mismo, al final Nicole Marre le dice que se vaya al diablo. Cuando Catherine Legrand se vuelve a sentar en su sitio escucha que Nicole Marre empieza a cantar en voz alta para reírse de ella, en las olas serenas y negras donde duermen las estrellas la blanca Ofelia flota como un gran lirio, así que se apresura para escribir las palabras que oye mientras las recuerda, además, no escucha lo que viene después de un gran lirio. Catherine Legrand vuelve a copiar los versos del poema en el cuaderno de dibujo debajo del lirio. En la primera página del cuaderno de dibujo Catherine Legrand escribe de nuevo con tinta negra y en grande, conmigo mismo a solas me retiro y forjo castillos en España y en Francia. Laurence Bouniol y Anne-Marie Brunet le pasan el herbario de Catherine Legrand a Valerie Borge como les ha pedido. Valerie Borge pone los guijarros encima de la mesa para coger el cuaderno, así que ya no se escucha más el ruido de la fricción de un guijarro contra otro. Valerie Borge está leyendo lo que Catherine Legrand ha escrito en el cuaderno que tiene en las manos. Desde el sitio en el que está Catherine Legrand casi se pueden leer las palabras porque las letras son muy gruesas. Valerie Borge cierra el cuaderno y se lo pasa a Anne-Marie Brunet y a Laurence Bouniol antes de que Catherine Legrand tenga tiempo de decirle que se lo guarde que lo ha hecho para ella. Noémie Mazad a quien la madre San Julio había llevado con ella para reparar la instalación eléctrica de la sala de visitas entra en la clase. Estamos en el recreo de las cuatro y media. Denise Causse baja la escalinata con un montón de tostadas después se va hacia Catherine Legrand que está bajo el cobertizo que hace como si no la viera que se pone a correr a saltar sobre el muro que separa los dos patios para ir hasta el fondo donde está la estatua delante de un seto de tuyas. Marie Démone y Anne Gerlier están sentadas detrás de la estatua y comen sus tostadas. Se las ve bostezar por encima del pan cortado en rebanadas muy gruesas para la separación que hacen sus mandíbulas. Valerie Borge no está con ellas. Catherine Legrand le pregunta a Marie Démone y a Anne Gerlier si no han visto a Valerie Borge. Marie Démone y Anne Gerlier dicen que no pero que han visto a Véronique Legrand tumbada jugando a la pelota, que la madre del Niño Jesús que vigila el recreo la ha llevado a la enfermería. Catherine Legrand sube el patio corriendo para ir a la enfermería. Pasa por delante de la sala privada de las monjas cuya puerta está abierta, se ve que están sentadas unas al lado de las otras delante de una mesa. Catherine Legrand sube las escaleras corriendo, le han dicho de entrar cuando llame a la puerta y cuando entra se ve que Véronique Legrand está sentada en una silla que la madre San Francisco de Asís ha puesto delante de ella, que hay un barreño de agua en el suelo. La rodilla de Véronique Legrand tiene un agujero enorme, la madre San Francisco de Asís está limpiándolo con un trocito de algodón pero se ve que de repente se vuelve rojo por la sangre que corre. La madre del Niño Jesús está de pie cerca de la ventana abierta sacude la cabeza mirándolo, diciendo, a la pobre le debe doler pero Véronique Legrand sonríe y Catherine Legrand se inclina para abrazarla. La madre del Niño Jesús le dice a Catherine Legrand, bueno, usted se ocupa de ella y se va. No hay nadie tumbado en la cama de la enfermería. La sábana blanca está muy estirada lo que hace que Catherine Legrand no se atreva a sentarse encima. La madre San Francisco de Asís se levanta diciendo, ahora va a doler pequeñita mía pero lo tengo que hacer, agárrate a la silla, se ve que echa alcohol de noventa grados en un algodón limpio para ponerlo en la rodilla de Véronique Legrand que no se agarra a la silla pero que se inclina para ver lo que la madre San Francisco de Asís le limpia en la rodilla. Después de eso se le pone mercurocromo se le pone una gasa a la que le dan varias vueltas y que ata detrás de la rodilla. La madre San Francisco de Asís levanta a Véronique Legrand para ponerla de pie, después le pone la mano detrás de la cabeza empujándola hacia la puerta preguntándole si así está bien, diciéndole, hará falta limpiarlo esta noche otra vez. Catherine Legrand y Véronique Legrand cierran la puerta de la enfermería. Catherine Legrand le coge de la mano a Véronique Legrand. Véronique Legrand se agacha todo el rato para mirar la venda que tiene puesta y después no se atreve a apoyar decidida el pie en el suelo por la rodilla que no llega a flexionar sin que le duela, lo que hace que ande poniendo la pierna hacia delante y cojea. Catherine Legrand le pregunta si quiere descansar con ella durante el recreo Véronique Legrand dice que prefiere irse a jugar con las niñas de su clase. Catherine Legrand en ese momento le deja de coger la mano. En un momento dado Catherine Legrand se cruza con Sophie Rieux y le pregunta si no ha visto a Valerie Borge. Le responde que cree haber visto a Valerie Borge paseándose por el camino de las acacias, que está loca que va a tener un cero en disciplina. Denise Causse que la ha esperado bajo el cobertizo ve que Catherine Legrand se va del patio para ir andando a los caminos del parque donde no nos permiten ir antes de que le haya dado tiempo a unirse a ella y ahora no se atreve a seguirla. Catherine Legrand va por todos los bosquecillos uno detrás de otro. Valerie Borge no está allí. Mientras se va al lado del huerto se encuentra con Valerie Borge tumbada en el suelo en el cenador. Está leyendo una novela que Catherine Legrand no conoce. Se medio levanta apoyándose en un brazo para mirar a Catherine Legrand que no sabe qué hacer. Al final se ve que se sienta en el suelo al lado de Valerie Borge que le sonríe y vuelve a ponerse a leer. La bata negra de Valerie Borge está arrugada llena de trocitos de madera de briznas de paja de polvo. Al levantar la cabeza se ve el cielo entre las hojas los rosales trepadores entre las flores blancas o rojas. Catherine Legrand arranca una rosa y empieza a romperla sin darse cuenta de lo que hace Valerie Borge que deja de leer un momento y dice, qué haces, entonces Catherine Legrand suelta la rosa tirándole a la cara a Valerie Borge los dos o tres pétalos que se le quedan pegados entre los dedos. Valerie Borge se sacude y ríe apoyándose con la espalda para seguir leyendo el libro que tiene entre las manos a la altura de los ojos. Catherine Legrand escribe en la tierra con un trozo de madera, hunde con cuidado el contorno de cada letra para que se pueda leer bien, escribe así todas las palabras de, el descanso placentero lleno de tranquilidad continua todas las noches mi sueño. Valerie Borge está sentada a su lado ahora se escucha que descifra en voz alta lo que está escrito en la tierra, se le ve la oreja detrás de la que se sostiene el pelo, se escucha lo que dice, esos versos no te los has inventado tú, no se le escucha decir que los encontró en su escritorio mientras estudiaba y tenían la letra de Catherine Legrand.

La ciudad en la que estamos está de luto por la muerte del obispo. Caminamos por las calles. Se ve multitud de gente en el centro donde está el palacio episcopal. Cuando nos inclinamos por encima de las murallas se ven los claveles entre las piedras separadas. El tallo de los que se llega a coger deja en los dedos un líquido amarillo cuando se aplasta. Algunas personas lo utilizan para curar verrugas. Iremos al entierro. Habrá otras niñas de otros colegios con uniformes azul marino como los que tienen. Ese día no habrá clase. En la víspera iremos a rezar a la sala enorme donde está expuesto el cadáver, donde se ha montado una capilla ardiente. Hay que esperar en la puerta porque la sala está llena. Se escucha el murmullo de la gente que está dentro, es un rumor que parece un lamento. No se ve a la gente que llora. En las salas contiguas, en la sala enorme donde entramos, es como una colmena, hay gente que entra, gente que sale, nos empujan contra el catafalco alto y negro, de un negro extendido que forma en la parte superior una plataforma, se parece a un altar merovingio que tendría escaleras laterales para acceder a lo alto y que suben a la cátedra que se ve desde todas partes, que domina a la multitud de fieles impacientes que están alrededor de los bajorrelieves. Pero sobre la plataforma del catafalco no se ve nada sino el negro de una tela extendida. Cuesta respirar en una penumbra roja. Son las flores que están puestas por todos lados en floreros con cuellos, en ánforas, en copas, en macetas grandes. Hay racimos, hay campanas, hay floreros, hay flores con pistilos, flores con cabezas pesadas, con pétalos que se montan unos a otros. Podrían ser las cañas con las hojas anchas de un verde entremezclado con granate, las dedaleras, las lobelias, las granzas, los amarantos, todo tipo de flores acampanadas, simples o en racimos, altas, medias, podrían ser peonías cuyos pétalos ya han empezado a caerse, rosas que se reblandecen o casi abiertas, dalias altas,

117

gladiolos, tulipanes rígidos y puntiagudos, algunos con forma de lirio rojo, gerberas de un rojo anaranjado y sus réplicas más grandes los asteres de China, podrían ser eso y allí en las flores sin tallo, las balsaminas o las anémonas cortadas. La llama de los cirios tiembla en las corrientes de aire de las idas y venidas. No se sabe si hay un ceremonial. No se sabe qué se dicen los dos curas vestidos de negro que están inclinados uno hacia el otro al extremo del catafalco. Avanzamos muy lentamente detrás de la madre San Juan de Dios. Se ve que lleva en las manos el rosario de cuentas de madera que suele estar en los pliegues del vestido. La cera de los cirios se calienta, se vuelve líquida, desprende olor. Si cerramos los ojos se ve rojo detrás de los párpados. Hay una pantalla roja entre la multitud y el catafalco, una neblina que sube y baja, que se resquebraja por zonas, que se deshace y se forma siguiendo los remolinos de los cuerpos. Esperamos a que las nenias en frases largas en latín nazcan de un pecho, del de un eclesiástico, con las manos cruzadas sobre un breviario y la cabeza inclinada sobre el hombro, o de una campesina vestida de negro con gavanzas o amapolas en un ramo enorme pegado contra ella, para que las repitan todas las bocas, dichas, cantadas, como lloran. Un rayo de sol cae sobre las alfombras pasando por debajo de las cortinas cuyos bordes no tocan el suelo. Cuando, habiendo rodeado la sala en torno al catafalco pero sin tocarlo, cuando, habiendo salido lentamente siguiendo el empuje de la multitud estamos fuera, pestañean los ojos en el sol, paramos un poco en la escalinata de piedra para dejar que la multitud fluya, para mirar el pozo, las piedras rojas y el brocal, los adoquines del patio y las matas de clemátides moradas de las paredes. Hemos bebido café de pie en el refectorio. Han puesto las tazas encima de las mesas blancas. Se escucha el metal de las cucharas contra las tazas, el mármol de las mesas o la piedra del suelo. Hemos bebido el café hirviendo para aclararnos la voz. Se ve a la madre San Julio de pie junto a la mesa, la madre del Niño Jesús que va hacia el montacargas y que coge la misma bandeja que trae. Se oye por la puerta abierta a la madre superiora que pasa hablando con la madre San Ignacio de Antioquía. Estamos en la calle de dos en dos en una fila larga. Estamos inmóviles. La madre del Niño Jesús la madre San Juan de Dios la madre San Julio la madre superiora la madre San Ignacio de Antioquía la madre San Gregorio van y vienen por las hileras de la cuneta. Se pueden ver sus capas enormes balanceándose con un solo movimiento de delante hacia atrás. La catedral está al otro lado de la plaza con una gran fachada desnuda sin pórtico sin tímpano, abierta solo por el último tercio con el rosetón que ahora se ve muy pequeño. Vamos a cruzar la plaza, bordear la catedral, pasar por delante de las estatuillas del ídolo galorromano, esculpidas en la misma fachada lateral. No se puede avanzar más por la multitud que camina en la misma dirección. Damos unos pasos y tenemos que parar. La puerta enorme de la catedral que está en el lateral está ahora abierta. Las piedras son de arenisca, se las ve a lo alto cuando se levanta la cabeza haciendo un bloque. La catedral parece una fortaleza. Se escuchan las voces que cantan en latín, mucho antes de llegar a la altura de la puerta. Arrastramos los pies por el suelo. Nos quedamos quietas. Entramos lentamente. Nos envuelve el frío de la catedral, las voces que están dispersas de forma desigual. Se oye que se repiten por todas partes desde el coro, extendiéndose en el transepto, prolongándose en la nave, chocando con las columnas robustas. La muralla que, opuesta al coro, cierra la catedral en lugar del atrio, las refleja, de forma que los cantos del coro que estallan como si los emitiera una sola voz se descomponen en seguida, las beben agujeros de aire o ecos que los repelen y los multiplican por toda la catedral. La acústica es mala. Se oye que las voces luchan contra la dispersión. La catedral está llena de gente que intenta avanzar. Hay campesinos con camisas, campesinas con sombreros de paja y ropa negra. Hay comerciantes de la ciudad, colegios, eclesiásticos, gente que ha venido de otros sitios, que no están en el coro y no sirven en la misa, que están metidos en la multitud. Huele igual que los días de feria en las plazas. La madre del Niño Jesús dice que la misa la oficia un obispo. Se deja a la izquierda el deambulatorio que está lleno de gente que está de pie, apiñada, se han quitado las sillas, algunas personas suben los escalones de los confesionarios para tener el coro a la vista, otras intentan mantener el equilibrio en los boceles y los plintos de las columnas, pero como su diámetro es demasiado grande para que se puedan sujetar abrazándolos, se caen. Avanzamos por la colateral sin ver nada por los fustes enormes de las columnas. Los que son cilíndricos también son voluminosos como los que tienen columnas adosadas. Nos hemos parado a la altura de una de las capillas laterales. Se ve que por encima del altar hay un bajorrelieve suspendido entre dos cuerdas. Es un personaje de una gloria que forman dos curvas tangentes. Parece estar sentado en el semicírculo superior y las piernas pasan por delante del segundo semicírculo, los pies están en una especie de escabel, uno de los brazos casi está en ángulo recto, con el codo flexionado, el pulgar y el índice también están flexionados, el otro brazo sujeta un libro en posición vertical encima del muslo, se ve la mano cerrada que sostiene el borde del libro y cuyos dedos sobresalen de la cubierta. Un ángulo oblicuo le corta la cabeza y solo deja a la vista la barba la boca y el nacimiento de un ojo. Los pliegues de la ropa se curvan sobre los hombros, forman un círculo en el pecho donde la tela parece apretarse así como en el vientre, donde se aprecia el bulto. Algunos fasces de los pliegues caen casi de forma vertical sobre los pies desnudos. A la vez se ve en el suelo, a lo largo de la pared de la capilla, la estatua yacente de un obispo que tiene una mitra en la cabeza, el báculo descansa a su lado sobre el zócalo. Imaginamos a los oficiantes en el coro, los diáconos y el obispo, vestidos con dalmáticas. Imaginamos que el obispo de vez en cuando toma asiento en la silla catedralicia, que un diácono le entrega el báculo y la mitra con los que se cubre. Los demás diáconos van y vienen delante del altar, varios tienen navetas, varios tienen incensarios, algunos llevan buretas, el cornijal, algunos mueven los cañones, uno de ellos coge el hisopo, se le ve delante del altar. Se puede suponer que no hay monaguillos. Se ve que la madre del Niño Jesús se levanta varias veces para intentar ver las idas y venidas delante del altar mayor, no se sabe si percibe algo, solo se ve que se deja caer sobre los talones, a lo mejor por culpa del cansancio. Marie-José Broux y Sophie Rieux hablan en voz baja. Catherine Legrand está al lado de Nicole Marre. Catherine Legrand y Nicole Marre no hablan. Nicole Marre echa la cabeza hacia atrás para mirar los capiteles. Catherine Legrand está en el suelo de piedra, en las bases de las columnas, no va más arriba que la altura de las cornisas, porque marea girar la cabeza, mirar los arcos, las dovelas, las ojivas o los rosetones. Un montón de gente se separa delante y detrás de la madre del Niño Jesús Marie José Broux Sophie Rieux Catherine Legrand Nicole Marre del resto del internado. No intentamos unirnos a ellas, nos quedamos inmóviles mientras esperamos a que continue la misa. Estamos muy lejos para seguir las palabras que se dicen en latín, se escuchan por momentos ruidos de campanas estridentes y lejanas, no se sabe dónde están. Nos inclinamos poco a poco al llegar a la elevación, el gesto se propaga hasta el fondo de la catedral y las personas que están de pie en las colaterales en las capillas en las esquinas, hasta que todo el mundo al final se inclina. En un momento dado hay revuelo en la multitud, pasan corrientes de aire que doblan las llamas de las velas que están encendidas en las capillas, se siente que la multitud se pone en marcha de forma imperceptible. No es cosa de orientarse hay que dejarse llevar, lo que hace que no de la impresión de andar hacia la pared de la catedral donde la entrada principal no se ha traspasado como podría esperarse pero se puede ver desde donde estamos, es decir en el interior de la catedral, que se apoya en un ábside semicircular, justo en frente del primero, delimitando un segundo coro, este en desuso y que se extiende sobre la superficie de la nave principal. El hemiciclo interior no influye en la arquitectura exterior de la catedral ya que detrás del ábside la pared parece desde fuera un muro desnudo fortificado, una superficie plana perpendicular al suelo. Giramos en ángulo recto para subir la nave, la luz cae sobre los pilares, son gris claro, brillan como si fueran acero templado, avanzamos, se oyen los órganos cuyo sonido se transmite de forma diferente por las zonas distintas de la catedral, a veces atenuado, a veces amplificado. Catherine Legrand percibe detrás de ella mientras se da la vuelta el pelo de Valerie Borge, la boca de Valerie Borge se queda oculta inmediatamente por el hombro de Anne-Marie Brunet, que camina delante de ella. Catherine Legrand intenta apartarse, hacerse a un lado, esperar a que pasen Anne-Marie Brunet Valerie Borge Marie Démone, pero les empuja en la espalda, les mete prisa, hace que vayan delante, la madre del Niño Jesús le hace un gesto para que mire al frente, que siga caminando, por lo que Catherine Legrand pierde de vista a Anne Marie Brunet y Valerie Borge. Véronique Legrand se desplaza por el escenario siguiendo las direcciones que le han dado y que desconocemos, va y viene detrás adelante, se pasea a lo largo de una línea oblicua que se convierte en la tangente de una curva o de un círculo. No se ve que esté sonriendo, sostiene un arco con la mano izquierda y baila. La media luna que lleva en el pelo y cuyos cuernos apuntan hacia arriba, a la luz de la rampa y los focos, tiene un brillo metálico. Nos preguntamos si Véronique Legrand es parte del séquito de Artemisa pero al cabo de un rato es obvio que es la propia Artemisa quien se adelanta y da una patada impaciente al suelo. Además, es la única a la que se ve en el escenario y parece que los movimientos de las niñas que la rodean están determinados por los suyos, y que le sirven de decorado, se ven unos revuelos a su alrededor, que detiene con un gesto de la mano mientras se queda quieta y con la cintura erguida tensa el arco con todas sus fuerzas. No se ve que esté sonriendo. Se espera que suelte un alarido mientras salta dando un golpe violento con las piernas los hombros con el cuello para proyectar su cuerpo hacia adelante, precipitándose hacia un sitio que no se ve, dejando que el pelo libre caiga sobre los hombros y que le dé en las mejillas mientras corre. Pero Véronique Legrand no grita obedece a los compases diferentes de la música. Desde la derecha, que es de donde viene, se para con los pies juntos, rígida con un salto hacia el centro del escenario donde las niñas que la rodean se agachan mientras ella, quieta, las mira hacerlo. Estamos en la fiesta de la madre superiora. Estamos sentadas en los bancos del aula dominical. Esperamos hablando susurrando a que la alumna que está de guardia en la puerta del aula anuncie la llegada de la madre superiora. El telón del escenario está cerrado. Se oye ruido que proviene de entre bastidores, a veces por la derecha, más a menudo por la izquierda porque es por donde se entra al escenario. Se cree que son muebles que se arrastran, o caballetes u otros accesorios pesados. Se escucha que se suben y se bajan las escaleras de madera que dan al escenario desde el aula. En un momento dado se ve en la juntura central del telón a una figura, levanta las dos cortinas para ocultar su cuerpo y desaparece casi de inmediato. En el tercer banco a la derecha del pasillo están Marielle Balland Nicole Marre Marguerite-Marie Le Monial Valerie Borge Laurence Bouniol Catherine Legrand. Catherine Legrand de pie en el pasillo espera a que las alumnas que están delante de ella hayan cogido asiento en el banco. Se pondrá al lado de Valerie Borge porque Valerie Borge está delante de ella en la fila que se ha formado para avanzar en el pasillo. Catherine Legrand espera de pie en el pasillo pero en ese preciso momento Laurence Bouniol que se había sentado antes entre Marielle Balland y Nicole Marre se levanta delante de todo el mundo y se interpone entre Valerie Borge y Catherine Legrand, lo que hace que Catherine Legrand ahora esté sentada al lado de Laurence Bouniol quien sonríe a Valerie Borge y con quien se pone a hablar. La alumna que está de guardia al lado de la puerta la cierra y la abre sin parar para entretenerse hasta que la madre San Alejandro va a decirle que se quede quieta. Así que cuando se da la vuelta se la ve sujetando la puerta con una mano, rígida a lo largo de la jamba. En un momento dado, la alumna se pone a gritar, y allí está, mientras que la madre San Alejandro la madre del Niño Jesús la madre San Ignacio de Antioquía la madre San Hipólito la madre San Apolinar hacen señas con las manos, mientras que la señora Magne empieza a aporrear el piano. La madre superiora entra en el aula andando rápido, las cuentas de su rosario tintinean sin parar y se ve que la suela del zapato le desaparece, alternativamente, bajo el bajo de la falda que se le levanta, con el velo echado para atrás, toda su ropa se mueve por sus pasos, pequeños y rápidos. La madre superiora que camina sin que parezca que mueve el cuerpo aumenta de velocidad a la altura de los diez primeros bancos, intentando que sus pasos no parezcan entonados por los compases de la marcha porque la señorita Magne da golpes cada vez más fuertes en el piano porque la melodía que se escucha es la de una marcha nupcial. Véronique Legrand presenta su cuerpo tensado en el centro del escenario, como un bloque. Parece que se esfuerza para mantenerse tranquila y esperamos a que empiece a correr. Se ve que su pelo rubio tiene el resplandor del acero, que la madre superiora sonríe desde la butaca roja que se ha puesto en la primera fila dejando un espacio entre su asiento y los primeros bancos. Las alumnas corren alrededor de Véronique Legrand, vuelven hacia ella, estiran las piernas mientras corren, van cada vez más rápido y ahora galopan en el escenario, se ve cómo se levantan las crines, se esperan los gritos que se unirán a los de Véronique Legrand porque ahora se ha unido a ellas, ha saltado de un extremo al otro del escenario de una sola zancada y ahora se ve a Artemisa y a su séquito desaparecer entre los árboles cada una elevando sus cuerpos pero se ve que Véronique Legrand se eleva todavía más que las niñas que la acompañan con el movimiento del baile, se ve su cabeza y sus hombros por encima de las otras que hace que sea la última figura que se ve en el medio de los árboles, como si el séquito de Artemisa llevara a Véronique Legrand. Hoy también es el día en el que se oye la canción con la que lloramos. La madre superiora se inclina hacia la madre del Niño Jesús que está sentada a su lado en una silla. Se ve que le dice algo al oído. Una vez que se levanta el telón, se repite por enésima vez la escena que nos sabemos de memoria. Se ve de rodillas a un jinete que tiene rizos rubios es una alumna de un curso mayor, se llama Dominique Vurse. Está sentada sobre los talones y canta un poema de amor. Dulce figura de todas las virtudes sabré por ti sobrellevar injurias porque es el fin de toda locura. La dama que lo escucha que está sentada en una silla baja y que lleva un vestido que le cubre las rodillas podría ser Beatriz de Provenza. Se ve que el trovador sale y vuelve a entrar al escenario para que se entienda que se trata de otra época, así que cuando vuelve por tercera vez no canta un poema de amor, se tira al suelo delante de la dama que tiene el pelo negro y que no conocemos, suplicándole, besándole las manos que ella retira y que después sale rápidamente del escenario arrastrando el vestido por el suelo y se ve que el jinete llora en el suelo con la cabeza entre los brazos. Cuando los dos personajes vuelven a estar juntos, Dominique Vurse vuelve a empezar a cantar y se le ven los dientes sobre los labios separados y el pelo revuelto. Se entiende que ella le dice adiós a la dama que puede ser Beatriz de Provenza, se ve que la mujer se quita la sortija que lleva puesta en el dedo índice, que le da a Dominique Vurse, que Dominique Vurse la recibe con las manos que tiende juntas, abiertas. Se ve una vez más a Dominique Vurse pero no la reconocemos de inmediato, nos damos cuenta de que es ella cuando se ve que algo brilla bajo el escapulario porque está vestida como un monje. Así se puede ver cómo tiene que separarse de la sortija que le dio la mujer que podría ser Beatriz de Provenza, cómo tiene que obedecer la priora del convento. Se puede escuchar la melodía que ha cantado hace un momento pidiéndole a la dama un recuerdo suyo. La madre San Juan de Dios le hace recitar a Marie-José Broux la regla del uso del pronombre reflexivo en latín pidiéndole que dé primero un ejemplo y que explique la regla siguiendo la frase en latín. Marie-José Broux está delante de la pizarra y toquetea la tiza, de vez en cuando se gira hacia la clase y después vuelve a poner la cara frente a la pizarra en la que todavía no ha escrito nada. Nos aburrimos, sentadas sobre el banco, parecemos un pez por las paredes que son como el interior de un acuario, nos deslizamos contra él cuando estamos de pie o cuando estamos sentadas, el verde hace que la luz sea más espesa algo como translúcida, los ojos se deslizan a través, el pez que es cada vez más grande, está preparado para tragarse los bancos uno detrás de otro, para tragarse todo lo demás, incluidas las alumnas e incluida la madre San Juan de Dios. Cuando sea tan grande como la habitación dará un golpetazo con la columna, su cola dará con el techo, pegará las escamas contra las ventanas, se escuchará que tiembla la casa. Es como si no hubiera nadie en clase, nadie en ningún lado y se choca con lo verde con el cristal con un montón de cosas que no se pueden atravesar así que hay que quedarse inmóvil hasta que se oyen las voces que dicen, qué haces, qué hace usted, no presta atención, hasta que se oyen las risas no se sabe por qué cuando por ejemplo la madre San Julio dice, you are dreaming y le hace gracia a todo el mundo así que se pueden ver las bocas que descubren los dientes. Qué hay que hacer durante las horas que se pasan en la quietud y durante las que no sabe qué hacer. Qué se puede hacer. Durante este tiempo las nubes pasan detrás de los cristales e incluso cuando no hay viento, cuando parece que no se mueven, van más rápido que una misma, inmóvil en el banco, porque ya no son las mismas que se ven, ahí, en el sitio donde se miró antes y que parece que están fijas. Así que ya que estamos en clase de latín se intenta encontrar una melodía en la cabeza para pour lento me torquet amore, el verso que Dominique Vurse hizo que Catherine Legrand leyera en su libro siguiéndole el dedo hasta que se lo sepa de memoria. Se mira a Valerie Borge que mira hacia delante y que está en otro sitio, no se sabe dónde. Se le pregunta Valerie Borge en voz baja que dónde está pero no escucha así que se intenta responder por ella, se dice que está en la oscuridad de una noche que no tiene fin, se dice que está boca abajo encima de un caballo salvaje negro blanco gris, apenas importa el color, ya que no se la ve, se dice que su pelo suelto está al viento se le ven los dedos en las crines y las rodillas desnudas, cubierta entera de sudor, se ve a Valerie Borge irse sin saber adónde, la boca abierta, los dientes al aire. Nos decimos que es posible que esté afuera, va a la deriva arrastrada por los movimientos de las estrellas, se ve que se distancia, es una helada brillante que ve que gira sobre sí misma, viaja en lugar de una galaxia. Cuando nos hartamos de pensar de esta forma sobre dónde está Valerie Borge se ve que la madre San Juan de Dios va por donde se sustituye el pronombre reflexivo por is ea id, que la lección de latín no ha avanzado, que Valerie Borge lleva todo el rato en la misma postura mirando hacia delante y no se sabe qué hacer, solo se pueden dar golpecitos en la mesa con los dedos acompañando la melodía de la cabeza lento me torquet amore, se dice que le atormenta pero no se sabe el qué. Estamos en el recreo de las cuatro y media. Se ve a Véronique Legrand pasar corriendo bajo en el cobertizo con Nicole Gerlier y otras niñas que no sabemos cómo se llaman. Estamos con Nicole Marre. Esperamos a que las internas salgan del refectorio. Se ve a través de la puerta abierta en la escalinata a la madre del Niño Jesús la madre San Hipólito la madre San Julio que andan en el recibidor sin ir hacia la misma dirección. Se ve a Sophie Rieux Anne-Marie Brunet Denise Causse bajar los escalones intentando no perder el equilibrio por la pila de tostadas que tienen en las manos porque mientras que avanzan muerden la última tostada, la que está en lo alto de la pila, parándose en medio, acercando la boca y después la cabeza que precede al cuerpo se ve que pierden migas de pan trocitos de paté trocitos de jamón trocitos de queso o mermelada que se les resbala por los dedos y que se lamen cuando se lo han acabado todo. Se ven manzanas o naranjas en los bolsillos entreabiertos. Se ve a Sophie Rieux Anne-Marie Brunet Denise Causse ir hasta el muro pequeño donde se sientan para apoyar las tostadas en los muslos menos las que están comiendo. Así que vamos detrás de la estatua con Nicole Marre. Hacemos dibujos en la tierra con un trozo de madera. Son círculos mal hechos triángulos cuadrados rectángulos, no queremos escribir nuestro nombre en el suelo ni el de nadie. No sabemos cómo hacer hombrecitos o cabezas o casas, seguimos haciendo círculos otra vez triángulos otra vez cuadrados, otra vez rectángulos otra vez, entran en el espacio de otro, se levanta el polvo, tenemos las manos sucias, escupimos en el suelo para evitar que se levante el polvo o que se quede en las manos, hace falta mucha saliva para hacer barro es decir no hay suficiente, la zona donde escupimos apenas es visible solo es más oscura que otras, tiene contornos de filigrana y un poco de baba en los bordes. Se ve que Nicole Marre pasa por detrás de las tuyas, se oye que corre chafando las hojas rompiendo los tallos, nos levantamos para ver qué hace, está atrapando una mariposa que vuela por encima de las dalias. Sostiene el pañuelo delante de ella con los brazos extendidos. Parece demasiado arrugado para que sirva de algo, pero a la vez está rígido porque está sucio, puede que Nicole Marre se haya limpiado los zapatos con él. En un momento dado Nicole Marre vuelve con la mariposa y se sienta en el suelo. Lleva calcetines de lana beis que no están estirados, se ve que hace un montón alrededor de los tobillos. Nicole Marre está sentada con la mariposa en las manos que tiene cerradas. Llega a cogerla, a dejarla irse, a casi no abrirlas. Sujeta el cuerpo con una mano, con la otra coloca una de las alas sobre la rodilla, acaricia esta ala, con suavidad, hasta que no tiene color, primero desaparecen los círculos, es como si tuviera polvo que se le ha pegado en las alas, después el fondo y al final se ve que el ala de la mariposa deja traspasar la luz, se parece a la hoja de un árbol que se mira por la transparencia que tiene gracias a la nervadura. La mariposa forcejeó con las dos alas después solo con una ahora no se mueve, puede que sea porque Nicole Marre le dio un golpe en la cabeza sin querer, pero de todas formas ahora está con la otra ala y la mariposa está feísima. Así que Nicole Marre le arranca un ala, después la otra, el cuerpo cae al suelo, Nicole Marre intenta hacer lo mismo que con las hojas de castaño cuando sacamos con la punta de los dedos lo que hay de sustancia entre la nervadura y se obtiene un esqueleto de la hoja pero esto no funciona porque la membrana del ala de la mariposa se rompe en fragmentitos que conforman las partículas de polvo. Nicole Marre intenta deshacerse de los trozos de la mariposa que le quedan en los dedos poniéndose de pie buscando el cuerpo que se ha caído pisándolo hasta que penetra en la tierra. Se ve que Marie Démone Anne-Marie Brunet Denise Causse Anne Gerlier Julienne Pont Valerie Borge están juntas. Nicole Marre y Catherine Legrand atraviesan el patio para ir hacia donde están Marie Démone Anne-Marie Brunet Denise Causse Anne Gerlier Julienne Pont Valerie Borge. Se oye que le piden a Valerie Borge que cuente el resto de la historia que ya empezó a contar en el último recreo. Valerie Borge juguetea con los extremos del cinturón de Anne-Marie Brunet. Valerie Borge dice, no no me apetece. Anne-Marie Brunet la aparta para decirle algo. Marie Démone Denise Causse Anne Gerlier Julienne Pont intentan recordar lo que pasó en la primera parte de la historia. Nicole Marre salta en el banco de piedra al lado de ellas vuelve a bajar salta vuelve a bajar. Se ve que Anne-Marie Brunet es más alta que Valerie Borge. Caminan una al lado de la otra. Valerie Borge no habla. Anne-Marie Brunet habla haciendo gestos y después se ve que mete las manos en los bolsillos de la bata y tira de ellos con los puños, que da vueltas haciendo un agujero en la tierra con el talón, que hunde cada vez más los puños en los bolsillos. Catherine Legrand va hacia el fondo del patio del recreo donde está Noémie Mazat cerca de la red se estira para darle a la pelota, se ve cómo se eleva como sin hacer esfuerzos cómo ha conseguido siempre un smash que ni Suzanne Prat ni Nathalie Deleu pueden bloquear al otro lado de la red aunque se tiren al suelo cayendo de bruces después de haber tocado el balón que se pierde que se va a algún lado que no se va al sitio donde está Noémie Mazat. Soy dueño de mí mismo como lo soy del universo, quiero serlo. Oh siglos, oh memoria. La señorita Doullier echa la cabeza para atrás, el brazo izquierdo se extiende a su lado mientras que con la mano derecha levanta el libro de la mesa y lo vuelve a dejar caer. Ahora tiene las manos juntas. Estamos en clase de francés. La señorita Doullier habla de lo sublime, le encanta Corneille y San Vincente de Paúl. La señorita Doullier dice que se trata de una disciplina determinada, el gobierno de las pasiones. Nicole Marre está al lado de Catherine Legrand. Está tirándose de las trenzas, se quita las gomas que las sujetan, deshace las últimas trenzas haciéndose tirabuzones en el pelo y después se los ata alrededor del pecho con una de las gomas que engancha en el botón de su bata. La señorita Doullier da un golpetazo con la regla en la mesa. Nicole Marre grita mientras se pone de pie. La señorita Doullier le pide que se siente que preste atención a lo que está diciendo. Se escucha que las pasiones no solo son debilidades en el carácter o cosas que se sufren como indica la etimología. Se escucha que la señorita Doullier se refiere en primer lugar al sentido de sacrificio y sufrimiento que puede tener la palabra por ejemplo la pasión de Cristo o la pasión de Juana de Arco, se vuelve muy complejo se oye que desarrollada al extremo la pasión se puede volver efectiva por ejemplo la pasión de saber, la pasión del deber que quiere decir que algo sufrido se convierte en algo determinante que somete la voluntad y la razón. Es así como los personajes de Corneille tienen la pasión del deber. Nicole Marre empieza a toser fuerte al lado de Catherine Legrand. En un momento dado Nicole Marre no puede evitar imitar el sonido de una trompeta y lo hace bien, se escucha claramente tres o cuatro veces una trompeta a la vez que la voz de alguien que empieza a reír así que se ve que Nicole Marre se muere de risa detrás de su pupitre y que la señorita Doullier se levanta, se oyen los golpes de los tacones en el estrado, está al lado de Nicole Marre, la está zarandeando, hace que salga de la clase está rojísima incluso cuando va a sentarse de nuevo detrás de su escritorio. La señorita Doullier vuelve a hablar de Augusto diciendo que dijo, seamos amigos, Cinna, soy yo quien te convida, no fue por sentido político, por ejemplo, para evitar otras conspiraciones, si Augusto perdonó a Cinna no fue porque era lo más eficaz, la señorita Doullier dice que Augusto perdonó a Cinna porque hizo de la clemencia un deber, que va a absolver a

Máximo y tutti quanti. Quedaos para siempre con mi última victoria. Los bancos están vacíos menos uno en el que están sentadas Nicole Marre y la señorita Doullier. La señorita Doullier tiene un brazo puesto por detrás de Nicole Marre en el respaldo del banco. Le repite la lección de francés. Como acabamos de comer la señorita Doullier está atareada reteniendo todo lo que puede el aire que le sube desde el estómago hasta la boca lo que hace que se toque la barriga con la mano, la frota, se le va y se le sube a la garganta y de vez en cuando un viento se le escapa y le estalla sobre los labios, está así un rato, sabemos que la señorita Doullier tiene problemas de digestión. En un momento dado Nicole Marre le pregunta, por qué eructa siempre. Así que en la clase se escuchan los gritos de la señorita Doullier que empuja a Nicole Marre fuera del banco que la tira al suelo que le da una patada en la barriga con los zapatos de tacón. Bajamos de la colina hacia el puente pasando por el camino. Las zarzas pegadas a las piedras planas al borde de los campos rasgan a las serpientes. Las piedras están calientes. Es mediodía. Las imágenes románicas de los arcos están quietas sobre el agua. Se ven cuando las atravesamos. Se ve que un movimiento subyacente conduce la capa de agua sin que parezca alterada la superficie, de lo que nos damos cuenta cuando se atraviesa el puente por las hojas de los árboles que se han caído en el agua mientras se pasaba, ahora lejos, que giran sobre sí mismas hasta que se rompen en el punto donde la rueda del molino succiona el agua. El camino prolonga el puente donde estamos, otro camino lo corta perpendicularmente y bordea el río. Dejamos el puente para seguir el río. El polvo del camino que levantan coches camiones o tractores se deposita en los setos. Se oye al caminar el ruido de las hojas de los álamos que caen sin parar. Cuando se levanta la cabeza hay en los árboles como un resplandor, se parece al papel de aluminio que se cuelga de los rodrigones para asustar a los pájaros. Se ve que desaparecen serpientes o lagartijas. Justo después del río pasado el puente hay una ensenada donde hay una playa de arena. Ahí es donde vamos. Véronique Legrand y Catherine Legrand tienen tamices, que han fabricado ellas mismas, haciéndoles bordes algo levantados, una superficie del tamaño de dos manos juntas, son suficientes para hacer lo que se quiera con ellos. Jugamos a la búsqueda de oro. Se sumerge el tamiz en el agua lo más profundo que se pueda, si no toca el fondo está vacío cuando se sube el tamiz, por eso se hunde el tamiz lo más hondo que pueda llegar el brazo para rozar la arena con los bordes. Encontramos pepitas mezcladas con la arena. Véronique Legrand saca el tamiz del agua, pero todo lo que contiene está recubierto de fango, así que camina encorvada sosteniendo el tamiz bajo el agua para que se lave el contenido. Así que Véronique Legrand se pone en cuclillas para sacar las pepitas. El oro de los ríos se deposita en el fondo sobre capas de arena o se arrastra por las cataratas hasta las masas de agua que están frente a las presas. Basta con separarlo del agua, cuando hemos terminado se recoge con el pañuelo que estiramos con todas nuestras fuerzas para quitar todas las arrugas. Está entremezclado con láminas de mica que brillan en el espesor de la arena que son la mayoría transparentes aunque algunas están teñidas de ocre. Catherine Legrand dice que se instalará junto al río un crisol gigante. Catherine Legrand delimita con un palo la superficie que recubrirá el crisol. Véronique Legrand sacude su tamiz, el agua arenosa que sale del tamiz cae sobre las piernas, se ven los trazos de los granos secos encima de los muslos porque justo ahora se ha volcado el tamiz sobre Véronique Legrand. Ahora lo aparta un poco para sacudirlo. Lo que se ha visto a lo largo de sus piernas son salpicaduras. La prospección no debe hacerse solo en los bordes por lo que se ve que Véronique Legrand se quita los calcetines y los zapatos y se tira al agua yendo hacia delante como si fuera a atravesarla. Véronique Legrand sostiene el tamiz en el aire con la mano derecha esperando a hundirlo en el agua. Se oyen los gritos que pega cuando pierde el equilibrio con el borde de un agujero o cuando se da un golpe con el pie contra una piedra. Véronique Legrand sale y entra del agua a la orilla donde hace la clasificación de la arena y de las pepitas. Véronique Legrand coge con las uñas las pepitas que se ven en la superficie y cuando ya no queda ninguna sacude el tamiz para que salgan otras, ya no es suficiente el pañuelo para recogerlas, precisamente es ahí donde se rompen las pepitas y Véronique Legrand lleva piedras planas que coloca de una tras otra formado una mesa a ras del suelo sobre la que vierte las pepitas. Mientras que está en el agua una ráfaga de viento arrasa con la mesa y la vacía. Catherine Legrand multiplica los crisoles haciendo esquemas de sus bases en la arena, creando formas diversas para estos. Acordamos que los vértices triangulares serán todos de la misma altura, que crearán un bosque cónico donde circulará el oro líquido. Véronique Legrand vuelve con piedras planas no está contenta con la desaparición de pepitas ocre negras o blanquecinas. Véronique Legrand intenta encontrarlas alrededor de las piedras agachándose, pero el viento ha empujado lejos a las partículas sin peso y no hay rastro de ellas. Véronique Legrand encuentra un grupo de árboles que al partir todos del mismo punto forman a sus pies una plataforma que resguarda del viento. Se ve que los bordes de la ropa están empapados cuando nos agachamos para dejar las pepitas. Resulta que el oro más puro, que es el de los ríos, no necesita crisoles. El oro de los ríos no tiene por qué transformarse y si en un sitio se requiere cierta arquitectura es mejor tener una cribadora gigante, una especie de aventadora en cuya tolva Véronique Legrand y Catherine Legrand tirarán con paladas la arena donde está el oro. Estamos en el recreo de las cuatro y media. Laurence Bouniol Julienne Pont Marielle Balland Noémie Mazat Marguerite-Marie Le Monial Nicole Marre juegan a la pelota en el patio del cobertizo. Denise Causse camina junto a Catherine Legrand con las tostadas apiladas. Se ve que están merendando Anne-Marie Brunet Valerie Borge Sophie Rieux Marie Démone Marie José Broux en el patio de la estatua. Anne-Marie Brunet está sentada al lado de Valerie Borge. Se ve que Anne-Marie Brunet pela una naranja, que quita los trocitos de piel blanca restante que se queda pegada a los gajos y los separa, se ve que los separa uno a uno, se ve que mete cada uno de los gajos de la naranja en la boca de Valerie Borge. Después se ve que Valerie Borge le coge el dedo índice a Anne Marie Brunet, se ve que se lo chupa, que le da vueltas alrededor de la lengua para limpiarle los restos de pulpa o azúcar de la naranja. Sophie Rieux raspa con una rama de tuya separada de la corteza la manzana que acaba de rodar en el polvo sin querer y cuya parte mordida está negruzca. Anne-Marie Brunet Valerie Borge Sophie Rieux Marie Démone Marie-José Broux han terminado de merendar. Se escucha la risa de Marie Démone mientras Sophie Rieux la lleva a caballito, se la ve de pie sobre un banco donde la deja Sophie Rieux en un momento dado. Ahora alrededor de Valerie Borge están Sophie Rieux Marie-José Broux Anne Marie Brunet que es la que más cerca está de ella, Marie Démone que está justo detrás de ella. Valerie Borge está hablando. Lleva el pelo recogido y se le queda hacia atrás. Nadie habla a la vez que ella. Marie Démone está a medio bajar del banco, la pierna derecha la tiene doblada se apoya con el talón del pie que ha dejado en el borde del banco, Marie Démone tiene dos manchas moradas en sus mejillas blancas, son los ojos, no se le ven los párpados. Valerie Borge gesticula mientras habla. No se escucha lo que dice. Denise Causse ha terminado de comer las tostadas. Paramos de comer porque está partiendo nueces con el pie. Valerie Borge se desata el pañuelo de muselina roja que lleva atado y ceñido al cuello y que sobresale del cuello de su bata negra. Catherine Legrand se mueve por el patio y desde donde está no deja de mirar a Valerie Borge incluso mientras camina haciendo sí o no con la cabeza para responder a lo que dice Denise Causse. Valerie Borge gira la cabeza mientras habla, se ve cómo se curva su cuello desnudo, se ve el bulto de la garganta donde está la glándula tiroides. Valerie Borge separa los labios para pronunciar ciertas sílabas, por eso se le ven los dientes y las encías rosas. Ahora se ve que baja los párpados sobre los ojos y se calla. Anne Marie Brunet se echa a reír. Catherine Legrand ve que le coge de la mano a Valerie Borge, que la agita con las manos cerradas. Valerie Borge vuelve a hablar, mira hacia delante, medio hacia el suelo del jardín, medio hacia la nada. Valerie Borge no mira a Catherine Legrand. Así que Catherine Legrand se acerca al grupo donde está Valerie Borge y la sigue Denise Causse. Se oye que Valerie Borge dice, el cuerpo que habían empujado Misan y Reliure a la chimenea antes de irse se cayó en medio de la habitación y dispersó el fuego. Tiene las mejillas negras, huele mal. Orphire y Rennie se pusieron en pie gritaron a la vez palidecieron corrieron al cuarto para salvarse. Valerie Borge no se da cuenta de que el grupo que la rodea ha aumentado con la llegada de Denise Causse y de Catherine Legrand. Catherine Legrand hace agujeros en la tierra con los zapatos, hunde las manos en los bolsillos de la bata, en uno de ellos hay un pañuelo que Catherine Legrand empieza a triturar, a sacarlo del bolsillo, a desgarrarlo tirando hacia todos los lados hasta que el tejido cede. Valerie Borge sigue con la historia que estaba contando diciendo que Orphire y Rennie vuelven a la habitación y no encuentran el cadáver, que las personas que están con ellas lo han buscado por toda la habitación y en la chimenea. Catherine Legrand le dice a Denise Causse que va a buscar a Véronique Legrand pero no se va. Catherine Legrand mira a Valerie Borge, que no la mira. Así se pasa el recreo con Anne-Marie Brunet Sophie Rieux Marie Démone Marie-José Broux alrededor de Valerie Borge escuchándola con Catherine Legrand que le dice sin parar a Denise Causse que va a buscar a Véronique Legrand y que no se va hasta que al final Catherine Legrand se va del grupo y atraviesa el patio para reunirse con Véronique Legrand cerca del cobertizo mientras que se ve al darse la vuelta un poco que Anne-Marie Brunet le suelta la mano a Valerie Borge y atraviesa el patio para tocar la campana. Soy el opoponax. No hay que llevarle la contraria constantemente como lo hacéis. Si tenéis problemas al peinaros por las mañanas que no os sorprenda. Está en todas partes. Está en vuestro pelo. Está bajo vuestra almohada cuando empezáis a dormiros. Esta noche os dará tanta picazón por todo el cuerpo que no podréis dormiros. Cuando por la mañana llegue el día de mañana detrás de la ventana podréis ver al opoponax sentado en el alféizar de la ventana. Le escribiréis y podréis dejar la carta detrás del piano de la sala de estudios. Soy el opoponax. Valerie Borge da vueltas hacia todos los lados al papel que acaba de encontrar en su escritorio. La escritura es rara está hecha con círculos y ángulos agudos, apenas puede leerse. Se ve que está escrito en rojo. La señorita Caylus mira hacia donde está Valerie Borge. Catherine Legrand que está sentada dos escritorios más atrás en la fila de la izquierda mira a Valerie Borge. Catherine Legrand mira el papel cubierto de escritos en rojo que Valerie Borge tiene entre las manos y que puede verse desde cualquier parte de la sala de estudios. A lo mejor Valerie Borge se levanta, a lo mejor Valerie Borge le lleva a la señorita Caylus el papel que se ha encontrado en el escritorio. La señorita Caylus tiene un moño trenzado que hace que tenga el pelo estirado. La señorita Caylus lleva gafas redondas con una montura metálica. No hay ningún ruido cuando la señorita Caylus se encarga de vigilar en la sala de estudios. Todo el mundo le tiene miedo, no se sabe por qué, aunque nunca se la ha oído gritar Sophie Rieux Anne Gerlier Marie Démone y las demás dicen que la señorita Caylus es muy mala. Catherine Legrand mira a Valerie Borge que tiene entre las manos el papel lleno de rojo. Tiene que tirarlo, hacer algo, lo que sea porque se ve que la señorita Caylus se revuelve en su silla, que la señorita Caylus no deja de mirar a Valerie Borge. Catherine Legrand ve que la señorita Caylus mira a Valerie Borge a pesar del reflejo que hace que brille el cristal de las gafas y que impide que se le vean bien los ojos. A lo mejor Valerie Borge se levanta para llevarle a la señorita Caylus el papel que ha encontrado en su escritorio. Valerie Borge levanta la cabeza. Valerie Borge guarda precipitadamente el papel que tiene entre manos dentro de un libro de clase que coge que mete en la cartera abierta detrás de ella, apoyada sobre el respaldo del banco. Valerie Borge guarda las notas que le envían a pesar de lo que dijo la madre superiora en la misa del pasado domingo que la correspondencia privada es motivo de expulsión. La señorita Caylus gira la cabeza hacia otra dirección. Catherine Legrand mira a Dominique Vurse que está sentada en la fila de dos escritorios de la derecha más lejos que la de Valerie Borge. Dominique Vurse apoya el brazo izquierdo encima del Gaffiot abierto. Dominique Vurse está escribiendo en el cuaderno de sucio. Se sacude el pelo a ratos cuando termina de escribir. Los rizos que tiene son cortos, así que lleva la nuca descubierta, de frente tiene el rostro del Hermes del Belvedere, así que la miramos, con esa especie de luz melosa que le recorre la cara. Se ve que Valerie Borge busca algo detrás de ella en la cartera. Es el papel del opoponax, lo gira y lo vuelve a girar otra vez, empieza a leerlo. La señorita Caylus mira a Valerie Borge. Pero no hay forma de que vea el papel que Valerie Borge está leyendo ni siquiera con el escritorio algo elevado. El filo está clavado en el canto de un libro, y encima del libro están el diccionario de la lengua francesa y el Gaffiot. La señorita Caylus se revuelve en su silla. Se ve que empieza a levantarse que le lleva mucho tiempo porque tiene una pierna agarrotada, se ve que está de pie y que baja los escalones del estrado. Valerie Borge vuelve a levantar la cabeza. Valerie Borge ve que la señorita Caylus avanza lo más rápido posible por el pasillo central. Valerie Borge se apresura a meter el papel en la cartera detrás de ella, se apresura en poner en la mesa el cuaderno de sucio. La señorita Caylus camina hacia donde está Valerie Borge. La señorita Caylus le pide que le dé el papel que ha estado leyendo. La señorita Caylus se para al lado de Valerie Borge, y empieza a mirarla, a mirar el pupitre los libros, a mirar a Valerie Borge. Valerie Borge espera con la pluma destapada en la mano. La señorita Caylus se queda un rato mirando a Valerie Borge. La señorita Caylus vuelve al escritorio, se la ve caminar con dificultad en el pasillo central. A Catherine Legrand le duele la barriga por lo que se levanta para pedir permiso para salir. Camina en la hierba alta repitiendo versos que ha encontrado en el libro de texto, la naturaleza te espera en un silencio austero la hierba levanta sobre tus pies su nube vespertina. El sol incide angularmente sobre las cabezas de las gramíneas, se ve que pasan los rayos a través, las hierbas están iluminadas desde abajo, se ve la sombra ocre o el espacio entre los tallos, entre las cabezas, a veces incluso entre las vainas que las conforman. Hay capas de luz a ras del suelo. Las hierbas las flores se humedecen como si subiera agua. Hay un olor. Catherine Legrand no sabe el nombre de las hierbas que se ven recogidas así en la última luz. La mayoría son de una especie indeterminada. Se ve que algunas tienen formas alargadas, los elementos que las componen las cabezas parecen trenzadas y bajo las puntas son duras. Algunas están más aireadas como la avena salvo que las vainas que envuelven los granos son más pequeñas más espaciadas más numerosas. Se ve que algunas tienen espigas vellosas. Otras son rosas. Hay gramíneas simples. Hay gramíneas planas, hay umbelas compuestas. Cuando se corre la hierba choca con las piernas desnudas. A Catherine Legrand le sangran los labios por la hierba que ha arrancado al correr sin mirarla, los bordes son afilados, a ambos lados hay fibras de un verde más claro que el resto, tan pequeñas que hay que tener la hierba a la altura de la vista para percibirlas. Catherine Legrand empieza a gritar su nombre con todas sus fuerzas. Se escucha Catherine Legrand, se extiende, se oye desde las colinas la gente se levantará y de pie avanzará, un ejército que está en las colinas se pondrá en marcha y se dirigirá hacia el lado del que viene el grito que se ha oído por todas partes. Catherine Legrand empieza a gritar otros nombres, Marguerite-Marie Le Monial Anne-Marie Brunet Sophie Rieux parándose en las sílabas modulándolas volviendo a gritar varias veces el mismo nombre. Catherine Legrand empieza a gritar el nombre de las alumnas de su clase. Catherine Legrand vuelve a gritar varias veces el nombre de las alumnas de su clase y no grita el nombre de Valerie Borge. Las personas que están sobre las colinas vuelven a acostarse. Catherine Legrand empieza a correr saltando por encima de las hierbas para que no le den en las piernas. Le han contado a Catherine Legrand que si salta por encima de la superficie del suelo, que si consigue mantenerse en el aire durante un cierto tiempo, que si la tierra gira bajo su cuerpo durante ese tiempo, ya no volverá a caer en el mismo sitio. Es un método para viajar. Catherine Legrand salta lo más alto posible intentando mantenerse en el aire con los puños. Elevada de esta forma es Gulliver o Goliat y cae en el mismo sitio, a lo mejor es porque el mundo no gira lo suficientemente rápido. Catherine Legrand camina sin correr. Las amapolas son informes, algunas siguen al sol, envían rojo alrededor de ellas, las margaritas no orientan sus cabezas de la misma forma, algunas las tienen torcidas en ángulos distintos, otras son verticales, el campo está blanco con ellas. El extremo del campo donde llega Catherine Legrand está segado. La hierba que se ha cortado hoy ha formado montones verdes donde aún se pueden ver las flores. Se tumba en el suelo, con la cabeza levantada con el cúmulo de heno. Los extremos de las hierbas raspan las mejillas, las pinchan los tallos que ha cortado la guadaña. La cabeza está seca pero el cuerpo y las extremidades se apoyan en el suelo húmedo. Se oye ladrar a un perro. No se oye ningún ruido. Las plantas no se mueven. El aire sigue cálido. Se ve que el cielo está despejado de nubes menos en el horizonte donde el sol está escondiéndose. Catherine Legrand está embriagada por el olor del heno, se revuelca por el suelo de un montón a otro, entierra la cabeza en ellos y olfatea. No se ve ninguna casa. Las vacas las becerras y los toros no están en los campos, están en sus refugios. No se oyen mugidos. Todo está en calma. La luz se aleja de la hierba. Algunos triángulos del campo siguen recibiendo luz lo que hace que el resto del campo parezca negro por todas partes alrededor. Entonces Catherine Legrand se pone de pie, empieza a correr hacia el sol que se ve enorme, que se ve que está cerca. Catherine Legrand corre en el campo, corre mientras siente el corazón latir, el corazón late tan fuerte en el pecho que se escucha, siente que golpea las costillas, Catherine Legrand corre donde da el sol, el corazón va hacia todos los lados del cuerpo, la sangre palpita en las sienes, palpita delante de los ojos, es como una niebla, el sol empieza a latir, se ven las contracciones de la sangre reprimida, aspirada, que pasa por encima, se oye que el sol empieza a latir más fuerte que el corazón en el horizonte, allí hacia todos lados, a través del cuerpo de Catherine Legrand, se escucha, el ruido es tal que estalla en la cabeza, que el corazón que el sol estallan que Catherine Legrand cae al suelo con la cara en la hierba. Cuando Catherine Legrand vuelve no está el sol en el cielo, es la hierba o el sudor lo que empapa su ropa, en ese momento se levanta el viento, se ven los árboles agitarse, siente en la hierba corta, se oye. No hay nadie en el pasillo grande del dormitorio común, los edredones son redondos iguales en cada cama, las camas y los edredones son blancos. Parece que se está en un cementerio árabe. Los listones del parqué son anchos y curvados en el centro del pasillo, se ven los listones paralelos, las camas paralelas, se ve en las paredes un hueco por aquí y allá para una ventana. El parqué cruje bajo los zapatos. Las lámparas cuelgan encendidas del techo. Al final del dormitorio se ve una lámpara de noche vislumbrarse detrás de la tela blanca que recubre la portería de la vigilante del dormitorio. Entra en el guardarropa. Dominique Vurse está sentada en el respaldo bajo de la ventana. Dominique Vurse fuma gauloises azules mientras lee. Catherine Legrand está de pie en medio de los guardarropas. Los armarios están cerrados, se ven las cerraduras sin las llaves. Catherine Legrand no sabe de quiénes son los armarios. Hay una serie de percheros vacíos menos dos, uno tiene una blusa negra, el otro un albornoz blanco que parece que está sucio. Se ve un castaño por la ventana, quieto. Hay que pasar por el guardarropa para entrar en el cuarto de baño donde los lavabos están contra la pared. La loza brilla con la luz que cae desde el techo. Hace frío. Es tarde. A esta hora, otros días, las luces están apagadas, los armarios están llenos. La madre San Alejandro vigilará el dormitorio esta noche. Podemos hacer lo que queramos hasta las once. Dominique Vurse le ofrece un cigarro a Catherine Legrand. Catherine Legrand se sienta a su lado y mira el título del libro que está leyendo Dominique Vurse, se trata de un libro del que Catherine Legrand no ha oído nunca hablar. Véronique Legrand y Catherine Legrand tendrán camas contiguas. Cuando estamos tumbadas, se puede dar la mano a la persona que está en la otra cama. Véronique Legrand no está en el dormitorio. Se ha quedado dibujando en la sala de estudios con la madre San Juan Bautista a su lado. Sale del guardarropa para ir al cuarto de baño donde nos lavamos los dientes. Catherine Legrand está de pie frente a la serie de lavabos donde las internas se lavan por la mañana. Las paredes dan al norte, no entra el sol. El dormitorio que se ve a través de las puertas abiertas es grande, una persona que camina por el otro extremo parece pequeña. Suzanne Prat llega al dormitorio por la escalera, se escucha que llama a Dominique Vurse desde lejos, se escucha que hace crujir la madera del parqué con los zapatos con clavos. Suzanne

Prat está en el cuarto de baño a la vez que Catherine Legrand, empieza a lavarse la cabeza, se la ve que se retuerce el pelo, se le pega a lo largo del cuello y en las mejillas, negro y empapado. Salpica agua en el suelo, en los lavabos que están cerca. Catherine Legrand que pasa detrás de ella se moja. Suzanne Prat a quien hemos dejado en el cuarto de baño para ir a sentarnos al lado de Dominique Vurse pide a gritos que le den una toalla, que se le ha olvidado coger la suya. Las paredes del guardarropa, las paredes del dormitorio son altas están vacías y retocadas. Dominique Vurse le presta a Catherine Legrand Julia, o la nueva Eloísa que va a buscar al armario empotrado, se la ve de puntillas, desordenando los montones de ropa, tirando de los jerséis antes de encontrar el libro que busca. Como Suzanne Prat sigue gritando que alguien le lleve una toalla, Dominique Vurse se la lleva. Entonces Catherine Legrand se pasea de un lado a otro del dormitorio con Julia, o la nueva Eloísa bajo el brazo. La cama de Valerie Borge está al lado de la de Anne Marie Brunet, Catherine Legrand mira el espacio entre el costado de la cama y la pared de Valerie Borge, por este lado Valerie Borge no tiene a nadie al lado. En el cajón de la mesita baja que está en el cabecero de la cama hay un pañuelo lleno de perfume que utiliza Valerie Borge. Catherine Legrand coge el pañuelo doblado de Valerie Borge y se lo mete en el bolsillo de su bata. El olor es suave pero el perfume demasiado amargo. Catherine Legrand camina arriba y abajo en el dormitorio. Es un balanceo de pensamientos agradables o desagradables. Siempre hay camas contiguas a las de Valerie Borge y Anne Marie Brunet cuando pasa delante del refuerzo de una de las paredes. Véronique Legrand desemboca en el dormitorio por la puerta que comunica con la escalera, la madre San Juan Bautista la acompaña, la empuja de la espalda y cierra la puerta cuando entra Véronique Legrand. Catherine Legrand le indica el cuarto de baño, yendo con ella, sentándose en un lavabo mientras que Véronique Legrand se lava los dientes. Dentro de poco se hará de noche en el dormitorio. Se verá que durante un rato la lámpara seguirá vislumbrándose bajo la tela blanca de la portería donde dormirá esta noche la madre San Alejandro. Puede que se vea bajo la sábana de Dominique Vurse o bajo la sábana de Suzanne Prat la linterna que va y viene siguiendo las frases de un libro, mientras que Dominique Vurse o Suzanne Prat intentan no hacer un círculo de luz en el techo. No se verá nada porque todo el mundo estará durmiendo en el dormitorio, porque no llegará ninguna luz desde el jardín. Estará oscuro. Durante la madrugada se verá sentada en el soporte de una ventana a la forma del opoponax. Soy el opoponax. Valerie Borge tú te ríes de él. No respondes a las cartas que te manda porque le tienes miedo sin duda alguna. Hoy mismo verás cuál es su poder y lo que cuesta enfadarlo. Soy el opoponax. Valerie Borge lee detrás del pupitre el papel del opoponax con la letra que ahora reconoce. Catherine Legrand mira desde lejos el papel que está leyendo Valerie Borge al darse cuenta de que Anne-Marie Brunet estaba ocupada escribiendo en su cuaderno y no se dio cuenta. Valerie Borge saca la cabeza de detrás del pupitre al escuchar un rumor en clase. Las alumnas se ponen de pie. Marielle Balland le deja ver la ventana a Valerie Borge que pregunta qué hay ahí. Valerie Borge ve una llama y después otra llama que pasan por delante del cristal que provienen del lado derecho de la pared común y bloquean la ventana de forma horizontal, Valerie Borge se deja caer sobre el pupitre. Las alumnas que están más cerca de la ventana están de pie y a veces se mueven para ver lo que pasa y a veces se echan para atrás cuando la llama vuelve a aparecer. La señorita Doullier consigue calmarlas, que cada alumna se siente en su sitio sin hablar. La señorita Doullier dice que no hace falta ponerse así ya que las llamas que se ven son de la herrería que hay al lado, que va a parar en un rato, es un fenómeno que se produce cuando se manipula el metal fundido. Valerie Borge y Catherine Legrand miran la ventana. Se ve que las llamas reaparecen con regularidad, son cada vez más altas y cubren casi toda la superficie de la ventana. No puede saberse ahora si el fuego sale de la herrería o más bien de la casa donde estamos. Así que la señorita Doullier no llega a mantener la calma en clase. Los pupitres están abiertos. Hay alumnas de pie sobre el banco, otras están al lado de la puerta. Se escucha el silbido que produce el fuego que pasa delante de la ventana. La señorita Doullier hace salir a las alumnas para que vayan al patio del recreo. Pasamos por los pasillos bajamos las escaleras. La madre San Juan de Dios hace constar a las alumnas que el fuego se ha apagado y que se puede empezar la clase de latín. La madre San Juan de Dios dice que por la interrupción motivada por el pánico de las alumnas se han perdido diez minutos de la clase de latín, la madre San Juan de Dios dice que no era nada importante, que es un horno o una fundidora recalentada. Soy el opoponax. Esta advertencia a lo mejor bastará. Solo de él ha dependido que perecieras y contigo la clase entera. Ahora responde. Soy el opoponax. Valerie Borge vuelve a mirar el papel del opoponax. Catherine Legrand ve la escritura en rojo desde el sitio donde está. Anne-Marie Brunet que está sentada al lado de Valerie Borge se inclina para ver lo que es, pero Valerie Borge guarda el papel con el resto de papeles. Valerie Borge se mueve inquieta en el banco donde está, se gira varias veces para mirar al azar detrás de ella. Catherine Legrand está mirando a la madre San Juan de Dios. En clase se dan las proposiciones completivas que empiezan con quod. La madre San Juan de Dios dice que la conjunción quod significa por lo cual. La proposición que explica expresa un hecho que existe, por eso el verbo va en indicativo. Escribimos en los cuadernos el ejemplo que la madre San Juan de Dios está escribiendo en la pizarra, praetereo quod se pulchrum cogitat. Valerie Borge se inclina sobre el brazo derecho de Anne-Marie Brunet para mirar lo que ha escrito antes de la frase en latín. Anne-Marie Brunet le dice algo al oído. Valerie Borge responde que no sacudiendo la cabeza. Entonces Anne-Marie Brunet le gira la espalda y le impide ver lo que ha escrito en su cuaderno, Valerie Borge intenta tirar de él debajo del codo de Anne-Marie Brunet. Anne-Marie Brunet empieza a quejarse en voz alta sin querer. La madre San Juan de Dios mira hacia ellas. Anne-Marie Brunet se pone roja cuando la madre San Juan de Dios le dice a Valerie Borge que salga. Anne-Marie Brunet se pone de pie y dice, madre ha sido mi culpa. La madre superiora entra en clase. La madre San Julio se pone de pie. La madre superiora anda por el pasillo centrar mientras que todo el mundo se pone de pie al lado de los bancos. Se oye que se cierra de golpe un pupitre. Nicole Marre deja caer un libro, se ve que tiene el pie enganchado en la cartera que está en el suelo al lado del banco. La madre superiora le dice algo a la madre San Julio que hace sí con la cabeza y después la madre superiora se gira hacia las alumnas diciendo que pide que Anne Gerlier Marie Démone Anne Marie Brunet vayan a la sala de visitas. La madre superiora dice, siéntense. Anne Gerlier Marie Démone Anne Marie Brunet empiezan a recoger sus cosas. La madre superiora y la madre San Julio están hablando, no se oye lo que dicen. Cuando la madre superiora se va, todo el mundo se pone de pie, así que la madre superiora dice, quédense sentadas lo que hace que todo el mundo se vuelva a sentar. Marie-José Broux que va atrasada con los movimientos del resto se levanta cuando ya estamos sentadas, la madre San Julio le dice que vuelva a sentarse. Marielle Balland abre la puerta para que la madre superiora no tenga que hacerlo, la cierra tras de sí. En el patio del recreo la gente va y viene, pares de alumnas que no conoce, mujeres vestidas de negro, hombres con sombrero. Anne Gerlier Marie Démone Anne Marie Brunet salen de clase. La madre San Julio le dice a Marie-José Broux que tendrá que tocar la campana en lugar de Anne-Marie Brunet. Se oye que no sabe hacerlo que el badajo roza la campana varias veces antes de producir un sonido nítido. Por el portón abierto entra olor de fouace, es la feria del pueblo donde estamos lo que hace que las calles estén llenas de gente que van por todos lados. Se ven pasar rebaños de vacas, manadas de bueyes que tienen el mismo color rojizo, se ven carretas uncidas, se oyen los gritos que hacen los hombres para que se muevan los animales, se ven que llevan sombreros de paja, se ven algunos que llevan cestas de mimbre rectangulares, se ven que llevan blusas con pliegues, son chalanes, comerciantes de animales que van en grupos, se reconocen las mejillas violáceas, los bastones nudosos. El olor de la flor del naranjo que está en los ingredientes de la fouace se esparce por el pueblo. Las panaderías han hecho las fouaces durante la noche, ahora el olor se entremezcla con el de los animales. El ruido de las turbulencias llega desde el patio del recreo, balidos, mugidos, gritos de gallinas que están atadas por las patas y están tumbadas de lado. Las alumnas caminan lentamente en el patio del recreo, se ve que están agrupadas cerca del portón, se ven las idas y venidas entre la sala de visitas y el patio del recreo, Valerie Borge Sophie Rieux Suzanne Prat Marie José Broux dicen que todo el mundo debería tener vacaciones porque es la feria. Denise Causse dice que es injusto, que algunas alumnas están de vacaciones, a las que sus padres vienen a buscarlas, que no hay razón. Entonces se ve que el grupo aumenta, se hace una reunión de internas a la que se unen las alumnas externas al cabo de un rato. Se oyen recriminaciones que se hacen en voz alta, se ve que a todo el mundo le llega esa fiebre, se ve que las alumnas van de un grupo al otro, que al final se forma una manifestación estudiantil, se oyen cantos, vaya mierda es estar aquí, aquí, aquí, vaya mierda es estar aquí, aquí, aquí, vaya mierda es estar aquí, puaj, puaj. Las estudiantes cantan cogidas de los hombros. Paramos para decidir en qué estamos de acuerdo, que todo el mundo está a favor de hacer huelga, que no habrá renuncias. Caminamos por el patio del recreo, gritando imitando los ruidos de un populacho, entonando queremos-vacaciones-esto-es-una-huelga. Así se llega delante de la escalinata. Todo el mundo está amontonado gritando llamando a la madre superiora que aparece en un momento dado y que se sujeta a la barandilla con las dos manos. Se hace un gran silencio. Nos miramos. Esperamos a que alguna hable. La madre superiora pide que le expliquemos cuál es la causa de este alboroto que se oye por todas partes en la casa. Entonces no habla nadie, después se escuchan murmullos en los que se articulan las palabras que se gritaron antes, huelga, vacaciones, feria, después todas las voces se levantan a la vez. La madre superiora espera quieta a que se calme el ruido. Cuando puede hablar, se escucha que dice, señoritas el comportamiento que tienen es ridículo, se escucha que dice que si su intención era acordar que todo el mundo tuviera una tarde de vacaciones, en ningún caso sería posible en las circunstancias actuales, se oye que dice que pasaremos la tarde en la sala de estudio, se oye que estará castigado todo el internado, se oye que dice que si las responsables de esta revuelta no se presentan las internas se quedarán castigadas durante cuatro domingos seguidos. Se ve que la madre superiora suelta la barandilla y entra en la casa. La madre del Niño Jesús sale corriendo pidiéndole a Marie-José Broux que vaya a tocar la campana. Nos ponemos en fila delante de la escalinata. Se ve que algunas internas agachan la cabeza. Entonces se ve que Frédérique Darse le habla a la madre del Niño Jesús que está de pie frente a la escalinata que hace sí con la cabeza. Frédérique Darse pasa por las filas hablando en voz baja a las externas de clases diferentes. Entonces se ve que algunas externas salen de las filas para ponerse junto a ella, se ve que suben las escaleras, se ve que pasan por detrás de la madre del Niño Jesús para ir al despacho de la madre superiora. Hablamos del opoponax en el recreo de las cuatro y media, todo el mundo está alrededor de Valerie Borge. Valerie Borge dice que ahora tiene miedo. Catherine Legrand se ríe de ella. Se repasa quién de la clase podría ser el opoponax. Nicole Marre dice, yo soy el opoponax, lo que hace que todo el mundo la mire. Pero nadie la cree porque empieza a reírse a carcajadas porque empieza a correr con los brazos abiertos gritando o-po-po-nax. La madre del Niño Jesús que está de pie cerca del muro que separa los dos patios le hace una señal moviendo la mano. Noémie Mazat ve a Marielle Balland Sophie Rieux Laurence Bouniol Julienne Pont Marie Démone Anne Gerlier Denise Causse Anne-Marie Brunet Marguerite-Marie Le Monial Marie-José Broux Catherine Legrand alrededor de Valerie Borge. Noémie Mazat viene a ver qué es lo que pasa. Ella camina haciendo que vuelen los faldones de su camisa con un corte en la espalda. Cuando llega se le pregunta quién cree que es el opoponax. Valerie Borge le enseña los papeles que ha recibido. Noémie Mazat empieza a leerlos. Va por el tercero cuando levanta la cabeza porque se escucha al fondo del patio el ruido de un balón que da un golpe en unas manos. Suzanne Prat Gabrielle Murteau Nathalie Deleu han empezado a jugar al voleibol. Entonces Noémie Mazat suelta los papeles del opoponax en las manos de Valerie Borge que los coge al vuelo, se ve que se va corriendo hacia la red de voleibol. Se oye que Denise Causse dice, el opoponax es Catherine Legrand. Anne-Marie Brunet Valerie Borge Marielle Balland Sophie Rieux Julienne Pont Marie Démone Anne Gerlier Laurence Bouniol Marguerite-Marie Le Monial Marie-José Broux se giran hacia Catherine Legrand y la miran. Catherine Legrand se pone rojísima y hace no con la mano después se echa a reír y Valerie Borge que la mira dice, no no es Catherine Legrand. Marguerite Marie Le Monial dice que pueden torturar a todo el mundo hasta que se sepa quién es el opoponax. Marielle Balland Nicole Marre y otra, puede que Denise Causse, dicen que es una buena idea. Valerie Borge dice que en ese caso hay que empezar por Marguerite-Marie Le Monial ya que ha sido ella quien ha tenido la idea y que de hecho no soluciona nada porque cada cual dirá que es el opoponax. La madre del Niño Jesús se acerca al grupo en el que estamos para escuchar lo que decimos. Valerie Borge que la tapan Marielle Balland Denise Causse Anne Gerlier tiene tiempo para guardarse en el bolsillo los papeles del opoponax. Cuando la madre del Niño Jesús se sienta cerca para escuchar lo que decimos, hacemos como si estuviéramos hablando de la historia que cuenta Valerie Borge. Marie-José Broux dice que si hubiera sido Orphire y Rennie, ella no hubiera tenido tanto miedo, que un cadáver no puede hacer daño a nadie, Marie-José Broux cuenta una historia sobre un hombre que sale de una chimenea armado por completo y dispara a la gente que está en la sala con revólveres, entonces todo el mundo empieza a hablar a la vez, la madre del Niño Jesús tiene los brazos cruzados se ríe sacudiendo la cabeza. Se oye que alguien dice que un hombre no da miedo, que es otra cosa si se trata de un fantasma, se oye que alguien dice, no es como el opoponax y debe ser Denise Causse porque todo el mundo se calla y la mira de lado, pero la madre del Niño Jesús no ha oído nada. Catherine Legrand está sentada en el árbol no para de leer la nota que Valerie Borge ha dejado detrás del piano de la sala de estudios. Valerie Borge se disculpa con el opoponax por haberlo hecho público, diciendo que no lo hará más, que dirá que ella es el opoponax, Valerie Borge, así nadie tratará más el tema, que espera mantener la correspondencia con él a pesar del error que ha cometido. Catherine Legrand se acomoda el glúteo en una horcadura del árbol y se estira a lo largo de una de las ramas principales. Se ve el cielo a través de las hojas del roble, algunas contrastan con el azul cerúleo, se ven los resaltos de los bordes. Desde donde está Catherine Legrand se puede ver al girar la cabeza el río del que sobresale el árbol. Lo obstruyen peñascos grandes, entre ellos crecen árboles, olmos pequeños, álamos. El agua hace un ruido continuo con la corriente con los remolinos que se forman alrededor de las rocas. Catherine Legrand cierra los ojos. En la sala de estudios Valerie Borge se gira y ve que Catherine Legrand ha puesto la cabeza entre los brazos sobre la mesa como si llorara o durmiera. Valerie Borge a la que Catherine Legrand mira a través del espacio que ha dejado entre la cabeza y el brazo izquierdo, intenta hablarle. Catherine Legrand hace como si no la viera. Entonces Valerie Borge escribe algo en un trozo de un papel. En un momento dado Catherine Legrand recibe una goma en la espalda y ve al enderezarse que Valerie Borge le hace un gesto para que recoja la nota que ha tirado en el pasillo lateral. Cuando Catherine Legrand abre los ojos parece que hubiera dormido porque la luz ha cambiado. El agua que antes era transparente ahora tiene el azul cerúleo del cielo, los árboles son ocres anaranjados rosa palo. Catherine Legrand baja del árbol para coger un libro que está en la cartera que se ha dejado en el césped. Hay que hacer la tarea de latín para mañana. Catherine Legrand lee el pasaje de las Geórgicas lentamente de principio a fin. No lo entiende, a veces tiene la impresión de que una palabra o un grupo de palabras le resultan familiares por la raíz al compararse con una o varias palabras en francés pero si se miran las notas a pie de página se ve que no ha entendido nada a no ser que estén ahí para confundir, para despistar al alumnado enemigo, para dar una pista falsa. Es evidente que no puede prepararse el texto, no se puede sin el diccionario sin la gramática que no ha metido dentro de la cartera porque pesaría demasiado. Catherine Legrand relee el pasaje que nos dio la madre San Juan de Dios para prepararlo, aislando los dos versos que entiende, restitit, Eurydicenque suam, jam luce sub ipsa, immemor, heu! victusque animi respexit. Es el verso cuatrocientos noventa y la mayor parte del verso cuatrocientos noventa y uno. Hay que escribir cuatrocientos noventa, cuatrocientos noventa y uno canto cuatro en el cuaderno. En la página anterior hay un bajorrelieve que representa a Orfeo volviéndose hacia Eurídice y cogiéndola de la mano, las cabezas y las mejillas redondas de ambos se parecen, los cuellos tienen la misma curva cuando se vuelven uno hacia el otro, el brazo de Orfeo que va delante de la mano de Eurídice está arqueado delante de uno de los pechos. Se ve que Eurídice lleva un peplo, se ve que Orfeo lleva una clámide. Habrá que prestar atención al transcurso de la clase de latín y levantar la mano para que le pregunten, cuando lleguemos a la altura del verso cuatrocientos ochenta y cinco. La madre San Juan de Dios primero hará que no se ha dado cuenta de que ha levantado el dedo después dirá cuando hayan pasado unos versos, Catherine Legrand, siga, entonces dirá justo en el momento adecuado, restitit, etcétera. Hoy no se hará ninguna tarea del colegio. Se cierra la cartera. Catherine Legrand se sube a un álamo temblón por su posición sobre el río sobre el que está oblicuo. Las ramas principales llegan casi a la altura de la corriente, son paralelas a la superficie del agua y dan hacia el río porque de este lado creció más el árbol. Al ponerse boca abajo sobre una de ellas y se ve el agua fluir al cabo de un rato parece que el agua la arrastra así que se abraza con fuerza la rama o bien se deja llevar girando alrededor de ella como si se fuera a caer al agua si se inclina la cabeza se puede ver que no hay nadie entre esta y ella, deja caer las piernas para coger impulso y las reajusta alrededor de la rama, las proyecta, se incorpora, se tumba boca abajo, se ve pasar el agua. Las hojas del álamo temblón están unidas a tallos largos y flexibles, por eso a lo mejor se mueven. Se ve que cuelgan muy cerca de la cabeza las flores del árbol que tienen como una pelusa marrón. Se ve a Véronique Legrand que llega saltando en el río de una roca a otra. En un momento dado se para, se ve que se inclina, que avanza con pasitos sobre la plataforma de piedra, que no se la ve más porque ha pasado detrás de un peñasco. Se apresura por bajar del árbol para ir con Véronique Legrand, se raspa las rodillas el glúteo las piernas con la corteza. Mientras corre se mira el sitio donde desapareció Véronique Legrand, las piedras grises cuando llueve están bajo la luz, azules por la mañana, rosas por la tarde, azules por la noche. Cuando se está cerca de Véronique Legrand se ve que está mirando a una serpiente que se enrolla o se desenrolla en un agujero del peñasco sumergido. Se ven los colores de la serpiente. Véronique Legrand avanza o retrocede según cree que la serpiente sale del agua o al contrario se hunde en ella. Entonces coge un trozo de madera muerta y empieza a cavar en la cavidad rocosa introduciendo el trozo de madera debajo de los anillos para que la serpiente se desenrolle y se pueda ver entera pero la serpiente no sale del agujero, sigue enrollándose o desenrollándose.

Se dice, niña hermana mía sueña con lo bonito que sería ir allí vivir juntos amar a nuestro antojo amar y morir en un país que se te parezca. Se dice que no hay otoño en el que los castaños tienen un olor triste donde no se ve el verde de los tilos. Se dice que no hay otoño en el que el grupo donde estamos contemple los rostros de otros grupos. Si los caminos se han rastrillado, si se han guardado las carretillas, las horquillas, las escobas para la hierba, si no hay hojas en la tierra, si no hay flores, si el suelo del cobertizo no tiene polvo, se dice que no se le ve. Se dice la hora en la que no se ha podido salir con el sol vertical, el cielo índigo, el cielo lapislázuli, el cielo blanco, el viento de la tarde en los árboles. La imagen. Las colinas o los bancos de nubes o las lluvias. Los viajes a los ríos. Los paseos en los bosques, los juegos. Se dice que Valerie Borge tiene las manos las piernas la cara de un moreno luminoso, que Valerie Borge lleva una blusa blanca bajo la bata, que Valerie Borge todavía no se ha quitado el jersey de lana que guardamos todo el invierno. Se dice que es abril, que las flores están blancas en los árboles o bien que las flores los recubren. Se dice que es octubre, que se apartan con los pies las flores que caen. Se dice que vamos cogiendo a Véronique Legrand de la mano. Se dice que somos el opoponax. Se dice que bajamos la colina corriendo. Se dice que buscamos música para los poemas que conocemos. Se dice que esperamos las cartas de Valerie Borge. Se dice que tenemos proyectos de viajes. A México para ver los templos con escalones. A Colorado por los valles naranja. A Grecia por los hombres con fustanelas o con tutús. A Persia para ver bailar a las chicas con pantalones ceñidos a los tobillos. A los polos por el día y la noche. Catherine Legrand y Véronique Legrand entran a través del gran portón que está abierto. Se oye el ruido de las alumnas en el patio. Avanzamos. Han llegado las internas. Véronique Legrand Catherine Legrand se quedan un rato una al lado de la otra y miran. Se ve a Marie Démone Anne Gerlier en el patio de la estatua. Están en un grupo donde solo se las vislumbra a ellas porque otro grupo más cercano se interpone. Véronique Legrand Catherine Legrand caminan un rato una al lado de la otra, Véronique Legrand se separa de Catherine Legrand para ir hacia la derecha hacia las chicas de su clase que están bajo el cobertizo. Catherine Legrand va hasta el grupo de las internas a las que se unen Julienne Pont Laurence Bouniol. Catherine Legrand no corre. No, Valerie Borge no está allí. Sí, tiene que estar a punto de llegar a menos que siga unos días más de vacaciones. No se sabe si Valerie Borge tiene que venir, nos preguntamos si Valerie Borge va a venir, viene, se la ve pasar por el portón, alguien va a su lado con maletas, alguien sube los peldaños de la escalinata a su lado, alguien le da un beso y se va. Corremos al encuentro de Valerie Borge. Valerie Borge y Catherine Legrand se reencuentran en el primer patio cerca de la escalinata, se empujan, se dan golpes en los brazos, se arrastran. Valerie Borge y Catherine Legrand empiezan a pelearse. Se las ve rodar en la escalinata una sobre la otra, se dan tirones se dan empujones se golpean intentando soltarse, Valerie Borge y Catherine Legrand están cuerpo a cuerpo, Valerie Borge sujeta una de las muñecas de Catherine Legrand mientras que Catherine Legrand le tuerce el brazo para que la suelte. En un momento dado Valerie Borge vuelca a Catherine Legrand, la mantiene en el suelo cogiéndola por los brazos. La madre San Juan de Dios baja la escalinata, la madre San Juan de Dios camina por el lado del patio en el que están Valerie Borge y Catherine Legrand que se pelean en el suelo. La madre San Juan de Dios las mira se ve que se para un momento antes de acercarse a ellas, antes de decirles Valerie Borge y Catherine Legrand, quieren ustedes ponerse de pie. Nos sacudimos nos frotamos. Tenemos pelos en los ojos. Catherine Legrand Valerie Borge van juntas hasta el banco en el que Valerie Borge posa el pie para atarse los cordones, para subirse el calcetín, se le ve el hueso de la rodilla, se ve que hace lo mismo con la otra pierna se ata el cordón desatado y se sube el calcetín. Valerie Borge se quita el abrigo y le pide a Catherine Legrand que se lo aguante mientras se pone bien la ropa. Catherine Legrand mira a Valerie Borge tirar del jersey a través del cual se le ven los pechos, entonces Valerie Borge pide que le den su abrigo, Catherine Legrand ve mientras que se lo da que tiene las mejillas rojas. Estamos sentadas en el banco de la sala de fiestas. Hay una pantalla extendida por encima del estrado en la que la madre San Julio la madre San Alejandro la madre San Ignacio de Antioquía proyectan una película muda. En el banco están Nicole Marre Laurence Bouniol Marie

146

Démone Denise Causse Julienne Pont Valerie Borge Catherine Legrand Anne Gerlier. Las imágenes presentan a dos jóvenes que están juntos. Se les ve explicando lo que les apetece hacer. Las imágenes se suceden muy rápido. Se ve que los dos jóvenes están acampando. En un momento dado Valerie Borge se inclina hacia Catherine Legrand para decirle algo al oído. La película muestra imágenes cortadas. Se ve la parte superior de los cuerpos. La imagen reajustada vuelve a mostrar un todo pero los subtítulos están cortados no se entienden los gestos que hacen los dos jóvenes. Catherine Legrand le dice a Valerie Borge que ella prefiere las películas sobre viajes. Valerie Borge dice que a ella le pasa lo mismo, que quiere ir a las Montañas Rocosas, que quiere ir a Perú. La película se ha cortado. Encienden las luces para que la madre San Ignacio de Antioquía pueda volver a ensamblarla. Cuando la luz se vuelve a apagar se ven de nuevo las imágenes que hemos visto hace un momento después negro después se ve a los dos jóvenes tumbados uno al lado del otro en los sacos de dormir. Los postigos de las ventanas están cerrados. Los de la primera ventana de la pared de la izquierda están separados lo que hace que se vea que hace sol fuera, que hace viento, se ve un poco el castaño que se mueve. Valerie Borge empieza a hacer dibujos en un cuaderno, un perro un caballo una mujer. Catherine Legrand mira el cuaderno de Valerie Borge es donde escribe poemas. Catherine Legrand mira la mancha marrón que Valerie Borge tiene por encima del labio. Valerie Borge se inclina para decirle a Catherine Legrand que se aburre que está harta de estar internada. Catherine Legrand empieza a aburrirse también. Los dos jóvenes están tumbados en los sacos de dormir. Debe ser otra noche distinta. Se ve que tienen el pelo con un corte militar. La película se vuelve a cortar. Vuelve a encenderse la luz. Por aquí y por allá en la sala las alumnas se ponen de pie para mirar el proyector. Se escucha rodar el rollo de la película, después la madre San Ignacio de Antioquía lo para. Nicole Marre se levanta y cruza la sala por un lado para ponerse detrás del proyector. La madre San Juan de Dios que la ve detrás le dice que se vuelva a su sitio. Se oye que todo el mundo empieza a hablar a media voz lo que hace que la madre superiora pida que nos callemos. Nicole Marre está parada detrás de la madre San Ignacio de Antioquía detrás de la madre San Alejando detrás de la madre San Juan de Dios, después de haber fingido que volvía a su banco se la ve medio encorvada dando una vuelta por la sala, se pone al fondo contra la puerta. Las luces se apagan. Se escuchan los pasos de Nicole Marre que corre para volver a su sitio. Valerie Borge se inclina recogiendo el cuaderno que ha dejado caer a sus pies. La luz blanca que proviene de la imagen proyectada sobre la pantalla le ilumina la cara, se le ve el pelo a cada lado de la cara. Los chicos caminan uno al lado del otro mientras hablan, esto se ve por los gestos que hacen, por las rayas que indican el diálogo en los subtítulos bajo las imágenes. Se ve que empiezan a correr. Recogen madera que agrupan en montones y las arrastran detrás de ellos. Después se ve que preparan un fuego. Valerie Borge le dice a Catherine Legrand que va a leerle un poema que escribió el año pasado. Catherine Legrand se gira en el banco hacia Valerie Borge mientras que ella busca el poema en el cuaderno mientras que se para en una página mientras que pasa a la página siguiente. Valerie Borge le tiende el cuaderno a Catherine Legrand mientras le indica el poema que está en la página izquierda. Catherine Legrand sostiene el cuaderno a la altura de los ojos. No se distingue bien lo que está escrito a la luz de la imagen que está proyectada en la pantalla. Catherine Legrand está leyendo, como una serpiente triste, la helada desaparece del prado, resplandece su cuerpo de plata, en el frío cercado. En un momento dado, Valerie Borge le coge del brazo a Catherine Legrand y lo aprieta con la mano. Catherine Legrand levanta la cabeza para mirar la pantalla. Se ve que los dos jóvenes tienen cañones de fusiles apuntándoles al pecho, se puede ver que caen porque sin duda alguna los portadores de los fusiles han disparado aunque nadie ha escuchado los disparos. El subtítulo indica que gritaban mientras los abatían, viva Cristo Rey. En ese momento Valerie Borge le coge de la mano a Catherine Legrand y la pone entre las suyas pero se ve enseguida que los jóvenes están tumbados uno al lado del otro en el saco de dormir lo que significa que están durmiendo. Paseamos por el camino de las acacias con cestas llenas de pétalos de flores. Preparamos el camino de la procesión. Tenemos tulipanes rojos peonías rojas rosas rojas, tenemos lirios tulipanes blancos peonías blancas rosas blancas aros. Hacemos dibujos en el suelo con los pétalos siguiendo el trazo de la madre San Nicolás. Algunas flores siguen todavía enteras, hay que deshojarlas antes de ponerlas en el suelo. Nicole Marre Valerie Borge Laurence Bouniol Marie-José Broux Catherine Legrand están en el camino. Nos ponemos de cuclillas tenemos las manos llenas de pétalos. En un momento dado las cestas están vacías. Vamos a por los arriates para cubrirlos con las flores nuevas que se recogen. La madre San Nicolás dice que hay que coger primero las flores más abiertas. Algunas incluso tienen parte de la cabeza hecha pedazos en la tierra, cogemos también los pétalos caídos. Llenar las cestas lleva su tiempo. La madre San Nicolás recoge las hojas, las flores sucias los restos de madera de papel en los caminos que aún no tienen flores, después los rastilla. También hay que preparar los sitios donde se parará la procesión, ahí es donde se levantarán los altares que cubriremos con pétalos y sobre los que pondremos mañana por la mañana jarrones con flores cortadas. Se ve desde lejos, desde el cobertizo, desde la escalinata, desde el muro de separación de los dos patios los altares bajo las sábanas blancas con los floreros vacíos que ya se han dispuesto para repartirlos. Los dibujos de la madre San Nicolás se trazan a lo largo del borde del camino de forma que se deja un espacio para poner los pies. Hay sitios donde el dibujo recubre todo el largo del camino así que caminaremos sobre las flores. Hacemos un puzle con los pétalos poniendo primero los rojos y después los blancos en los lugares que están libres. No quedan pétalos en las cestas. Volvemos a coger flores de los arriates. También hay rosales bajos, rosales trepadores, los que están contra los muros, los que pasan como aros por encima de los caminos. Tenemos taburetes, tenemos escaleras dobles. Nicole Marre pasea por todos lados con la escalera doble que se ha puesto sobre el hombro y que deja a menudo a sus pies porque pesa, a veces no puede cogerla y se oye que se cae. Nicole Marre pone la escalera contra la fachada que da al jardín de las carmelitas. Se la ve subir los peldaños girando la cesta alrededor del brazo. Nicole Marre empieza a recoger las rosas más altas lo que hace que esté a punto de perder el equilibrio en cualquier momento. La cesta que se ha quedado atascada contra uno de los escalones se cae. Se ven las manchas rojas bajo la escalera. Nicole Marre empieza a recoger uno por uno los pétalos que vuelve a poner en la cesta con pedazos de tierra. Nicole Marre decide cambiar la escalera de sitio, se la vuelve a poner sobre el hombro, se dirige hacia los arcos del camino de los iris. La madre San Nicolás ve mientras pasa cerca de ella que hay flores rojas y blancas en la misma cesta. La madre San Nicolás dice, cuántas veces os he pedido que no mezcléis los colores, lo que hace que Nicole Marre baje de la escalera y empiece a clasificar las flores, los pétalos de las flores, dejando las rojas que eran más en la cesta, mientras que con las blancas hace un montón que deja en el suelo. Valerie Borge Catherine Legrand recogen las flores de los arriates detrás del seto de las tuyas. Hace ya un rato que no quedan flores abiertas entonces recogemos todas las flores indistintamente, arrancamos las que apenas abiertas, algunas están húmedas, recogemos las flores cerradas las tiramos de cualquier manera en las cestas. Arrancamos las flores todas las flores, las deshojaremos sentadas en el suelo, desgarraremos los pétalos no podremos separar las que siguen pegadas cerradas, las cestas están llenas de tulipanes de peonías de lirios de rosas. Valerie Borge y Catherine Legrand están repitiendo la procesión, cuando el cura se para y las niñas tiran flores a las custodias, Valerie Borge y Catherine Legrand reciben a la vez flores rojas en la frente en el pelo en las mejillas en el cuello. Valerie Borge y Catherine Legrand están rodeadas de flores rojas, caídas. Pensamos. No sabemos. Decimos que podemos ofrecer nuestra alma al diablo el diablo no la quiere a pesar de lo que se ha oído sobre este tema. Se dice que no viene a medianoche cuando se le invoca. Se dice que no llega con el olor infernal que no salta con los pies juntos en el círculo de tiza que no aparece con una luz azufradora y fulgente que no se ve que se forme de repente empezando por la cabeza o por los pies o por la mitad del cuerpo como el gato de Cheshire. Se dice que la ventana está abierta, que se distingue el movimiento en el prado debe ser el césped que se mueve, percibe las manchas que hacen las margaritas, que se escucha el silbido de una lechuza. Se dice que estamos en casa de Marie Démone, que están la madre San Juan de Dios Marielle Balland Laurence Bouniol Nicole Marre Sophie Rieux Anne Gerlier Denise Causse Anne-Marie Brunet Marie José Broux Marguerite-Marie Le Monial Valerie Borge Catherine Legrand. Se dice que estamos sobre las sillas y las butacas. Se dice que Valerie Borge y Catherine Legrand tienen la misma butaca porque les falta el asiento de sus butacas, se dice que estamos merendando, se dice que las manos tiemblan porque sujetan la taza de té. Se dice que paseamos por el campo, se dice que las colinas casi planas forman un circo, que los pueblos que hay allí parecen cada vez más pequeños, se dice que el cielo es azul pálido, que Catherine Legrand Valerie Borge pasean cogiéndose de la mano. Se dice que Valerie Borge suelta la mano de Catherine Legrand y empieza a correr, que Catherine Legrand no consigue alcanzarla, que Valerie Borge se deja caer sobre el césped, se dice que Catherine Legrand que corre detrás de ella se tropieza con su cuerpo y se cae también, por encima de Valerie Borge. Se dice que la tierra huele, se dice que el césped está cortado, se dice que se ve un agujero de un ratón de campo, se dice que Valerie Borge hace que salga un grillo de una cavidad minúscula utilizando una ramita, se dice que vuelve a casa por la noche en un camión cubierto por una lona que hace frío por el aire que pasa silbando que tenemos mantas que a Valerie Borge y Catherine Legrand las cubre la misma manta bajo la cual se cogen de la mano. Se dice que es de noche que Catherine Legrand se acuesta en el césped mojado que se queda ahí a mirar las estrellas. Se dice que estamos en el teatro que ensayando. Se dice que la madre San Hipólito ha elegido un fragmento de la Odisea, que es la llegada de Ulises a Ítaca. Se dice que Catherine Legrand hace de lector, que Valerie Borge hace de Penélope que Ulises es una niña de una clase de las mayores Frédérique Darse a la que admiramos por su estatura sus hombros su cabeza leonina. Se dice que Gabrielle Murteau hace de Eumeo, que Suzanne Prat Nathalie Deleu Anne Gerlier son los pretendientes. Se dice que Telémaco es Paule Falou la chica que lee a Virgilio a la vista de todas, la chica que tiene los ojos verdes y la nariz griega. Se dice que se escucha la música que reclama Ulises después de la matanza que ha hecho. Se dice que Catherine Legrand espera a Valerie Borge entre bastidores que se encuentran que ella la besa en la mejilla. Se dice que por culpa de la música no se ve la sangre en los asientos ni el cerebro pegado a la madera de las mesas. La madre San Hipólito dice que es la acción principal de la Odisea porque aparte de los altercados de Telémaco con los pretendientes de Penélope, aparte de cuando se va a buscar noticias, todo lo que se sabe de los personajes de Ulises de la guerra de Troya de los periplos de los regresos, son las personas sentadas delante de las mesas redondas quienes lo cuentan, en el canto tres Néstor a Telémaco, en el canto cuatro Menelao a Telémaco, en el canto ocho Demódoco a los que participan en el banquete de Alcínoo, en los cantos nueve diez once doce trece Ulises a Alcínoo, la madre San Hipólito dice que Menelao cuenta lo que le contó a Proteo, que Ulises cuenta lo que le contaron Circe, Tiresias, Autólico, Agamenón, así que la madre San Hipólito dice que esa es la acción principal de la Odisea que se representará en el teatro. Se dice que el peplo oculta las piernas de Valerie Borge, que se humedece los labios para que brillen, que el lector que está de pie en un lado del escenario dice, él dice, mirando los labios de Penélope. Se dice que hay que repetir. Se dice que se ve a Valerie Borge acercarse a Frédérique Darse y lanzarse a su cuello. Se dice que Valerie Borge y Catherine Legrand están escondidas detrás de las aucubas de las catacumbas. Se dice que se ve entre las hojas a alumnas que corren que caminan hablando comiendo sus tostadas, que miran sin ser vistas, que al otro lado del seto que forman las aucubas están sentadas sobre las cajas Anne-Marie Brunet y Denise Causse, que no se escucha lo que dicen, que hablan en voz baja. Se dice que Valerie Borge habla de las últimas vacaciones de las próximas vacaciones, Valerie Borge habla de la carabina que le ha dado su padre, de la caza, Valerie Borge cuenta que una vez disparó un fusil de guerra Mauser con balas que se siente el culatazo del fusil en el hombro cuando se dispara. Valerie Borge habla de los amigos que tiene, del día en el que dejará de ser interna. Se dice que Catherine Legrand le dice a Valerie Borge, no me quieres. Se dice que Valerie Borge gira la cabeza, que se queda un momento inclinada contra las hojas de la aucuba, que cuando mira a Catherine Legrand se ve que está llorando, que entonces se pone de pie, le dice a Valerie Borge, ven, que vamos por el jardín bajo la lluvia, se dice que Valerie Borge no llora, se dice que Catherine Legrand no le da su pañuelo porque no lo lleva encima. Se dice que Valerie Borge pone en la mano de Catherine Legrand tres balas de la carabina cinco mientras le dice que las guarde. Se dice que se ve la lluvia tocar los árboles, pasar por delante de los troncos, caer en las hojas, que al andar se hacen agujeros en la tierra de los caminos, que se moja el pelo y que se pega contra las mejillas, que vamos al fondo del parque. Se dice que hay charcos en los desniveles de los caminos, que la lluvia cae recia, que no se puede abrir los ojos del todo que están medio cerrados, además que no se ve a diez metros, es como una niebla que cae que el viento sopla de un lado o de otro, que caminamos sin cogernos de la mano. Se dice que cuando volvemos a estar sentadas en los bancos notamos que la ropa se pega en la piel, que tenemos los pies húmedos. Se dice que llueve alrededor del coche en el que están sentadas al fondo Catherine Legrand y Véronique Legrand, que no se habla, que tenemos la cabeza apoyada contra el asiento. El asfalto de la carretera resplandece en las partes en los que está abombado. Los baches están llenos de agua que las ruedas del coche salpican al pasar y que llega un chorro hasta la altura de las ventanas. Por momentos nos enderezamos para mirar algo, después nos dejamos caer de nuevo contra el asiento. No se puede dejar de escuchar el ruido que hace el limpiaparabrisas. No hay nadie en la carretera. Los pueblos por los que pasamos tienen las puertas cerradas, las ventanas cerradas en las que en algunas hay luz. Se ve que los prados están empapados. El agua llega hasta debajo de la tierra entre el césped. Se dice que nos hundiríamos en ella al andar. Se ve el agua deslizándose sobre los cables eléctricos, cayendo de los árboles, a veces se ve un pájaro inmóvil. Las hojas de los árboles parecen cerrarse sobre ellas mismas por el agua, así que no se reconoce de qué especies son. Se dice, los soles húmedos de estos cielos nublados para mí tienen el encanto misterioso de tus ojos traicioneros que brillan a través de las lágrimas. A la vuelta de la carretera se ve a lo lejos la catedral. La lluvia actúa como una pantalla entre esta y el coche que avanza en esa dirección. A partir de ahora no se la perderá de vista menos un momento cuando vaya cuesta abajo, se la verá reaparecer a través de la lluvia. En un momento dado, se verá que el sol atraviesa las nubes haciendo brillar el agua que cae, entonces la catedral empezará también a brillar desde lejos bajo el agua y el sol. Vamos con la madre San Julio a Rivajou. Están Marie José Broux Marielle Balland Sophie Rieux Nicole Marre Marguerite-Marie Le Monial Anne-Marie Brunet Laurence Bouniol Julienne Pont Marie Démone Anne Gerlier Denise Causse Valerie Borge Catherine Legrand. En el andén de la estación se ve el pantógrafo de una locomotora que se pliega y se despliega que roza los cables. El tren que cogemos es de vapor. Se para con un freno largo al ras del andén. Valerie Borge y Catherine Legrand están en la ventana y se asoman todo lo que pueden. Catherine Legrand tiene en la cara el pelo de Valerie Borge. Catherine Legrand ve a Valerie Borge de perfil con el pelo que lo lleva recogido, ve el arco que cae de la ceja izquierda la sien el pómulo la mejilla la línea de la mandíbula el cuello, las manos de Valerie Borge descansan en la ventanilla bajada. El viento mueve el vapor a lo largo del tren, a veces dejamos de ver, así que echamos la cabeza para atrás y nos frotamos los ojos. La madre San Julio está en el compartimento de al lado con Marielle Balland Nicole Marre Laurence Bouniol Julienne Pont Marie Démone Anne Gerlier Denise Causse Anne Marie Brunet Marguerite-Marie Le Monial Marie José Broux Sophie Rieux. Valerie Borge le dice a Catherine Legrand que el tren no se va a parar, que conducirá todo el día, después toda la noche, que mañana seguirá conduciendo aún y la noche siguiente y las noches y los días siguientes. Nos reímos porque este tren no se va a parar. Se dice, los muebles lucidos que pulen los años decorarían nuestra habitación las flores más raras mezclan sus olores con el aroma vago del ámbar, los techos ricos los espejos profundos el esplendor oriental todo allí le hablaría a nuestra alma en secreto en su dulce idioma natal. El tren se para en Rivajou. La madre San Julio está de pie delante del cristal del compartimento donde están Valerie Borge y Catherine Legrand, la madre San Julio espera a que ellas salgan. Caminamos en el agua. Llevamos pantalones cortos lo que hace que pueda atravesarse el río por algunos sitios. Pasamos el vado. Al otro lado hay un bosque, peñascos. Ahí comemos sentadas sobre las piedras. Corremos por encima de los peñascos saltando de uno a otro. Hacemos carreras que gana Valerie Borge. Nicole Marre finge que se cae de un peñasco y se cae de verdad así que todo el mundo grita corriendo hacia el lado donde está ella. Pero no se ha hecho daño. Caminamos por el agua. Intentamos atrapar peces pasando la mano bajo las piedras. Valerie Borge atrapa dos. Son gobios. Los miramos moverse en el césped. Los devolvemos al agua después de un rato. Valerie Borge atrapa algo que sale detrás de una piedra enorme, es una serpiente y la sujeta de la cabeza. Sophie Rieux que está a su lado rompe a llorar y sale del agua intentando correr, lo que hace que se tuerza el tobillo con una raíz, está sentada en el borde del agua y se sujeta el tobillo diciendo que le duele, Valerie Borge va donde está ella con la serpiente que sujeta al final del brazo. Sophie Rieux se va cojeando así que Valerie Borge suelta la serpiente. La madre San Julio dice que Sophie Rieux se ha torcido el tobillo porque no puede poner el pie en el suelo, la madre San Julio dice que se le va a hinchar el tobillo. Subimos a los árboles que están cerca del río. Vamos a lo largo de las ramas sujetándonos con los brazos y las piernas hasta que estamos al final, hasta que la rama se dobla, en ese momento nos caemos al suelo. Julienne Pont intenta bajar del árbol en el que está en la parte más alta, al revés, es decir con la cabeza hacia abajo. Se ve que está colgada de una rama por las rodillas, que las manos sujetan la rama de debajo delante de la cual le cuelga el pelo, se ve que relaja las rodillas y que se proyecta girando alrededor de la rama que sujeta con las manos dice que hace el sol, el peso de su cuerpo hace que casi se caiga además se ha hecho daño en los riñones por eso se sienta en una horcadura sin moverse con la espalda apoyada contra el tronco del árbol. Practicamos el saltar de un árbol a otro por encima de los peñascos. Valerie Borge mira el árbol hacia el que va a saltar y cuyas ramas tocan el árbol en el que estamos. Entonces Catherine Legrand salta primero gritando, y ahora que ha saltado no puede parar de ir de un árbol a otro. Valerie Borge salta gritando detrás de ella para alcanzarla. Valerie Borge y Catherine Legrand están sentadas una al lado de la otra sobre una rama gruesa. Catherine Legrand le pregunta a Valerie Borge si vamos a entrar en la gruta que hemos visto y donde la madre San Julio ha prohibido que vayamos, Valerie Borge dice que sí que vamos, que hay que coger palos para explorar el espacio porque no tenemos lámparas. Nos bañamos. El agua es como el agua de un manantial, helada por la barriga después en el pecho y ahora alrededor de los hombros y del cuello cuando se nada. Léon Torpusse sujeta las ramas del seto para que Catherine Legrand pueda pasar. Catherine Legrand se mete en el agujero del seto y se da en la cara en las piernas en los muslos con las espinas de los endrinos y de las zarzas que Léon Torpusse suelta cuando ella pasa. Catherine Legrand tiene cicatrices en la cara en las piernas en los muslos. Léon Torpusse se sienta sobre los talones. Léon Torpusse ríe fortísimo mientras da en el suelo con los puños. Pierre Doumieux está de pie detrás de él. No se ríe. Catherine Legrand corre hacia Léon Torpusse que da un salto y se echa a correr, Catherine Legrand corre detrás de Léon Torpusse. Pierre Doumieux corre detrás de Catherine Legrand. Léon Torpusse se agarra a la rama baja de un árbol mientras corre, se ve que su cuerpo se balancea de adelante hacia atrás por el impulso. Catherine Legrand le da golpes en los muslos en las piernas, Léon Torpusse intenta subirse al árbol estirando las piernas, Catherine Legrand le coge de un pie, después del gemelo y tira con todas sus fuerzas hasta que Léon Torpusse se suelta de la rama y cae de espaldas. En ese momento Catherine Legrand le salta encima del estómago de las piernas le pega en la cara. Pierre Dou-mieux les dice que paren de pegarse empujando a Catherine Legrand que cae sentada, y obliga a Léon Torpusse y Catherine Legrand a que se pon-gan de pie. Volvemos sobre nuestros pasos a lo largo del prado. Vamos a buscar a Véronique Legrand y a Jeanne Doumieux. Pierre Doumieux Jeanne Doumieux Catherine Legrand Véronique Legrand Léon Torpusse van con los cazadores para que las codornices y las perdices se levanten de las mesetas. Estamos sobre las colinas cubiertas de piedras. El cielo está pálido. La tierra y las colinas tienen el mismo color ocre. La vegetación seca se confunde con el suelo pedregoso. Son líquenes casi blancos, juní-peros cubiertos de espinas, de emborrachacabras. Vamos andando por delante de los cazadores. Sustituimos a los perros. Hacemos que se levan-ten los pájaros que de lejos no se ven. Los vemos a nuestros pies en el mo-mento en el que levantan el vuelo. Creemos que son piedras que de repen-te se levantan pero se oye el ruido de las alas que baten. Por detrás los cazadores disparan antes de que los pájaros hayan ganado altura. Están en fila. Jeanne Doumieux Véronique Legrand Pierre Doumieux Catherine Legrand Léon Torpusse andan delante de ellos en fila. De vez en cuando una serpiente se mueve en la piedra donde se va a poner el pie pero en esa época del año no van rápido como se dice no tienen veneno. Seguimos caminando. Las mesetas calcáreas se extienden, hacen valles desniveles suaves de los que no se puede ver el final. Seguimos caminando. Nos cru-zamos con un pastor que sigue las ovejas. Las espanta hacia delante para impedir que se interpongan en la dirección en la que vamos. Da golpes a algunas con su bastón mientras grita. Delante de él un perro amarillo sal-ta, ladra, agarra la lana y los gemelos de las ovejas, se pone delante de ellas y les salta a la garganta. Las ovejas van en montones, balan todas a la vez. Se oyen las campanas que llevan al cuello que zarandean los pisoteos los brincos los bandazos delante del perro. Se ve que las ovejas se chocan, que una se sube sobre el lomo de otra y que se cae, que ahora corren delante de los cazadores delante de Jeanne Doumieux Véronique Legrand Pierre Doumieux Catherine Legrand Léon Torpusse. Esperamos a que hayan pasado, el pastor corre detrás de ellos gritando, me cago en la grandísima puta del diablo y demás palabrotas que no se entienden. Nos separamos de los cazadores. Uno le dice a Léon Torpusse que vuelva a casa. Léon Torpusse dice algo que no se entiende, en ese momento el cazador corre detrás de él y le da un golpetazo en la parte de atrás de la cabeza, Léon Torpusse pone el brazo para protegerse pero el cazador le levanta el brazo y vuelve a pegarle diciéndole, niñato, largo. Entonces Léon Torpusse se echa a correr. Véronique Legrand Jeanne Doumieux Catherine Legrand y Pierre Doumieux corren detrás de él. En un momento dado nos sentamos en el suelo, miramos a los cazadores que se alejan vemos los fusiles al lado de sus cabezas, se vuelven cada vez más y más pequeños se les ve disparar detrás de una colina. Seguimos caminando. Vamos a buscar nueces nísperos. Se oye la fuente de la granja a la que vamos. Nos desviamos para pasar detrás porque nos da miedo que nos vean. Se ve el campo que enmarca la granja, el muro de un lado de la casa, olfateamos el olor de un fuego hecho de hojas. Se va hasta el segundo campo que está separado del primero con un seto que crece sobre las piedras puestas sin cemento las unas sobre las otras. Jeanne Doumieux al pasar por el agujero del seto se da un golpe en el pie contra una piedra, se oye el caer de las piedras que provoca, nos sentamos detrás del seto, no viene nadie, así que empezamos a coger los nísperos que aplastamos en los dedos, cuando ya nos hemos cansado de los nísperos pasamos a los nogales, sacudimos las ramas porque no tenemos varas, caen algunas nueces, las metemos en los bolsillos. Léon Torpusse llena su boina de ellas. Nos subimos al árbol para sacudir las ramas con más fuerza que desde abajo donde estamos de puntillas donde no llegamos a cogerlas. Entonces se ve a la mujer gorda en la puerta de la granja que sale gritando con todas sus fuerzas, maleantes asquerosos, iros del campo. Pero no nos vamos seguimos sacudiendo las ramas de los nogales. La mujer gorda grita cada vez más fuerte, grita siempre lo mismo, al final se va a la caballeriza, sale con una horquilla, viene del lado en el que estamos sujetando la horquilla delante de ella, se ve el pecho que salta porque va lo más rápido que puede pero no consigue correr, se ve su barriga sus nalgas, así que nos tiramos del árbol nos vamos corriendo. Se dice que estamos en el patio del recreo después de la tormenta. Se dice que hemos visto detrás por las ventanas de las catacumbas los relámpagos atravesar el cielo, que había varios a la vez, en paralelo, se dice que los árboles se veían a trompicones y que la lluvia empezó a caer. Se dice que el agua gotea por todo el patio, en el jardín, que hay acequias que han hecho riachuelos nuevos, se dice que saltamos por encima de ellos gritando, que el aire es frío y húmedo, que huele a tierra y a hojas y que el camino de las acacias es un río en el que el agua llega hasta los tobillos. Se dice que nos vamos al patio para mirar el agua que está en todas partes, los troncos mojados, que nos subimos a los bancos porque los pies están llenos de agua dentro de los zapatos, que tiramos palos en las acequias que los arrastran que giran sobre sí mismos que terminan hundiéndose en la tierra, se dice, mira esos canales, zarpar estos navíos cuyo humor es vagabundo es para saciar tu deseo mínimo que estos vienen desde el fin del mundo. Se dice que Valerie Borge está de pie sobre las colinas por las que corren los ríos que se oyen, que hay ovejas que avanzan, que las nubes están aborregadas, se dice que el sol es blanco, que el cielo es azul pálido, que se ve a Valerie Borge con el pelo ceñido de pie sobre las colinas, se dice que se la ve pequeña como de lejos cuando se acerca, se dice que se le ve la piel de la cara con una textura como cuando se mira de cerca, se dice que se ve a Valerie Borge de pie sobre las colinas como si estuviera tumbada a ras del suelo. Se dice Valerie Borge está de pie sobre las colinas, que la vemos que la miramos, que se oye que corre el agua de los ríos, que se oyen las campanas de las ovejas, que la miramos. La señorita Caylus está muerta. La madre superiora dice en el estudio que iremos a velarla. Valerie Borge Catherine Legrand están en la habitación de la señorita Caylus. La madre San Julio las empuja cerca de la cama. Hay que inclinarse para besar el cadáver. Tenemos la frente o una mejilla bajo los labios. Nos incorporamos. Nos ponemos a cada lado de la cama. La madre San Julio se va de ahí. Las contraventanas están cerradas. Hay velas. Tenemos rosarios en las manos pero no los utilizamos. No dejamos de mirar a la señorita Caylus. La mesa alta está cerca de su cabeza y tiene agua bendita, cirios. La señorita Caylus tiene las manos puestas sobre el pecho por encima de la sábana. La cabeza está cardada con el moño que ella lleva siempre. Se ve que tiene los ojos cerrados por detrás de las gafas. Nos preguntamos si es verdad que está muerta. Las mejillas están amarillas. Valerie Borge Catherine Legrand no se atreven a hablar en voz baja. En un momento dado parece que el cadáver se mueve. Valerie Borge se pone de pie, va hacia la puerta. Catherine Legrand se levanta también. Pero lo único que pasa es que la mandíbula se está aflojando, se ve que los labios se abren poco a poco. Valerie Borge Catherine Legrand de pie a los pies de la cama no se cogen de la mano, miran a la señorita Caylus esperando a que empiece a hablar, que levante las manos que las mueva hacia donde están ellas. El cadáver vuelve a quedarse quieto. Valerie Borge Catherine Legrand se vuelven a sentar cerca de la cama. Los labios fruncidos se levantan en un lado de la boca, descubren una parte de los dientes, lo que hace que a la señorita Caylus se le quede una sonrisa extraña. Vamos en autobús hasta Fougerolles donde van a enterrar a la señorita Caylus. El coche fúnebre va delante. Nos dormimos contra el asiento porque todavía no es de día, porque nos hemos levantado muy temprano. Al abrir los ojos se ven unas formas que pasan detrás de las ventanas, se ve la espalda del conductor del autobús. La madre San Julio está sentada detrás de él. Valerie Borge duerme al lado de Catherine Legrand. Su cabeza está inclinada, su pelo se extiende a su alrededor, se ve que su boca se entreabre, se ven los labios sobre los dientes. Un bache hace que Valerie Borge se despierte sobresaltada, que se levante sobre el asiento mirando a Catherine Legrand que está a su lado, le sonríe dejando que su cabeza caiga sobre el hombro de Catherine Legrand que le coge de las manos y se acomoda contra ella. Valerie Borge vuelve a dormirse. Bosteza de vez en cuando. Se ve que es de día y atravesamos las montañas. En un desvío de la carretera se ve un bosque de abedules que agita el viento. Hace frío. Marie Démone se levanta y camina por el pasillo central. Debe estar diciéndole a la madre San Julio que no se encuentra bien porque se ve que la madre San Julio le echa alcohol de menta sobre un terrón de azúcar, que se quita la capa para ponerla alrededor de Marie Démone, que ha hecho que se siente a su lado. Todo el mundo se despierta en el autobús. Sophie Rieux recoge su pañuelo, se lo pone alrededor del cuello. Nicole Marre grita mientras le hace cosquillas a Laurence Bouniol para despertarla. Sophie Rieux se estira. Valerie Borge finge que duerme, con la cabeza en el cuello de Catherine Legrand. Catherine Legrand ve apartándose de ella que abre los ojos, que sonríe, que vuelve a cerrar los ojos. Catherine Legrand siente que Valerie Borge le aprieta las manos. Anne-Marie Brunet se peina de pie en el pasillo. La madre San Julio pasa con un termo, la madre San Julio vierte el café hirviendo en los vasos de metal, el olor del café se extiende, se oye que los vasos de metal y las cucharas se chocan, la madre San Julio casi se cae porque la carretera se curva, Julienne Pont le coge el termo de las manos, la madre San Julio le dice que coja café. Valerie Borge se pone recta, pasa la mano entre su pelo pidiendo que le presten un peine. Ha nevado en las montañas. Se oye el viento a través de los árboles, contra la chapa del autobús. Valerie Borge Catherine Legrand se recuestan una en la otra mientras terminan de beber el café. Valerie Borge Catherine Legrand no hablan. Todo el mundo que está alrededor de ellas habla en voz alta. Nicole Marre está en el pasillo, se deja caer sobre Laurence Bouniol que grita, me haces daño, contra Denise Causse sobre la que se cae, por lo que Denise Causse la levanta, la empuja hasta que Nicole Marre cae al suelo. La madre San Julio le dice que se levante y que vaya a sentarse. Se escuchan bromas sobre el entierro de la señorita Caylus. Marie-José Broux dice mientras se ríe que nos vamos a repartir lo que la señorita Caylus ha dejado. Marguerite-Marie Le Monial dice que ella quiere su dentadura postiza. Marielle Balland dice que ella quiere su bastón. La madre San Julio manda callar. Escuchamos la misa de difuntos en la iglesia de Fougerolles. Da la impresión de que las paredes los pilares los bancos,

158

todo está helado. Temblamos de frío. La misa la canta la gente del pueblo. Temblamos de frío en el cementerio. Hay agua en el fondo de la fosa, se ve el féretro que baja, que se hunde con un chapoteo. En ese momento Marielle Balland Marguerite-Marie Le Monial Anne-Marie Brunet Denise Causse Marie-José Broux se echan a llorar. El cementerio está abandonado, las tumbas están cubiertas de hierba de margaritas de amapolas. Hay amapolas por todos lados en la loma del cementerio, se ven sus corolas hundidas que dobla el viento. Se ven las cruces de madera que ninguna parece estar recta, están arrancadas de la tierra, algunas están dobladas, algunas están tumbadas en medio de un montículo donde se supone que hay una tumba. No hay inscripciones en los montículos no hay nombres. Cae aguanieve. Nos hundimos en el fango. Las amapolas están mojadas. Estamos de pie, apretamos las manos de los padres de la señorita Cayllus. Se dice, los atardeceres se ponen sobre los campos los canales la ciudad entera de jacinto y de oro el mundo se duerme en una luz cálida. Se dice, tanto la amaba yo que en ella aún vivo.

POSFACIO:
UNA OBRA BRILLANTE

Ayer leí el primer artículo que se ha publicado sobre el libro de Monique Wittig, *El opoponax*. Ha sucedido lo que me temía: el autor del artículo había leído un Opoponax distinto al mío.

Es posible que mi Opoponax sea casi con toda seguridad el primer libro moderno que se ha escrito sobre la infancia. Mi Opoponax es la ejecución mayúscula del noventa por ciento de los libros que se han escrito sobre la infancia. Es el fin de cierta literatura y por ello le doy gracias al cielo. Se trata de un libro que es a la vez admirable y muy importante porque se rige por una regla de hierro, que nunca o casi nunca se rompe, la de solo utilizar material descriptivo puro, y utilizar una sola herramienta, el lenguaje objetivo puro. Este último aquí cobra todo el sentido. Es este mismo —pero llevado al canto llano por la autora— el que utiliza la infancia para despejar y contar su universo. Lo cual significa que mi Opoponax es una obra maestra de la escritura, porque está escrita en el lenguaje exacto del Opoponax.

Pero no hay por qué asustarse: los adultos, aunque no lo sepan, conocen el lenguaje opoponax. Les bastará con leer el libro de Monique Wittig y lo recordarán. A no ser, y es algo que puede ocurrir, que tengan la vista muy cansada de leer una literatura muy distorsionada o que lo lleguen a ignorar por haber hecho carrera en la literatura.

¿De qué trata este libro? De niños. De diez, cien niñas y niños que llevan los nombres que se les ha dado, que bien podrían intercambiarlos por unas monedas nuevas. Trata de mil niñas juntas, de una marea de niñas que se le echan encima y le sobrepasan. Se trata de eso, efectivamente, de un elemento fluido y basto, ¿incluso marino? Toda una marabunta, una marea de niñas que las arrastra una única ola: porque, en primer lugar, cuando el libro empieza, son muy muy jóvenes, están en lo más profundo de una edad sin fin. Diría que se tienen los ¿tres? años de Véronique Legrand.

Para empezar, la gran ola vive, se revuelve, se arremolina con las mil olitas de las que se conforma. Estas coexisten y se suceden en un ritmo ininterrumpido de fusilamiento, y yo diría que lo hacen en un orden absoluto. Entonces, cada una de estas olitas se ensancha, se ralentiza, y entonces una adelanta a la otra, y entonces una estorba a la otra, y después, a continuación, se enredan: la infancia envejece. El arte extraordinario de la autora consigue que este envejecimiento surja en nosotros sin que nos enteremos. Igual que nos preguntamos delante de nuestro propio hijo qué le pasa, nos sorprendemos. ¿Y de repente ha llegado la etapa de las multiplicaciones, y después la del latín? Pero cuidado: aquí, si la infancia envejece, lo hace dentro de la infancia, sin salir de ella, siempre dentro de este inexpugnable castillo fortificado con sus murallas impresionantes. Por primera vez nos damos cuenta de que no podemos entrar. Se nos invita a mirar y a ver. La infancia se desarrolla, toma forma, respira ante nuestros ojos.

La progresión es admirable. El tiempo fluye, es una fuente profunda, y nos colma a la vez que colma a la infancia que vemos.

Al principio se ve a una niña que pela una naranja, que da un bocado a todo un cielo, así como se ve a otra niña que está muerta, como todo, todo. Después, la niña pasa a otra naranja, devora otra naranja, con la velocidad de un rayo cubre otro cielo con los ojos, engulle una hora de «rayas» sobre el cuaderno. Y entonces, entonces, pasa algo. Entre, por ejemplo, la primera naranja y el segundo cielo que devora, se produce un estremecimiento. Entre el hombrecillo que es un trozo de pan y la mariposa hecha pedazos sucede esto: que la niña que hizo el hombrecillo y deshizo a la mariposa es la misma.

Al final de la infancia, cuando se cierra el libro y se resquebrajan los muros del castillo fortificado, el vínculo se establece para siempre. Y entonces el espíritu se envenena con el temblor del corazón. Ya no se juega con alguien en la coexistencia. Nace la amistad.

Guardianes ideales de los muros, en fila, iguales, anónimas como la materia misma de los adultos, en los pasillos, en los dormitorios, pasan las monjas católicas. Dentro de sus faldas negras y apagadas palpita el flujo de la infancia. Bajo la sombra de su devoción se da el escrutinio pagano, virginal y terrible de la muerte y de la vida.

Un obispo muere. ¿Qué ocurre con y por esta muerte? En la pompa y el oro de un funeral episcopal, a la sombra de la nave, a la sombra de todas aquellas cosas que se han creado para ser vistas, debajo de todo, una niña ve el pelo de su vecina, otra niña. Qué belleza. Descubre el movimiento del pelo hasta las rodillas de la niña, descubrimiento espacial, el pelo se mueve al mismo tiempo que la niña, y por ella, pero con su ley propia: respira junto a la niña, pero está sobre su cabeza como la planta lo está en el suelo. No se pronuncia ningún adjetivo relacionado con este descubrimiento, que es el de la belleza. El movimiento del cabello se describe de la misma forma que la marcha de los órganos que acompaña a la misa de difuntos. La música hace que los muros se derrumben, está por todas partes, mientras que abajo, envueltos en ella por todos los lados, los cabellos de una niña brotan de la oscuridad original buscando a otra niña. Y las monjas católicas pasan, testigos ciegos de una beatitud mucho más deslumbrante que la suya.

Las monjas son útiles. Y podemos ver cuánto lo son en este libro. Al puntuar la infancia con obligaciones vacías de cualquier sentido y sin explicitación, le otorgan la libertad de infringirlas.

También hay guerras inolvidables de la edad, si no recuerdo mal, del latín. Se azota a las niñas con ortigas, se desgarran los muslos, se descubre a los traidores. A otros niños se los espera para robar un trozo enorme de hierro que no tiene ningún uso concreto. Los otros niños no vienen. Así que, a lo mejor, la aurora es un poco como ese momento al que se le llama aurora. Pero muy poco.

Ya paro. Todas las personas hemos escrito este libro, tanto vosotras como yo. Solo una de nosotras ha descubierto este Opoponax que todas hemos escrito, lo quisiéramos o no. Una vez cerrado el libro, se produce la separación. Mi Opoponax, el mío, es una obra maestra.

MARGUERITE DURAS
France Observateur, 5 de noviembre de 1964

Nacimos de la expresión «caballito de bamba»,
utilizada en los años sesenta para calificar
algo que carecía de importancia.
Nosotras le damos la vuelta a su significado
y lo convertimos en nuestro propósito:
enseñar el trabajo de mujeres de ayer
y de hoy para inmortalizar
su historia.